新潮文庫

写楽　閉じた国の幻

上　巻

島田荘司著

新潮社版

9658

写楽　閉じた国の幻

上巻

現代編 I

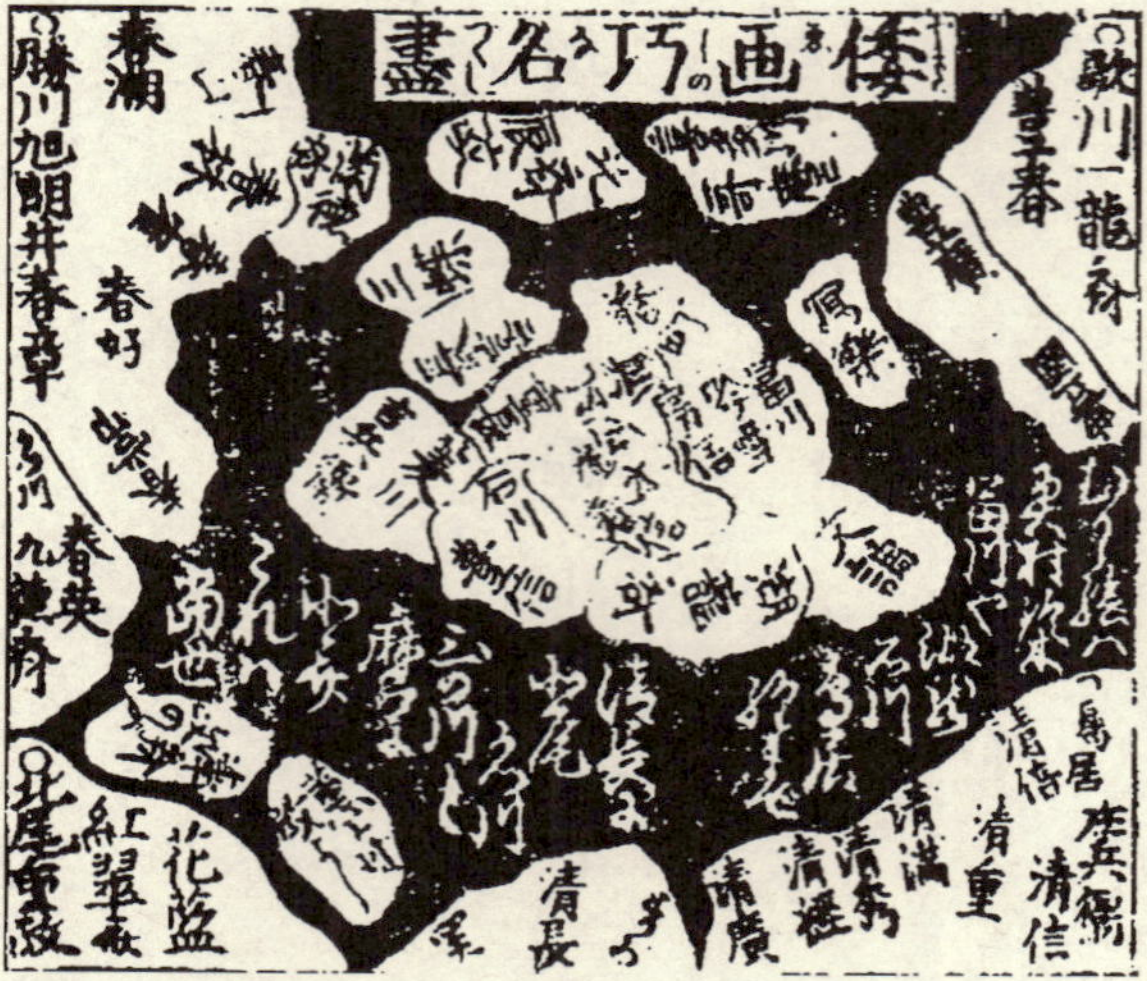

式亭三馬『稗史億説年代記』(1802年) より「倭画巧名尽」
浮世絵師の画壇地図。中央の右上、写楽は独立した島として描かれる。

1

書斎で、私は一枚の肉筆画を見つめていた。和紙に毛筆で、女の顔を描いたものだ。私はそれをデスクの上に広げ、見入っている。

紙は、周囲と中央が、線状に焦《こ》げている。角などは、燃えてしまって丸くなっている。だから全体的に絵は、褐色で書いた大きな「日」の字の中にある。こういう焦げた史料はまま見つかる。これは多く火事に遭ったことを示すが、この絵もおそらくそうなのであろう。ふたつにたたまれ、仕舞い込まれている家で火事に遭った。しかしこうして焼け残った。

そうなると、その火事がいつのものかが気になるところだが、江戸期のものか、それとも太平洋戦争時の空襲によるものか、それともなんでもない最近の火事かもしれないが、もう解《わか》らない。

長い顔。小さな豆粒のような目。おちょぼ口。町の女を描いたものらしい。若い女ではないし、美人画でもない。どちらかといえば珍妙な部類の顔で、小さな目はやや釣りあがり、上瞼《うわまぶた》が少しくぼんでいるらしく、目の上に一本、短いしわが入っている。極端なデフォルマシオン、このような顔の人間が実際にいるはずもない。しかも手が小さく、長い顔が大きい。絵を描く際の作者の強い思い入れとか、芸術的な霊感が、人間をこんなふうに描かせた。

腕が悪い描き手ではなさそうだ。筆は充分馴《な》れているし、運びに迷いも見られない。名の知られた絵師の作であってもおかしくはない。しかし、傑作とはちょっといいがたかろう。

彩色はされていない。墨の一色だ。浮世絵の版下《はんした》用であったのかもしれない。しかし没にしたか、私ははじめて見る顔だ。また浮世絵、いわゆる錦絵《にしきえ》の下絵としては、すこぶる変わっている。美人画とはとうてい言えない。いわば醜女《しこめ》の図で、浮世絵は通常ブロマイドだから、このような女の顔が版木に彫られ、刷られて街に出ても、売れるとは思われない。

けれどもこの絵には、浮世絵や、江戸美術に強い関心を持つ者にはとうてい看過し得ない、著しい特徴があった。それもいくつもあり、私などはとても冷静ではいられない種類のものだ。すこぶる風変わりな、さらに言えば、刺激的とも挑戦的ともいえそうなものである。

このような特徴は、浮世絵にあっては私は、これまで一度も目にしたことがない。私は一時期北斎の研究者としてN大芸術学部で江戸美術を講じていたし、その後日本浮世絵美術館で学芸員を務めてもいた。よって同種の絵を多く目にしてきたし、北斎関連の史料の渉猟で日本全国をとび歩き、一応著書ものしている。そういう自分がこれまで、ただの一度も目にしたことがないような種類の、これは要素である。

そのひとつが、絵の左側に、毛筆で書かれた不可解な欧文だった。この意味が解らない。文意が読めないということもだが、絵の中にこのような欧文が書き込まれていること自体が、江戸期の日本画には珍しい。

この人物、日本文字ならおそらく手馴れているのであろうが、欧文は得手ではないとみえ、いかにも判読しにくいような稚拙な筆記体で、おそらくこのように書かれている。

Fortuin in, Duivel buiten

絵の中に文字が書かれた例は、欧州なら浮世絵の模写をしたゴッホの作の中にあるし、ピカソもまた、川上貞奴《かわかみさだやっこ》をモデルにしたらしい絵の中で、漢字らしい図形を、踊り手の横につらつらと描いている。

しかしこれらは意味を理解して書いたものではなく、ピカソのものなどは特にでたらめで、漢字になっていない。ところがこの毛筆書きの場合、下手というだけで、ちゃんとした言語であり、意味がありそうだ。

英語なら私も読めるが、これはあきらかに英語ではない。また当初毛筆で、しかも縦に書いてあるものだから、日本語のくずしかと思ってしまって、欧文と気づくまでに時間がかかった。

最初の「Fortuin」、これは英語の「Fortune」であろうか。「in」は「in」か。しかし後の「Duivel」や「buiten」は、意味を知らない。どう読むのかも解らない。いったいどこの国の言葉なのか。

だが一見して私を緊張させたものは、この欧文ではなかった。欧文の最後に書かれている「画」の文字だ。この日本文字は楷書《かいしょ》になっている。そしてちょっと珍しいことに、「画」となっているのだ。

これは、おそらく一般人は見すごすであろう。小学校、中学校の国語の授業ふうに言えば、誤りと言うべきかもしれないし、うっかり書き間違ったのかもしれない。しかしこの誤りが、脳天に猛烈な鉄槌《てっつい》を受けたほどの衝撃を、私にもたらした。

「画」らしいこの漢字は、いってみれば「一」と「田」とで構成されており、「田」の中央の縦軸が、突き抜けて上の「横一棒」に届いていない。

「画」の字は、「一」と「田」とでできているものと勘違いした人物の筆のようにも思われるのだが、実は自作の絵に、常にこのように署名する人物は、二千数百人いたといわれる浮世絵師の中に実在している。そしてこの一・田式の不思議な文字を署名に使う絵師は、長い浮世絵史上に、私の知る限りただ二人しかいない。

このことから私は、この二人が同一人物ではないかと疑っているのだが、二人ともが、浮世絵史上にとてつもない大物である。双方とも、その名が海外にまで轟《とどろ》いており、その一人は、かの美人画の巨匠、喜多川歌麿《きたがわうたまろ》だ。江戸浮世絵の代名詞といってもよい彼が、何故《なぜ》かこの字を使う。

ただし歌麿は、自作の署名にたいがい「歌麿筆」と書くから、この点になかなか気づかれない。しかし彼の初期のものには「画」と入れたものがあり、それが一・田式の楷書になっている。

ではこの絵は初期の歌麿の筆か？　とそう思って私が驚いたのではない。この絵は、歌麿のものとは似ても似つかない。画風が天と地ほどにも異なる。歌麿は強い、そして独善的なまでの美学の持ち主で、どんなことがあろうとも、女を描くならこんな顔を描きはしない。こんな絵を見たら、歌麿なら「怪敷形《あやしきかたち》を写して異国迄《まで》も其《その》恥を伝る事の歎《なげ》かはし」などと言ったであろう。

一・田式の文字を使うもう一人の絵師の絵に似ていると思ったから、私は驚いたのだが、そのもう一人とは——。

「パパ！」

と言うかん高い声が背後から響いた。書斎のドアがばたんと乱暴に開き、

「まだ行かないの⁉」

と私をなじった。

「ああ解った、今行く」

大声で応《こた》え、私は貴重な絵を、デスクの一番上の、大型の抽出《ひきだ》しの奥に丁寧にしまい込んだ。

椅子《いす》からあわてて立ちあがり、せかされて気分はそわそわとしていたものの、和紙を扱う手つきは慎重になる。すこぶるつきに大事な、これは絵だからだ。埃《ほこり》さえかけたくない。もしかするとこの粗末な焦げた絵が、世界を変える、大発見となるかもしれないのだ。世界を変えるとは、同時に自分の低迷を打破してくれるということでもある。

しまって、こんどは乱暴に袖《そで》の小抽出しを開け、車のキーを摑《つか》んだ。

書斎を出、歓声をあげる子供に手を引かれて階段を下り、玄関を出る。玄関の戸に

は施錠《せじよう》をし、ガレージに向かう。

　ガレージのシャッターを開け、子供は助手席に乗せてシートベルトをさせ、エンジンをかける。自分もシートベルトをして、妻が前方に出していたシートを後方にさげる。

　子供は本来後部座席に乗せるのがよいのだが、母親がいない時、後席に乗れと言ってもきくものではない。しかたがないから、いつも前に乗せることにしている。

　発進し、だんだんに広い道に出ていって、水道道路との交差点で信号停止する。青を待って右折し、甲州街道に向かった。そこから首都高に乗るつもりでいる。

「本当は電車の方が便利なんだぞ」

　と私は息子の開人《かいと》に不平を言った。

　われわれは六本木に向かっている。車なら、目的地に着いて、駐車場を探して入れなくてはならない。六本木ガーデンなら地下駐車場はあるだろうが、なかなかスペースが空いていないだろうし、途中の道は当然渋滞する。そういう予想を思えば気重だ。しかし息子が、どうしても自動車で行きたいと言ったのだ。

「電車はもうあきたよ」

　息子は言う。息子は首都高速上からの眺めが好きなのだ。これは私も知っている。

まあ私としても、車の運転は嫌いではないし、渋滞もそれほど苦になる方ではない。正月の帰省ラッシュで、終日東名高速上でアイドリングというのでは困るが、一時間程度のことなら、その間音楽を聴いたり、考えごとに頭を集中させてすごせる。そういう時間は嫌いではない。

子供とは不思議な生き物で、あれほど大騒ぎをしていたのに、車に乗せたら、振動が心地よいのか、たちまち静かになって船を漕《こ》ぎはじめた。首都高に乗る前から、ドアにもたれて眠りはじめてしまう。

それで私は、またあの絵に関する思索に戻った。あの絵の横に書かれた欧文だが、最後に「画」の文字がついていることから、この欧文の連なりは、もしかするとこの絵を描いた者の名前かも知れないとも思う。とすれば、この欧文の意味を考えてもしかたがない。固有名詞なら意味などはないであろうからだ。

しかし江戸期に、こんな欧文名を持った絵師がいるはずもないから、やはり固有名詞というのもおかしな話だと思い直す。まあこういったあれこれに自分の思索が到達したのは昨夜なので、この欧文の意味の、もしもそんなものがあるならだが、解読はまだ試みていない。

あの絵を手に入れたのは、未知の読者から手紙をもらったからだ。私には一冊だけ著書がある。「北斎卍《ほくさいまんじ》研究」というのだが、地味な研究書だから、ファンレターなどは来ない。たまに来れば異論反論のたぐいがほとんどで、ごくたまに同意、激励のものがあったりもする。

手紙は同意の方で、私の「北斎卍――」を読んで、北斎作品にあれほどに贋作《がんさく》が多いということ、それを突き止めた私の調査に感銘を受けたとあり、自分も浮世絵は好きなのだが、以前大阪西区の北堀江にある大阪市立中央図書館に勤務していたことがあり、この図書館の地下に、木村蒹葭堂《けんかどう》関連の史料を集めた箱が保管されていた。蒹葭堂の史料で重要なものはすべて大阪歴史博物館に移動しているので、この史料の存在は図書館員にも忘れられていたが、史料箱の中に、八丁堀松よしと書いた小型の葛籠《つづら》があって、春画の版木がいくつか入っていた。

この版木自体は名もない絵師の作で、価値があるものではなかったけれども、唐紙に包まれた肉筆画が一点一緒に入っていて、非常に興味をそそられた。というのも、浮世絵らしからぬおかしな絵で、北斎のものではないと思うが、ひょっとすると価値のあるものでは、という気分が今に去らない。是非行って、ご覧になっていただきたい。というのは、八丁堀松よしというのは、かの蔦屋重三郎《つたやじゆうざぶろう》の親戚筋《しんせきすじ》にあたったと記憶しているからだ。私の調査力なら、きっと何か学問的な成果も導き出せると思う、うんぬん——。

こういう手紙はたまにあるが、それに導かれて出かけていき、実際に掘り出しものに出遭った経験はない。蒹葭堂の史料は歴史博物館のものが有名で、ここが取り残したものならば、まず価値のあるものではあるまい。そう判断して、大阪まで足を運んだのは、手紙を受け取ってから数カ月ものちのことになった。

ところが、母校の史料編纂所《へんさんじょ》の友人に連絡を入れてもらい、閲覧の許可をとってから大阪市立中央図書館の地下でこれを発見し、私は愕然《がくぜん》とすることになった。どうしてここにこのようなものが？　と思ったのだ。

紙が江戸期のものであることには、私はほぼ自信が持てる。同種のものを無数に見、手で触れてきているからだ。歴史博物館が取り残したことにも推測がついた。美人画でもないから、名もない絵師の習作とでも思ったのであろう。また浮世絵の知識のない学芸員たちは、一・田式の「画」の字の持つ重大な意味を、知らなかったのかもしれない。

蒹葭堂というのは、江戸中期、元文《げんぶん》から享和《きようわ》年間（一七三六〜一八〇四）の人で、商都浪花《なにわ》で、知の巨人とうたわれた町人学者である。もともとは本草学《ほんぞうがく》の人であったが、当時流行の博物学の研究に乗り出し、収集家として全国に名を馳《は》せた。

通称は坪井屋吉右衛門《つぼいやきちえもん》といい、造り酒屋の主であった。しかし本業は番頭にまかせ、自分は店の財力を用いて、東西からあらゆる物産品、珍品、標本、美術品の類《たぐい》を収集して、終生学問と道楽に生きた。

彼の収集のユニークなところは、美術品も、科学発明品も、また生物の標本も、いっさいの境界線を設けずに集めたことだが、加えて対象が、遠く海外にまでおよんでいることだ。当時は外国骨董《こっとう》がはやりはじめた時代であったが、彼はこういう品を扱う唐物屋と親しくしておいて、中国、朝鮮、天竺《てんじく》、はては遠く西洋のものまでどん欲に収集した。

大坂北堀江にあった彼の屋敷は、さながら私設博物館兼美術館のようになっていき、大坂は長崎詣《ながさきもう》での東国文化人の通り道にあたったから、多くの著名人が収集品見たさに屋敷に立ち寄った。現在の大阪市立中央図書館は、この蒹葭堂の屋敷の跡地に建てられている。

蒹葭堂は、一七三六年から一八〇二年までを生きた人物だが、晩年の二十余年間、彼は丹念に日記をつけている。これは日記というよりも芳名録のようなもので、ここには木村邸への来訪者の名が、延べ九万人も書かれていると聞く。

この中には、江戸の画人でのちに蘭画《らんが》もよくした司馬江漢《しばこうかん》とか、谷文晁《たにぶんちょう》、春木南湖《はるきなんこ》、関西では円山応挙《まるやまおうきょ》、池大雅《いけのたいが》など著名人の名が多い。蒹葭堂は絵も描き、池大雅は彼の絵の師匠である。司馬たちは、長崎に向かう旅の途中で立ち寄ったものらしい。

八丁堀松よしという名は、これは私も、かなり以前になるが、蔦屋重三郎研究の論文で読んだ。江戸八丁堀にあった料亭だか茶屋だかで、蔦屋の親戚筋にあたった。この家の先祖が、親戚筋の蔦屋から多数の版木を預かったが、蔦屋の死でそのままになってしまった。戦前までは確かに家の蔵にあったが、昭和二十年の大空襲で焼けてしまった、といったような家人の話であったと思う。

こういう家の者が、関西まで旅をして、高名な蒹葭堂に、これも高名な江戸の板元、蔦屋関連の何かを土産に差し出したというのは、ありそうなことに思われる。蔦屋重三郎という出版人は、寛延《かんえん》三年、一七五〇年から、寛政《かんせい》九年、一七九七年までを生きた人物で、歌麿、北斎、一九などを世に出し、時代をリードした絶頂期は、晩年の寛政期にあたる。浪花の蒹葭堂がちょうど名を高めた頃で、時期的にもよく一致する。

私は、二冊目の著作を上梓《じょうし》する必要もあり、この肉筆画を借り受けて、東京の自宅に持ち帰った。友人たちの協力もあおぎ、徹底的に調査分析をして、場合によってはこの発見を芯《しん》に、二冊目が書けないかと思っているところだ。

2

幡《はた》ケ谷《や》から首都高速に乗った。新宿から三宅坂《みやけざか》あたりまでは流れていたが、環状線が近づいたら渋滞した。トンネルの中をのろのろと進み、ようやくの思いでトラックのうしろに合流したら、ぴくりとも動かなくなった。事故かもしれない。それで霞《かすみ》が関《せき》で出ることにした。

このあたり、下の道をあまり走りなれていず、六本木ガーデンの高層タワーは大きいので目標になるだろうと思い、これを目ざせばよいと考えたのだが、ビルの陰に隠され、案外見えないものだ。下もかなり渋滞していたし、なんだか道に迷ってしまって、遠廻りをした。ふと気づくと、円筒形のビルが思いがけず左側に見え、すぐ近くに出ていた。

六本木ガーデンは、車で来るのははじめてだった。まずは駐車場を探さなくてはならない。そう思っていたら、左側に並んだ車の列の間から車の鼻先が覗《のぞ》いたので、急いでブレーキを踏んだ。左側はパーキングメーターの列だったのだが、当然のように、ぎっしりと車で埋まっている。しかしちょうどタイミングよく、前方で一台分が空いたのだ。

このところいたって調子の悪い私だが、たまにはこんな幸運もある。私はハザードランプをともし、その車が出ていくのを待ってから、空いたスペースに車を入れた。シートベルトをはずし、眠っている開人を起こした。まず私が外に出、助手席のドアを開けて息子をおろした。それから、子供の手を握ったままズボンのポケットを探り、コインを取り出してメーターに入れた。

ドアをロックし、寝起きでぼうっとしている息子の、紺のナイロン地のキルティング・ジャンパーの、前を止めてやった。少し肌寒かったからだ。それから手を引いてガーデンを通りすぎ、アマンドの交差点の方角に向かって歩きだした。

交差点への坂の途中、麻布《あざぶ》署のそばに洋書を扱っている書店がある。ちょっとそこを覗いてみたいと思ったのだ。この場所からなら、その本屋が近いように感じた。もしも路上に車を止められなかったら、私は書店には向かわなかったろう。

一時期、私は北斎の研究家としてフィールドで多少名が知られていた。日本浮世絵美術館にいて、研究学芸員としてさかんに論文発表していたからだが、それは平成二年の春から、七年の秋までの五年間だった。その頃はちょうど、全国に散在し、北斎作と自明に信じられてきた多くの絵が、実は弟子の作という露見が相次いだ時代で、私の研究もちょうどその時期にあたった。私もそうした証明をかなり行うことができ、発表した論文はよく読まれ、評価もされた。その頃、研究書も上梓した。

しかしその後美術館を追われ、研究のフィールドも追われたから、私の名前などもうとうに忘れられかかっている。私生活でもいろいろとあって、論文の発表もしていない。しかし研究は個人的に続け、二冊目の上梓も狙《ねら》ってはいる。

面白いもので、世間で最近、北斎の名がまた浮上している。特に海外で、アメリカの写真雑誌「ライフ」が一九九七年にまとめた「この千年で最も重要な功績を残した百人」の内に、日本からただ一人、葛飾《かつしか》北斎が入っていた。近世、フランスの画家たちに与えた大きな影響を考えたら、この選択は妥当だ。

だからというわけでもないだろうが、「ホクサイ君」というアニメがフランスで作られ、日本に上陸して子供に人気が出た。実は今日も、その原画とフィギュア展が茂木タワーの五十二階ギャラリーであるというから、こうして出かけてきた。子供にせがまれたからだが、これは観《み》たいと私も思った。妻は父親関係の用事があるというので、私が一人で連れてきた。私は勤め人ではないから、昼間も時間がある。

洋書店に向かったのも北斎のためで、最近進んできたアメリカの浮世絵研究書とか、北斎研究の新刊などが出ていないかと考えた。しかしこれといって収穫はなく、目の覚めた開人がぐずりはじめたので、本屋を出た。

　また坂道を戻り、六本木ガーデンに向かった。何度も母親に連れられて来ているから、開人は私より勝手を知っている。私の手を引き、モールに入ろうとしたのだが、私が抵抗し、まずは車のところに戻るのだと言った。パーキングメーターが制限時間になっている。コインを足しておこうと考えたのだ。

「なんだよー」

　と開人は言った。

「最近のパパはおかしいよ」

「なんでだ」

　私は訊《き》いた。

「いつも機嫌悪くってさぁ、意地悪いし、暗いよー」

　そう言うから、えっ、と私は言った。自分ではそんなつもりはまったくなかった。

「そうか？」

　私は言った。

「なんでそんなこと言う。こうして六本木にも連れてきてやっただろ？　それもおまえが車がいいと言うから、車でさ」

「ママも言ってるよ」

開人は言った。それで、ははんと理解した。千恵子《ちえこ》がそう言っているのだ。息子は、無判断に母の受け売りをしているだけで、ちょっと思い通りにならないと、母親からさんざん聞いている愚痴の構文が、口からとび出すのだ。

最近の息子は、妙に妻に性格が似てきた。たいしたトラブルでもないのに、すぐにぐずろうとする。通常の会話ができなくなって、立腹態度にしないと言葉が出ないのだ。父親の体にすがるようにし、まとわりつくようにしながら、体をよじって不平を言う。こんな不機嫌発言が、日常になってしまった。

だが、確かに私のせいもあるのだろう。妻にはともかく、子供に、無意識で暗い顔を見せ続けているのかもしれない。ここ数年の私は、確かにひどく転落した。人はどう言っているのか知らないが、すべてがうまくいかない。事態が悪く悪く展開する。学生時代の栄光を考えれば、落ちるところまで落ちたという印象で、だから現状打破の願いを込め、子供に開人と名づけもした。

東京大学の受験に成功するまでの学生時代が、私の華だった。中学、高校と、ずっと校内で三番以内を続け、五位と落ちたことがない。両親も、鼻高々だったろう。受験勉強が、どうしたわけか私には性に合った。野山を駈《か》け巡りたいとも思わず、もっとも思っても浜田山では山もないが、漫画を読みたいとも、ゲームをしたいとも、テレビのアニメ番組を観たいとも思わなかった。学校で話題に遅れるから仕方なくアニメは観たが、観ている間中、楽しいとは思わなかった。なんだか落ちつかなくて、部屋に戻って参考書を広げたら、気分が落ちついた。

だから今、開人がアニメに夢中になるのがよく解《わか》らない。もっとも私が六歳の頃など、テレビのアニメにできのよいものはなかった。

車の前に戻った。開人はしきりにぐずり、一刻も早くビルに行きたがっている。

「ちょっと待てよ、今コイン足すから」

私は言い、ポケットを探った。そして百円玉を見つけ、追加しようとした。

「え？」

と声が出た。入らないのだ。

私はちょっと唖然《あぜん》とした。アメリカ西海岸を旅した時、よくパーキングメーターを利用した。この機械を造ったアメリカでは、いくらでもコインの追加ができた。日本ではこれまで、パーキングメーターを使うことがなかったので、知らなかった。

日本の機械は、一見してアメリカのものより凝っていて、立派だ。スペースに車を入れた際も、タイマーはコインを入れるまで待ってはくれない。車が入ったら、さっさと時を刻みはじめる。車を止めてから、わざとぐずぐずしてコインを入れず、時間を稼がれるのを警戒しているのだ。あれは、赤外線センサーで入車を感知しているのだろう。

これは知っていたが、どうやらそれだけでなく、日本のものは時間が来ても料金を追加させないらしい。さっさと出て、どこかに行けというわけだ。なんとも意地が悪い。本来駐車禁止の場所に置かせてやったのだから、一時間止めさせてやっただけでもありがたく思えというわけか。なるほど、日本人がみな意地悪くなるわけだ。

しかしこれから息子をまた車に乗せ、走りだして駐車場を探すのは、待ちくたびれて怒っている息子には、到底無理と思われた。いったん出し、出車とセンサーをだまし、またバックで入れ戻すほかはなさそうだ。それなら、機械は別の車と思ってくれるだろう。

「ちょっと待ってろ開人、今これ入れ直すから」

歩道でふてくされている息子に、私はそう叫んだ。本当は乗れと言いたかったのだが、無理そうだったからそう言った。

急いで車に入り、エンジンをかけ、発進した。そしてスペースの右前方に車を出した瞬間、しびれをきらした開人が、だっと走りだすのが見えた。

「あ、開人！」

私は叫び、車を停め、窓を開けた。そして、

「開人、開人、停まれ、待て！」

と叫んだ。しかし息子は停まらず、私はドアを開け、片足を出した。その瞬間、後方のスペースに、さっと車が走り込んできた。

「あっ、待ってくれ！」

私は叫び、急いで車を出て、後方の車の運転席に駈け寄った。そしてこう頼んだ。

「すいません、今車戻すとこだったんです。子供があっちに走っていってしまって、心配だから、すいません、止めさせてもらえませんか」

しかし運転席の痩《や》せた老人は、眼鏡越しの険悪な目でこちらを見、言う。

「そんなこた知らんよこっちは」

続けて、さらにこう語気を強めた。

「パーキングメーターをさ、そういう使い方するのは違反だろ？　駄目だよそういうことしちゃ。公共道徳はきちんと守らんと」

そしてさっさとエンジンを切り、こう駄目を押す。

「みんな入りたいんだからさ」

開人が走り去った方角を見つめ、私は迷った。このまま追うべきかと考えた。しかし、車はダブルパークになっているし、おまけに斜めになったままだ。このまま放っておくわけにはいかない。加えて見渡す限り、パーキングメーターに空きはない。クラクションを鳴らしながら、車道にはみ出した私の車を、後続の車がよけていく。やむなく私は駈け戻り、急いで運転席におさまり、発進した。

六本木ガーデンの敷地に沿ってぐるりと廻っていくと、駐車場入口はじきに見つかった。空きがあってくれと祈った。しかし入ってみたら案の定混んでおり、満車、満車のランプがあちこちにともっている。必死で走り廻ってみるが、空きはない。車の列があり、やむなくそのうしろについて、泣きたい気分で順番を待った。

子供はまだ六歳で、携帯電話も持たせてはいない。何度も来ているから、勝手を知ってはいる。迷子になったり、怪我《けが》をしたりはしないと思うが、まだ小さすぎる。誘拐でもされはしないかと気にかかる。非常事態ということで、妻を呼ぼうかとも考えた。しかし、父親の用事をしているというのだから抜けられまい。それに妻の不機嫌な顔を思い出せば、気持ちも萎《な》える。

空きが出るまでに、ずいぶんと時間がかかった。ようやくの思いで車を止め、地上目がけて駈けあがった。出てみれば、予想通り人は多い。今話題の場所だ、無理もない。人なみをかき分け、茂木タワーを目ざして私は全力で走った。

開人はまずこのタワーに入ったであろう。警備員に留められ、すでに迷子の案内でもされているだろうか。それともこのモールには、茂木タワー以外に子供が喜びそうな場所があるのか。だから開人は勝手に駆けだし、そこに向かったのだろうか。私はここに詳しくないから、どこにどんなものがあるのか知らない。

ともかく茂木タワーに向かう。そこで見つからなければ次の手を考えようと思った。

駆けていくと、高層タワーが伸びあがる。すぐ近くまでやってくると、入口の回転ドアの手前に人が群れていた。入る順番を待っているのか？　しかし全然動いているふうではない。

後方の者は、背伸びをしたり、跳びあがったりしている。

何だ？　と思った。肌寒い日だったから、集団は冬ものを着て、ざわついている。不平の小声が黒い靄《もや》のようによどんで、ビルの中に入れない苛立《いらだ》ちと、いつまで待たされるのかという疑問が、そろそろピークに達しつつある感じだった。

最後列に立つ人に、私は尋ねた。

「何があったんです？　入れないんですか？」

「駄目みたいですね」

彼は言った。

「全然動いてないもの、いつまで待たせるのか」

「ドア、止まってるよ」

隣の若い男が言った。

「回転してない。でも長いよな、何でだ？」

「子供がはさまれたんだよ、回転ドア」

数人前の中年男が言い、聞いて私は、本能的に全身の産毛《うぶげ》が逆だった。

その瞬間、救急車のサイレンの音が耳を打った。胸の内をかき乱すようなその緊張の響きを、私は自分の精神がたてた悲鳴のように感じた。

「ちょっと、ちょっと、すいません！」

私は叫び、おびただしい人の群れの、すきまにとび込んだ。そしてかき分け、割り込みながら、乱暴に前方に向かった。肌寒い日の、厚ぼったい上着の群れをかき分け、泳ぐようだったはずのその感触を、しかし私はまったく憶《おぼ》えていない。

大勢の人の体のすきまから、いやに大きなガラスの筒が見えてきた。それがだんだんに近づく。その中と手前に、警備員が何人もしゃがんでいる。その大きな背中の間から、見覚えのあるジーンズが見えた。細い脚、子供の足。それはもう、少しも動いてはいない。

止まっている大きな回転ドア、それを入れた巨大なガラスの筒。そのすきまに、子供の足はある。沈黙。子供は声をたてていない。

「開人！」

私はひと声叫んだ。応じる声はない。

私の声に、しゃがんだ警備員が、ゆっくりと振り返った。

瞬間、すきまが広がり、動かない子供の体と、子供が着ている上着が見えた。

紺のキルティング・ジャンパー、ナイロン地だった。間違えようもない。息子の上着だ。

腰のあたりが急速に冷え、足がみるみる萎えて、私はその場に膝《ひざ》をついた。目の前が、ゆっくりと暗転した。

3

受験勉強から永遠に解放された大学の合格発表の日、理想のゴールインができたあの喜びの内で、私の人生は終わった。あの日以来、あれに匹敵するような強い喜びは、二度と私に訪れることはなかった。

救急車に息子とともに乗せられ、三田のS会中央病院に向かった——、らしい。これはあとで知ったことだ。この時私の頭は、しっかりと筋道のたったことは、何ひとつ考えてはいなかった。ただ、眼前に来たものに反応していただけだ。

白い簡易ベッドに乗せられた息子の小さな顔には、白い布が載せられて、鼻の下部と口、顎《あご》が覗《のぞ》いていた。唇はわずかに開き、小さな歯も覗いている。

それらはまだごくごく小さく、華奢《きやしや》で、あどけなかった。やがて成長し、これらがおとなの男のものになっていく。そんなチャンスがまだこの子に残るのか、車に揺れながら、私はぼんやりとそんなことを思った。

父親に対し、救急救命士から何か説明はあったはずだ。しかし、何も憶《おぼ》えてはいない。ただ私は、その白布ゆえに目が見えないだろう、暗くては息子は心細かろう、そんなことを思って、無意識に手を伸ばした。どかして、顔を見たいと思ったのだ。私の、ただ一人の息子なのだ。

しかし、横にいた救命士が手を伸ばしてきて、私の手を抑えた。そして、

「見ない方が……」

と言った。

その言葉の意味を知ったのは、病院に着いて、ずっと後だ。この時は意味が解《わか》らず、ただ首をかしげた。それから、助かってくれとひたすら祈った。

病院の廊下の、ヴィニール張りのベンチにかけ、私は白衣の医師から説明を聞いた。私には時の経過の観念がなく、医師は今から息子の手術をしてくれるものと思っていたし、これからその内容を教えてくれるのかと考えた。そうでないなら、もう手術は終わってしまって、結果を話してくれるのか——。しかしそのどちらでもなかった。

開人の頭蓋骨《ずがいこつ》は、鉄骨で左右から強くはさまれ、上部が砕かれ、つぶされていた。さらに、肩が鉄骨によって留められているのに、頭部だけがすきまに強く引き込まれたため、頸部《けいぶ》の内部で筋肉の一部、また脊髄《せきずい》が破断、引きちぎられていた。

つまり息子は、頭をつぶされての即死だった。顔の上部はひどい外観だったらしい。息子は、私が駈《か》けつけたあの時点で、もう命などなかったのだ。

しかし、このような理解に私が到達したのは何日ものちのことで、この時の私は、あまりのことに脳内のヒューズ機能が稼働《かどう》し、ある瞬間から耳が何も聞かなくなった。

医師の説明は、私の想像を絶した。自分の周辺、まして身内に、起こり得る事柄ではなかった。もしもきちんと聞き、正しく理解すれば、その桁《けた》はずれの悲劇ゆえに、私の精神は壊れていたろう。

よく磨かれた病院廊下の、突き当たりの曇りガラスから入ってくる陽光、それを照り返してできている床の光沢をじっと見つめて、私の脳は爆発的に別のことを考えはじめた。それは今日、この瞬間にいたるまでの自分の経緯だった。

考えがあって、そうしたわけではない。何の意図も、意志もなかった。ただ、地震でできた岩の裂け目から、ちろちろと伏流水が湧《わ》いて出はじめたように、私はただそのことだけを考え続けた。果てしなく、考え続けた。あれは、自動的な命の防衛反応だったのか。そんな行為に逃避したのだろうが、これもまた、それなりにつらい記憶だったから、代わりにこの苦しみを反芻《はんすう》することで、運命の女神に容赦を乞《こ》うような、そんな心境だった。

大学では美学系に進んだ。とりあえず倍率が低かったこともあるが、歴史と美術が好きだったからだ。受験態勢が始まってからはもう描かなかったが、子供の頃にはよく絵を描いて、それなりに得意でもあった。

しかし大学に入ってからの四年間、もう時間はできたはずなのに、どうしたことか、また絵を描こうという気分は戻らなかった。受験の殺伐が、こうした気分への軽蔑《けいべつ》を、私に訓練していた。

大学の講義内容は哲学に重心があり、期待していたものと違った。美学を学ぶことに意味や価値が見いだせず、しかしそれは私の内部で、何かが変化していたゆえもある。それが自分で解り、私は戸惑い、迷った。高校時代には迷ったことがない。上から言われたレースをやり、それに勝つことが楽しかった。

大学生活が終わりに近づき、卒業後の身の振り方を決めなくてはいけない時期になって、私はあわてた。私の内に、その頃になっても自分が就職し、サラリーマンとなってばりばり働いているイメージが育っていなかった。相変わらず机につき、勉強している自分しか脳裏に浮かばない。

ともかく学問をやめたくなくて、大学院を希望した。しかしこれは、東大ではかなえられなかった。大学での私は、もう優等生ではなくなっていて、あれはたぶん転落が始まっていたのだろう。しかし就職は到底考えられず、会社の利潤のためになど弁舌をふるいたくなかった。

東大ではかなえられなかったが、N大芸術学部で修士課程を修了し、江戸美術を講じる教員に職を見つけた。日本美術や浮世絵が、学生時代唯一《ゆいいつ》、自分が面白いと思えたものだった。

食事のことなど考えるのが面倒だったから、浜田山の両親の家から大学に通った。

この頃は母がまだ元気で、食事を作ってくれた。

突然、胃の沸騰《ふっとう》を感じた。堪えがたい吐き気が私を襲い、私は、蒸気を噴いているやかんをそろそろと運ぶのにそっくりな気分で、よろよろとトイレに向かった。そして個室に入り、ドアも閉めず、洋式の便器にしがみついて、胃の中のものを吐いた。これもまた、果てしなく吐いた。涙も、鼻水も、その上に落とした。そして苦痛が去ると顔をあげ、自分はいつからこんなひどい道に歩み込んだのか、と考えた。だが、当然ながら答えなどない。

廊下に戻り、悄然《しょうぜん》とベンチに復して、私は放心した。これからどうやって生きていくかと考えた。どのくらいそうしていたのか不明だが、何かにうながされ、私は顔をあげた。するとそこに、妻の千恵子が立っていた。

ブランドものの、なにやら派手な服を着ていた。光源が背後にあって、私は彼女の表情が見えなかった。

「千恵子」

私は言った。どうしてここが解ったのだろうとも、考えなかった。私はまだ連絡していなかったはずだが。

たいした意味も考えず、私はこう言った。

「聞いたか？　まったくひどいことだ、すまん」

謝ったのが、あるいはよくなかったのかもしれない。瞬間、千恵子は思いがけない行動に出た。電光石火の素早さで、病院中に轟《とどろ》くような音をたて、思いきり私の頰を張ったのだ。

そしてくるりとこちらに背を向け、さっと両手で顔をおおい、泣きながら駆け去っていった。かんかんというハイヒールの響きが、空間にしばらく残った。

私は茫然《ぼうぜん》とすわり続けた。唖然《あぜん》としたとか、苦い思いを嚙《か》みしめたとか、そう言ってもいいし、間違いではないのだが、やはりそうではない。ショックを感じたからではないし、まして驚いたからでもない。

ずいぶんして、多少の思考が戻った。しかし考えるまでもなく、千恵子の気持ちは完璧《かんぺき》に解った。いつものことだったからだ。私の子供になんてことをしたのか、私の子供をなんだと思っているのか、父親のくせに、私の子に対してなんと無責任な。彼女が感じたのは、そうした厳しい道徳観と、それゆえの狂的な、そして当然至極の私への叱責《しっせき》だった。

開人は、私の子供でもあるのだ、どうしてこんなことができるのか。私の心は痛んでいないと思うのか。開人は、自分一人のものだと思っているのか——。そうしたことを私が考えたのもずっとのちで、この瞬間は何も感じず、考えてもいなかった。気づけば頬に涙が流れていて、これを意外に感じた。私は、悲しみも、立腹も感じてはいなかった。私には感覚も感情もなく、頬に強い痛みがあることに次第に気づきはしたが、それにたいした意味があるとも思わなかった。

涙は、ダメージゆえの反射か。子供が死んだ悲しみのゆえではない。そんな余裕ができたのは、ずっとずっとのちだ。

悄然とベンチにすわっていると、真空になった私の脳裏に、ここにいたるまでの経緯が、再びやってくる。どうして自分は今、こんなことを考えるのか、解らない。まるでそれが今の仕事だと言わんばかりに記憶は想起される。これは死の兆候か。今日私は、ある意味で死んだのだ。

あれは昭和六十二年だった。講師になった年、いきなり縁談があった。どうしたことか、学長がらみの大げさな話で、世間的な基準からすれば、すこぶるつきによい話だった。総合商社M物産の重役の一人娘で、川崎市で生まれ育ち、準ミス川崎に選ばれた経歴を持つ、小坂《こさか》千恵子という女だった。

父親は資産家で、貿易業界ではよく名の知られた人物であり、政界にも財界にも顔がきき、当然あちこちにコネクションも持っていて、豪腕の呼び声も聞こえていた。

研究者としての将来を考えても悪い話ではない、というような意味のことを仲人《なこうど》に言われた。

娘当人がN大の卒業生ということで、その教員の自分に話が来たらしい。N大の学生時代から御茶ノ水駅前、ニコライ堂そばの一LDKのマンションを父に買ってもらい、そこから大学に通っていた。それが嫁入り道具になるという話で、お茶もお花も日本舞踊もおさめ、気味が悪いくらいに完璧な条件を持っていた。

欠点といえばただひとつ、年齢で、私と同じ昭和三十四年生まれの二十八歳。そのことから、事態の見当は容易についた。完璧な条件を誇るふうの娘の親が、妥協を嫌って選り好みがすぎ、知らず時間が経《た》って行き遅れが始まりかかった——、そんなところであったろう。それで話が、自分のようなしがない私大教員のところに廻ってきた。

親としては、当然鎌倉の豪邸付きの、実業家の御曹子《おんぞうし》あたりを高望みしていたのだが、たまたまよい出ものがなく、しかしとうが立っては等比級数的に条件が悪くなる。その前にと焦《あせ》り、東大出という箔《はく》だけで私に妥協した、そんなところだろう。助手では話にならないから、講師になるまで待った。東大出なら、最低教授にはなるであろうからこれで手を打とうと、そういうありがたい話らしかった。

当然ながら私は不安を感じた。娘の親が考えたことが手に取るように解り、そうなら自分などで果たしてよいものか、悩んだ。強く望まれたわけではなく、合格ラインぎりぎりと考えられているのも嬉《うれ》しくなかった。同い年の妻というのも、なんとなくこれまで考えてきたイメージと違った。

見合いの席で会ってみたら、案の定父親は、絵に描いたように尊大な人物で、私を見るなり、自分らには不充分な男と見做《みな》したのがありありだった。仕立てのよいスーツを着た恰幅《かっぷく》のよい男で、大きな黒縁の眼鏡がいやに目立ち、声が大きかった。

こちらの返事も聞かないうち、あさってはどこそこのレストランでみなで食事をしよう、などと勝手に決め、部下に対するように命じてくる。そういう上司態度が、長い組織生活で灰汁《あく》のように染《し》みついていた。

揺れる太い腹とともに大儀そうに口を開き、その一種投げやりな態度から、今にも「ええい、しょうがない」などという言葉でも飛び出しそうで、賞味期限が迫ったナマものの投げ売りを決めた親父《おやじ》のようでもあり、娘を嫁にやるのではなく、新入社員を受け入れるか否《いな》かを決めかねているワンマン社長、という風情《ふぜい》もあった。まあ実際、そんなところであったろう。こっちが断る可能性など、露ほどにも考えられていなかった。

けれど私は、正直にいえば釣書に貼《は》られた千恵子の写真に心ひかれていた。断れば、この話はどこかの二世社長に行く、それは悔しいという気分にもなった。消極的な性格の私は、当時つき合っている娘もいなかった。

実際に目の前にした千恵子は、写真ほどではなかった。準ミスというわりにはそれほど大柄でなく、体つきは華奢で、顔は瓜実顔《うりざねがお》、びっくりするような美人ではない。見合いの席では気づかなかったが、足もそれほど綺麗《きれい》というわけではなく、聞けば川崎のミスコンは、水着審査はなかったという。そうならこれもまた、父親の豪腕の産物かと疑われた。

だがもと準ミスという肩書き（？）と、父親の資産や人脈、御茶ノ水駅前のマンションなどといったものに、思えば私は俗な関心を湧かせた。愚かなことで、学生時代にはそんな発想など皆無だったのに、何のコネクションもないまま大学に就職し、しがない助手生活を続け、さっさと駆けのぼる同僚などを横目で見るにつけ、そういうものの大事さが身にしみるようになっていた。

大美人ではないが、むろん不美人ではない。それどころか自分にはすぎていると思ったし、この女と一緒に神田の街を歩けるなら、夢のようだとも思う。私の方の両親は、借りてきた猫のようで、いるのかいないのか解らなかった。やめろ、断れという声も、どこかでは聞こえていた。だが結局私は、目の前に置かれた誘惑に負けた。

結婚してしばらくの間は楽しかった。新婚当初、千恵子は終始にこやかで優しかったし、自慢のフランス料理など作ってくれた。私の勤務が終わるのを待ち、神田界隈《かいわい》の気にいったレストランを食べ歩き、好きな喫茶店、たとえばラドリオでコーヒーを飲み、山の上ホテルのバーでワインを飲んで、千恵子のマンションに帰って一緒に眠った。

翌朝はそこから出勤したから、少し朝寝ができるようになったし、満員電車の苦行からも解放されて、夢のような暮らしが訪れたと信じた。大学受験の成功は、こういう報酬を私にもたらしたのだと考えもした。しかし、そうではなかった。

そんな日々は長く続かず、まもなく私は大学の政変に巻き込まれた。妙に居心地が悪いなと思っていたら、自分は同僚や、学部長にうとまれていた。千恵子は、在学中から教員や学生の話題になるような日立つ学生であったらしく、そういうことから一種のやっかみもあるのか、と私は考えた。それ以外に、生真面目《きまじめ》にやっている自分に人にうとまれる理由などない。

気づけば大学を出ることになってしまっていて、私はほんの下《した》っ端《ぱ》だったから、抗するすべもない。その頃ちょうど、長野県塩尻《しおじり》市の日本浮世絵美術館に学芸員の欠員ができ、私を引っ張ってくれていた。この話を告げると、妻の千恵子は猛反対した。聞けばそれはどうやら父親の考えらしく、曲がりなりにも大学教授へのレールにいた者が、一介の学芸員に転落か、という怒りだった。

どこかで、電子音が鳴っていた。私の耳はぼんやりそれを聞いていたが、音が意味するものが洞察できない。

ずいぶんして、内ポケットの携帯電話かと気づいた。のろのろと手を入れ、引き出すと音が大きくなり、緑のランプが点滅している。やはりそうだ。

受信ボタンを押し、耳にあてると、いきなり、

「馬鹿《ばか》もん！」

とわめく野太い男の声が聞こえて、私は茫然とした。この叱責の理由も、誰が叫んでいるのかも解らなかった。

4

「いったい、何をしとるんだおまえは。開人を殺したそうじゃないか！」

激しい言葉が、私の耳を打った。

「殺した……」

私は茫然とした。

「そうじゃないか。ようやくできた子だろうが。千恵子としては、たった一回の、最後のチャンスだったんじゃないか。知ってるだろう。いったい私が、どれだけの援助をしたと思っている！」

義父だった。

「はあ……」

と私は言った。

「はあじゃないだろうが！ 事態をなんと心得とる。死んだんだろう。いったいどういう思い違いをしとるんだ君は」

あまりのことに、私は言葉が出なかった。思い違いをしているのは義父ではないのか。私は開人の養育係に就職しているわけではないし、養子に入ったわけでもない。開人は、私自身の息子でもあるのだ。

「君の浮世絵の研究も、著書の出版も、私の援助があればこそできたことだ。そうだろうが。それとも自分一人の力でできたと、君はうぬぼれてるのか!?」

「そうではありませんが」

「そうだろうが。自分が何をしたか、解《わか》っとるのか⁉　われわれの、たったひとつの希望をつぶしたんだぞ！」

開人は、父親である私の希望でもあった。そうは思わないのか。

「いったい何をしていたんだ君は。あんな小さい子供だぞ。終始手を引いてやっていなければいかんだろうが。君はいったい何をしていた？　どこにいた？　そばにはいなかったのか⁉」

私は、説明しようかとも思った。だが、すぐに無駄だと思った。どう言ったところで揚げ足を取られ、怒鳴られるだけだ。

「申し訳ありませんでした」

釈然としない気持ちで、私は謝った。

「そうじゃない、謝れと言っとるんじゃない。君はその時、どこでどうしていたのかと訊《き》いとるんだ、こっちは。子供が回転ドアにはさまれたのに、そばに父親はいなかったというじゃないか。六本木のような繁華街で、どうして保護者がそばにいない？　危ないのは解っているだろう。どうしてそんなことが起こった！」

私は沈黙した。義父の言うことは、世間的にはもっともであろう。ひと言もないと言うべきだった。筋も通ってみえるし、彼の周囲にいる無数の取り巻き連が、強く強くうなずくのが目に見えるようだ。だから私は沈黙し、溜《た》め息をついた。

「監督不行届きだぞ！」

彼はひと声わめいた。クビですか？　と私は、よほど訊こうかと思った。娘婿《むすめむこ》という役職を、あなたはクビにしたいのかと。

しかし、耳にあて直した携帯電話は、もう無音だった。義父は、怒って電話を切ってしまっていた。

「棺《ひつぎ》や斎場等、こちらで手配いたしましょうか」

見あげれば、再び白衣の医師だった。私がすっかりまいっているふうなので、申し出てくれたのだ。

「はあ……」

と私はまた言った。しかし、それはできないことだった。私には、そうした権限はないのだ。私がやっては間違いなく文句が出る。すべて義父が、部下を使い、満足のいく手配をするであろう。

立ちあがり、もう一度息子に会わせて欲しいと頼んだ。

そして集中治療室のすみで、息子に最後の対面をした。顔の上の白布はめくらなかった。ただ手を合わせ、彼に詫《わ》びを言い、別れを告げた。医師は、これから霊安室に移すと言った。

病院を出ると、もう表は暗い。とぼとぼと地下鉄の駅まで歩き、地下鉄に乗って浜田山に向かって帰った。

ラッシュが始まっていた。ホームに立った時、開いたドアの中の、すし詰めの人の間に割り込むのが億劫《おっくう》で、思えば、それゆえ普通の就職もしなかった。ホームのベンチにかけ、人のすく深夜まで待とうかと、本気で考えた。

他人の体にはさまれ、吊《つ》り革につかまって右に左に揺すられながら、はっと気づいた。車を地下の駐車場に入れたままだ。

しかしもういいと思った。どれほどの金額になろうとも、もう、何をする気にもなれない。

神田のN大を追われたあの頃から、千恵子は父親のスポークスマンになりさがっていた。講師の地位を失うと同時に千恵子は私を見放し、さっさと父親のサイドに立った。

義父としては、N大の教授という肩書きが娘の婿として最低限の条件であったのに、私がその最低ラインを割ってしまった。詐欺《さぎ》だと考えたのも解る。しかし千恵子がまるで同じように発想し、振る舞うのは解《げ》せなかったし、不信感も抱いた。

それればかりではない。不機嫌な際の表情や、そういう時の声までも、千恵子は父親に似てきた。笑顔が消え、小うるさい上役のようにかん高い声で文句ばかりを言い、終日こちらを責めたてはじめた。そうして何があっても絶対に自分の非は認めず、強引にまくしたて、他人のせいにした。さながら、高度経済成長時代の標準的上役でも見るようだった。

この頃から浜田山の両親の体調が悪くなり、寝たり起きたりになって、夫婦で看病に出向くことも多くなったから、これも千恵子を不機嫌にした。このような事態など、彼女はまったく想定していなかった。

私は学芸員という職種は好きで、偏見はいっさいなかった。しかし都落ちとは思ったから、不安はあった。千恵子同様私もまた、地方で暮らした経験がなかった。けれど好きな浮世絵、特に北斎を、講義の準備に邪魔されることなく研究したかったから、近い将来必ず大学に戻るという約束で、押し切った。この頃は、私にもまだそういうことができた。

ところがまずいことに、私が信州に移ったとたんに浜田山の両親が床につき、千恵子は週末は塩尻で夫の世話、ウィークデイは浜田山で舅《しゅうと》、姑《しゅうとめ》の看病という二重生活を強いられることになって、ストレスを溜めた。彼女もまた、詐欺だと思ったろう。お茶、お花、日舞の芸事に、もと準ミスの肩書きが生かせるような結婚生活ではなかった。パーティや発表会が定期的にあるような生活を、千恵子は夢見ていたに相違ない。そうなら彼女は、外交官か、病院長とでも一緒になるべきだった。これは焦《あせ》って血迷った父親の、判断ミスだった。

それとも自分の手もとから離したくないと思ったのか。これはありそうなことだ。彼女の怒りが、そういう自己中心的な父親にも向いていたのかどうか、それはもう解らない。慢性的な鬱屈《うっくつ》に沈み、笑顔がなくなった千恵子と二人で部屋にいても、私は気持ちが安らがず、終日書斎にこもって仕事をすることが多くなった。散歩にも出ず、独身時代に戻ってしまった。

せめて子供が欲しいと願ったのだが、何故《なぜ》か千恵子は妊娠しなかった。そのことでも千恵子は私を責め、苦情を言い、私のせいと信じてやまなかったが、二人で病院に行くと、私の方は正常で、千恵子の卵子が育っていなかった。

不妊治療にも通うことになり、行事が増えて、千恵子のストレスは増した。この治療は痛みがあると言い、医者の手荒さに文句を言った。不平の理由がどんどん増え、しかしそれは、私から見れば千恵子自身が探していたのだが、何週間も笑わないから、私は千恵子の笑顔を忘れてしまった。

そうなると容色も衰えて見え、その頃の彼女を、もと準ミスだと言っても誰も信じはしなかったろう。自分は昔から健康で、体力があったのに、ストレスが体質を変えたのだと千恵子は主張し、泣いて立腹を続けた。

浮世絵美術館時代、私は毎週のように旅行した。北斎の研究や、取材のためだ。長寿だった北斎は、晩年までよく旅をし、日本全国に弟子が二百人もいたといわれる。だから作品も史料も全国に散らばって存在した。これらひとつひとつを丹念にたどって調査し、論文にまとめた。

この頃はちょうど、北斎の署名と落款《らっかん》があり、北斎作であるのは自明と信じられてきた多くの絵が、実は弟子の筆であったということが次々に発見される時代にあたり、私自身も多くこれを発見し、証明して、かなりの実績をあげることができた。結果、フィールドで、それなりに名を知られた。時代もまたよかった。

千恵子の父親は、こうした旅の費用をよく援助してくれた。また地方のもと豪商の家など、会社がらみでつき合いがあることもしばしばだったから、よく手を廻して段取りをつけてくれた。そういうことだから私は、この旅に妻をともなうようにした。旅が彼女の精神をなぐさめるだろうと考えたし、彼女の父親もそう望んでいた。

しかし義父は、黙って援助してくれたわけではない。援助は惜しまないから実績を積み、一日も早く大学に戻れと、千恵子の口を通じてうるさく言ってきた。

旅から帰れば、私は妻の父が望むままに論文を書き、せっせと専門誌に発表した。その量がたまると義父は、知り合いの出版社に持ち込んで段取りをつけ、出版の話をまとめた。詳しくは聞いていないが、何千部か買い取り、知り合いに撒《ま》くようなこともしたらしい。こうした義父の力で、私はこの世界で立場を作った。

そうしたある日、私はまたしても美術館の中で自分が浮いていることに気づいた。妻の父の財力を使って取材旅行にとび歩き、そのコネクションを使って著書を出し、さらにその妻はといえば横浜のもと準ミスで（川崎が横浜ということになっていた）、美術館勤務は大学に戻るための腰掛けらしい、そういうストーリーが作られ、仲間うちに喧伝《けんでん》されて、館内の噂《うわさ》になっているらしかった。

奇妙なことだった。私の実績は館の実績でもあったはずだ。しかし館長はじきじきの指示を出し、論文書きの時間がとりにくい展示要員の部署に私を廻して、露骨な妨害をしてきた。同僚はむろんのこと、館長ともことあるたびにぶつかるようになって、結局ここも締め出された。同僚たちとしては、美術館を追放することによって、私の大学復帰を妨害したつもりらしかった。

義父は驚き、私の復帰する大学を猛然と探した。しかし空きがあるのはすべて地方の大学で、私自身はそれでもかまわなかったのだが、義父がそれでは困るらしく、彼の失望が、妻の失望になって私の前で語られた。妻はまるで、父の分身だった。

私自身もまた、今東京を離れるのは寝たきりの両親が気になった。父の方は喉頭《こうとう》ガンと判明し、手術して声を失ったから、会話は終始筆談となって、一人にしておくことはできなかった。

この時ちょうど、父の所有する浜田山のマンションの、一階に入っていた不動産屋が出ていくことになった。その不動産屋が私に、自分の後、ここで学習塾をやってはどうかと言った。近所の母親連にそういう要望が多い。たまたまこの街にはいい学習塾がないから、あんたがやれば生徒が集まるという。

私はしばらく考え、それこそいっときの腰掛けのつもりで、学習塾を開くことを決心した。なんといっても希望する大学の空きがないのだ。いつまでも無収入で遊んでもいられない。もしも将来大学に戻る道が見つかったなら、塾は人にまかせてもよいと考えた。ほかはともかく、大学受験の勉強についてなら、私はうまく教える自信があった。何より浜田山が仕事場なら、寝たきりの両親の近くにいてやれる。

東大出という神通力がきいたか、学習塾には生徒がよく集まった。しかしこの計画を知った千恵子の父親は、烈火のごとく怒ったと聞く。塾の教師などに娘をやったのではない、詐欺の極致というわけだが、それもよく解る。確かに一度塾の教師などやれば、大学復帰はむずかしくなる。大学の教員も、結局は世評あっての人気商売だ。あの教授はかつて子供相手の学習塾の教師だったとなれば、学生の親たちが苦情を言う危険がある。しかしこうなった経緯には、義父の強引さもあずかっていた。

大学復帰だけではない。塾教師は、私の著作上梓《じょうし》の道も閉ざしたかもしれない。大学のもと講師で、浮世絵美術館の学芸員という肩書きがあればこそ、浮世絵の研究本も世に出せた。学習塾の教師では、出版社としても凋落《ちょうらく》の印象を持ってしまう。読者にも説得力が出ないから、企画が編集会議を通らなくなることも考えられる。よほどの大発見でもしなければ、第二弾の上梓はむずかしくなったかもしれなかった。

けれども状況を総合的に考えれば、私にはもう、この道しか残っていなかった。大学復帰のこと、妻の父のことを考えれば、そして何より私自身の低迷打破のため、私はなんとしても第二弾を上梓する必要に迫られていたのだが、そういうことなら大きな発見をともなう必要がある。しかし現実には、そんなことは不可能というものだった。もうクルトの時代ではない。浮世絵研究の著作で大発見をともなったものなど、ここ百年ないと言ってよい。

浜田山の家で、両親の看病を続けて二年、それでなくてもおかしかった千恵子の精神状態は、いよいよ悪化した。鬱病になり、人相が変わり、薬を呑《の》むようになった。頭と腰が痛いと絶えず訴え、食事を作らなくなり、ゴミをいっさい捨てなくなった。私がほんの数日ゴミ捨てをさぼると、家の中は、ゴミのプールを泳ぐようだった。そして、ようやくと言ってはあまりに親不孝だが、まず父、続いて母が相次いで他界して、千恵子は解放された。看病のストレスが消えたちょうどその頃、不妊治療がきいてきたのか千恵子は妊娠した。両親の命と入れ替わるように、新しい生命が妻の胎内に宿った。

その時千恵子はもう三十六歳になっていたから、高齢出産だった。あきらかにこれが最後のチャンスだと思い、私は大事をとって入院させ、点滴を打たせた。流産しないでくれと、はじめて神に祈った。大学受験の時も、私は祈りはしなかった。千恵子の父親も奔走し、最高の医師、最高の病院をと手配した。

そうしたかいがあって、その年の暮れに、千恵子は無事に男の子を出産した。私にとっては、親の生まれ変わり以外の何ものでもなかった。私はそういう宗教観とは無縁の人間だが、この時だけは両親の生命が天に帰らず、かたわらで看病している千恵子の子宮に移動したと信じた。

落ちるところまで落ちた気分でいた私だったから、八方塞《はっぽうふさ》がりの現状をこの子が打破してくれないものかと考えた。他力本願は情けないが、親に道を開いてくれるように願いを込め、開人と名づけた。

成長するにつれ、実際この子が夫婦の生活を立て直してくれた。千恵子は徐々に回復し、鬱病も改善し、節々の痛みもましになったらしかった。離乳食を作り、ついでに私の食事も作ってくれるようになり、たまには笑顔も出るようになって、家庭内が地獄ではなくなった。私は息子に感謝した。

そうして息子は六歳になり、これからはすべてがうまく転がっていくと、そう信じた矢先の事故だった。妻と義父のあれほどの立腹も、理解はできる。

浜田山駅からとぼとぼと歩き、自宅にたどり着いた。鍵《かぎ》を差し込み、玄関の扉を開いて暗い土間に入った。

その時だった。すぐ耳もとで、がちゃんと飛びあがるような大きな音がして、とっさに身を屈《かが》めた。ガラスの破片が背中に降り、足もとの土間に、ごとんとアイロンが転がった。

5

私はあわてふためき、壁を叩《たた》くようにして、明かりのスウィッチを探った。

蛍光灯がまたたき、明るくなると、惨憺《さんたん》たる光景が目に飛び込んできた。

割れた皿や茶碗《ちゃわん》、白い瀬戸物のかけらがキッチン一面に散乱し、床が見えないほどだった。

背後を見れば、玄関の木製の厚い扉に大きなへこみができていて、裂けた部分から内部の白木が覗《のぞ》いている。

上部についた小窓のガラスも割れ、足もとを見れば、プラスティックの把手《とって》のとれたアイロンが転がっていた。帰ってきた私を目がけ、千恵子がアイロンを投げつけたらしい。

顔をあげれば、鬼のような形相で、千恵子は瀬戸物のかけらの中央に立ち尽くしていた。真っ赤な顔をして、涙と鼻水で、肌が光っていた。

「ど、どうしたんだ」

私は言った。

「いったい何ごとだ？」

「どうしたじゃないでしょう!?」

叫び、手近なテーブルにまだ残っていた茶碗をとり、また投げてきた。

それは、身をよけた私の鼻先で壁に当り、砕けた。千恵子はさらに叫ぶ。

「許せることと許せないことがあるでしょう!?」

さらに投げるものがないかと、千恵子は周囲に血走った目を向けている。

「返してよ！　返してよ！　返してよ！　私の子供、返してよ！」

そして食器棚の中にあった醬油《しょうゆ》の小瓶をとり、投げつけてきた。

醬油は壁で黒いしぶきをあげ、私は全身に醬油を浴びた。瓶は土間の石の上に落ち、割れた。

「許せるようなことではないでしょう!?　私に何の怨《うら》みがあるのよ。どうして殺したの!?　私の子を。返してよ、生かして、今すぐ返してよ！　私が、いったいどんな思いをして産んだと思っているの!?　私のものよ、返してよ！」

そして、千恵子は泣いた。私もまた茫然《ぼうぜん》と玄関の土間に立ち尽くし、彼女が泣きやむのを待った。

「開人は、俺の子でもあるだろう、違うのか？」

「違うわよ！」

千恵子が叫んだから、私はぎょっとした。

「違う？」

私は放心した。

「どう違う？　何故《なぜ》違う？」

「違うでしょう！　愛情があれば、殺したりはしないわよ！」

「ああ……」

そういう理屈かと思った。

「人を責めることしか思いつかないのか？　どうして俺が殺すんだ、実の息子を。考えてもみろ、頭を冷やせ」

私は言った。

「もうたくさんよ」

千恵子は言った。

「あんたの顔なんて見たくない、出ていって！」

千恵子は激しく頭を振った。

「人殺しの顔なんて、見たくない！」

「何があったのか訊《き》かないのか？」

「人殺し、出ていけ！　警察呼ぶよ！」

前方に身を折り、千恵子は金切り声を絞り出す。

「どうして実の子を殺す？　よく考えろ、俺だって悲しいんだぞ」

「あんたは悲しんでなんかいない。どうせまた、うまい嘘《うそ》作ってんのよ」

「それはこっちが言いたい」

「なんですって？」

「どうしてそんなことが言える。どこまでおまえたちは勝手なんだ」

「たち？　たちって何よ」

「おまえ、悲しくないのか？　そんなに元気いっぱいで怒る前に、悲しみは来ないのか？」

衝撃の中、自分には到底こんな大声を出す元気はない。

「あんたなんかに言われる筋合いはない、出ていきなさい！」

「ここは俺の家だろう。出ていくのならおまえじゃないのか？　おまえ、ここに嫁にきたんだろう」

「よっく、よっくそんなことが言えるわね！」

千恵子は、屈辱で身を震わす。

「あんた程度の男が！　あんたがきて欲しがったから、きてあげたんじゃない！」

私は唖然《あぜん》とした。やはりそう考えていたのか。

「こんな生活、私は望んではいなかった！」

それはそうだろう。これはよく知っている。上流階級の主婦の集まり、お茶にお花に日舞の会、そういう生活を考えていたろう。

「泥棒！」

私は首をかしげた。

「泥棒？　どういう意味だ。俺がおまえの何を盗んだ」

「この家獲《と》ってもまだ足りない、これは私のものよ」

「そりゃどっちの台詞《せりふ》だ……、俺程度の男か……」

私はさらに脱力した。

「あんたには、私はもったいない！」

千恵子は、元気よく金切り声を張りあげる。

「うぬぼれるのもたいがいにしろ。あの時おまえ、行き遅れ寸前だったんじゃないか。こんな男でも、おまえは手を打つ必要があったんだろう？　東大っていう、俺の唯一《ゆいいつ》のバッジに」

「よく言うわね。あんた、私を何だと思ってるの？」

千恵子は、屈辱と怒りに体を震わせた。目をかっと見開き、私を見つめ、大粒の涙をぽろぽろとこぼした。

「そりゃこっちの台詞だ。違うのなら、違うって言ってみろ」

「違うわよ！　あんた、私の父親に、いったいどれだけ援助されたと思ってんの？」

言われ、私は沈黙した。確かに、そのことを言われれば弱い。だが私は、その金で骨抜きにもされた。

「私たちを、私と父を、さんざんカモにして、吸い尽くせるだけ吸い尽くして、お金盗《と》って」

「おい、それは俺のためなのか？　俺のためだけなのか？」

「私の家が、無尽蔵のお金持ちだとでも思ってるの!?　いくら盗っても平気なの？　あんた、良心ないの？　父も言ってる。泥棒、詐欺師《さぎし》！」

「なんてことを言うんだ。俺がいつ金なんて要求した」

言うと、胸が苦しくなった。落ちるところまで落ちた今の自分だ。これより下はないと思っていたら、まだあった。

しかしそのことに、おまえの親父《おやじ》の強引さ、見栄《みえ》っ張《ぱ》りはかかわっていないのか。そう言いたかったのだが、これは言えなかった。

千恵子は叫ぶ。

「そのあげく、あんなに頑張って頑張って不妊治療して、痛い思いして、屈辱に堪えて、やっとできた子よ。それをあんたが殺したのよ！　何したか、自分で解《わか》ってんの!?　自分が何したか！」

「俺は痛んでないのか？　人を責めることしか思いつけないのか？　俺だって息子が死んだんだぞ、血を分けた息子が。おまえだけがつらいのか？　俺は悲しんでいないのか？」

言うと千恵子は、驚いたことに唇に笑みを浮かべたのだ。そしてこう言う。

「ふん、泥棒、詐欺師！　私と父のものばっかり黙って盗んで。訴えてやる！　裁判してやる！」

「ものは言いようだな……」

あきれて私は言った。

「俺がいつ頼んだ？　いつ請求した。君ら親子の見栄は、そこにはないってのか？」

「よっく言うわね！　口は重宝ね」

「どっちの台詞だそりゃ」

「人非人《にんぴにん》、殺人者！　人殺し。きいたふうな口きくんじゃないわよ。いったいどの面《つら》さげて私の前に出てこられたの⁉」

これは不毛だと思った。私は疲れきっていた。ただ自室で一人になり、眠りたいと思った。それ以外の望みなど、いっさいなかった。

「訴えてやる、逮捕させてやる！」

「どうぞ、やれよ」

言って身を屈め、私は靴を脱ごうとした。

「何してるの？　入らないでよ。泥棒は私の家に入らないで！」

「疲れきっている、眠らせてくれ」

「出ていって。警察呼ぶよ！」

「おい、本気で言ってるのか？」

「出ていって。もう顔も見たくない！」

「同感だな。離婚するのか？」

「当然よ。慰謝料ふんだくってやるわ。今まで私がさんざん被《こうむ》った精神的被害に、被ったひどい肉体的ダメージ。親子で盗まれた金、裁判で請求してやる」

私は溜《た》め息をついた。

「俺が何をした？　今までさんざん俺を罵《ののし》って、わめいて、嘲笑《ちようしよう》して、それはおまえばっかりじゃないか。ものを投げて、手をあげて、それもおまえばかりじゃないか。俺が一度でもやったか？」

「それよりひどいことしてる！」

「何だ？　どんなことだ？　俺はいったいおまえに何をした？」

私は尋ね、立ち尽くした。本当に解らなかったから、聞きたかったのだ。

「私を幸せにした？　これが幸せ？　おまえとは何よ、生意気言わないでよ。あんたなんかに亭主面して欲しくないわ。私はあんたなんかより、ずうっと立派な人間よ」

「それに問題があるとは思わないのか？　何をそんなに威張っている。おまえのどこにそんな資格がある。準ミス川崎ってことか」

鏡を見てみろと言いたかった。私の前に立っているのは、顎《あご》の下と下腹にたっぷりと脂肪をつけ、それをぷるぷると揺すりながら、真っ赤な顔をして、品のない言葉をわめきたてる鬼だった。

こんな女の、こんな顔に、私はいっときでも惚《ほ》れたのだろうか。思い出してみる。

だがもう疲れ、頭が働かない。若気のいたりだったということか。

「人殺しが生意気言わないで！　生意気言うな！」

叫び、そしてまた、醬油瓶が載っていたプラスティックの小皿を投げつけてくる。

「解った、解った、もういい。これ以上ものを投げるな。だが開人の通夜《つや》は？　葬式は？　斎場はどこにする？　相談をしなくちゃならんだろう」

「あんたなんて出させない、私の息子のお葬式に。神聖な儀式に。人殺しのあんたなんて、絶対に出させない！」

「俺が殺した……か、本気なのか？　本気で言ってるんだな？」

「当然！　父も賛成する！」

「ああ、そりゃまあ、あの人ならそうだろうな」

「父以外の人も賛成する」

「そりゃ、部下の取り巻き連はそうだろうさ、給料のもとだ。イエスマンに取り囲まれて、それが全世界だと勘違いしてはいないか？　君ら親子は」

「生意気言うんじゃない！　あんたごとき若輩が。私の父に向かって！」

「おやおやだな。君らはそっくりだ。天高く大威張りか、父親が乗り移ってるな。最近のおまえは貫禄《かんろく》充分だ」

「生意気な！　きいたふうな口きいて」

親子二人で、私を見下げて、いつもそんな会話をしているのだろう。

「ついでにクビだと宣告したらどうだ？　俺は君の部下らしいからな」

「裁判してやる！」

「誰に？　俺に対してか？　相手が違ってやしないか？　殺したのは俺じゃない。おまえはただ弱い者いじめをしているだけだ。君ら親子の前で、俺がいつも小さくなっているから、俺には何を言ってもしてもいいと思っているんだ」

「あんた、誰に向かってもの言ってるの？」

「いい質問だな。おまえの親父だ！」

「父に相談する」

「ああそうしろよ、双生児みたいな親父にな」

「よくぞ言ったわね、父に言ってやる」

「どうぞ」

「とにかくあがらないで。私のそばに寄らないで、けがらわしい！」

「ここは俺の家だ」

「罰よ、外に出なさい！」

「罰？　何の罰だ？」

「言うまでもないでしょう、人殺し！」

「偉いおまえの子供を殺したからか、いい加減にしろ。では俺はどこで眠る？」

すると、千恵子はこう叫んだのだ。

「そんなこと知らないわよ、こっちは！」

瞬間、強い眩暈《めまい》がして、私は立ちすくんだ。

眼前が暗転し、心臓が止まるような心地がして、かすかな嘔吐《おうと》の予兆まで感じた。日本人の口癖。それを今再び聞き、パーキングメーターに車を止めさせてくれなかった、あの老人を思い出したからだ。

あの時車を止めさせてくれたなら、私は駈《か》けだし、開人をつかまえ、こんな惨事は起きなかった。

ああ、これが日本人だ、と思った。冷酷なだけの自分が正義と信じ、自分の意地悪を道徳と盲信して、こんな嫌がらせを平然と押し通す。当然の罰則行使と信じて疑わない。

自分にはかけらも非がないと信じ、事情を聞きもせず、相手がおとなしいと思えば、舐《な》めて責めたてる。この幼児性、根拠のない空威張り。この親子も同じだと思う。

「出ていって!」

千恵子は、窓ガラスを震わせるほどの激しい金切り声をあげた。

その声に敗北したわけではない。ただ吐き気と、体調の不良に堪えかね、表の新鮮な空気がたまらなく吸いたくなって、私は妻だった女に背を向けた。

このまま家にあがれば、ついには私も堪忍袋《かんにんぶくろ》の緒が切れ、必ずこの女を殺すと思った。

6

悄然《しょうぜん》と浜田山駅まで戻り、吉祥寺のホテルにでも泊まるほかはないかと考えたが、ポケットに神田のマンションの鍵《かぎ》が入っていたことに気づいた。まだ終電には間がある時刻だったから、そちらに向かうことにした。

井《い》の頭《かしら》線に乗り、渋谷から地下鉄半蔵門線に乗り換え、神保町《じんぼうちょう》に出た。地上に出ると、明大通りをとぼとぼとあがり、マンションに帰った。

マンションはひっそりとしている。世間から忘れ去られたような、この空気はありがたかった。エレヴェーターに乗り、無人の廊下を歩いて八階の部屋に戻った。明かりをつけないまま、ヴェランダのガラス戸に寄っていってカーテンを引き開けたら、ニコライ堂が望める。ガラス戸に少しだけすきまを作れば、冷風と、街の雑踏がわずかに侵入した。その気配は、ささやかにだが私を慰めた。

そのままぼんやりしていたら、ふいに涙があふれた。いなくなった子供のこと、無残に失われた自分の妻という存在、惨《みじ》めで惨めでやりきれなかった。今の自分には、もう何もない。何ひとつ残らなかった。すべてを失った。四十五年間、ひたすら生きて、生活、家庭、仕事、女、すべてのことに失敗した。

千恵子に連れられ、はじめてこの部屋にきて、ここからあの教会のドームを眺めた時、夢のような心地がしたものだ。それが今、こうして一人で立ち尽くし、暗がりで涙を流す自分に、哀れみさえ感じない。

私の人生は失敗だった。この歳《とし》になった今、このていたらくに、もうそう判断をくだす以外にない。自分はいったいどこをしくじったのか。判断、対処のどこを誤ったか。子供の頃は成績がよく、神童とまで言われたのに。

とりたてて冒険をしたわけでもない。自己主張もさしてしてはいない。ただ必要な努力をし、黙って周囲に流されてきただけだ。そして都度都度、私はでき得るかぎり真面目《まじめ》にやった。全力をあげたと思う。それが、どうしてここまで転落した――？疲れきっていて、もう何も考えられなかった。上着を脱ぎ、チョッキとワイシャツも脱ぎながら、ふらふらと寝室に入った。ベッドに横になり、毛布をかけたら、そのまま浅い眠りにとらえられた。けれど、眠れたわけではない。何度も目が覚め、夢とも現実ともつかない妄想を見た。しかし、いつの間にか夜が明けていた。疲れがとれた感じはしない。だが、思考能力は多少戻った。

寝室にあったテレビをつけてみたら、ニュースが始まり、息子の死亡事故についてやっていたから驚いた。だが、思えば当然だ。息子は、ドアに頭蓋骨《ずがいこつ》を砕かれて死んだ。それほどにひどい、あれは事故なのだ。この世の出来事とも思われない。

警察官が群がる現場が映り、天井付近についたセンサーが大写しになった。地上一メートル二十センチ以上の高さを感知するよう設定されており、子供の背丈がそれに達していなかったのが事故の原因のようだとアナウンサーは言った。

そうだったのか――？　私は啞然《あぜん》とし、暗澹《あんたん》とした。もし本当にそうなら、あの回転ドア内に、子供は入ってはいけなかったということか。センサーの設定と、ビル管理に問題がなかったか、警察は責任の所在を追及しているとニュースは伝えた。

浜田山の自宅前で、涙ながらにインタヴューに応じる千恵子が映った。あれほど鬼のように威張り、怒り狂っていたのに、カメラの前ではしおらしく、悲しんでいる母親という感じが出ていた。むしろ自分なら取り乱すかもしれない。何をやっても自分は駄目だなと思う。あれほどに身勝手な親子だが、世間は彼女らの方をずっとまともな人間と評価している。

浜田山の家に報道陣が押しかけている。しかしこのマンションは知られていないのか、静かで、この点がありがたかった。ここはもともと千恵子が持っていたマンションだ。浜田山の家は、私が父からもらったもので、土地付だから、資産価値はあっちの方があるだろう。千恵子のことだから、そう思ってこの家は自分のものだと言ったのかもしれない。いや、それはそうだろう。どんなに興奮していても、そういう損得計算はしっかりとできる女だ。いや、計算も何もないかもしれない。全部自分のものだと、彼女は言いたかったのだろう。

とりあえずは家を交換したかたちになっている。これから千恵子の側がどう出てくるか知らないが、ずっとここにいさせてくれるのなら、私はそれで充分と思った。神田の街は気に入っている。食べる場所、酒を飲ませる場所、馴染《なじ》みの店もいくつかある。古本屋を巡り歩くのも好きだ。この街でひっそりと生きていければそれでもういい。今の私には、それ以外のどんな望みもない。

そして、しばらくはそれも保証されるだろう、と私は考えた。私は義父の気性、発想を熟知している。義父は茂木タワーかビル管理会社を相手に、近く間違いなく訴訟を起こす。その時、娘と婿《むこ》が離婚問題でがたついていてはまずい、義父はそう考えるはずだ。だから裁判が終わるまでは、私のことは放っておくことになる。千恵子は腹の虫がおさまらないかもしれないが、私を浜田山の家から追い出したというだけで、しばらくは我慢するように父親から諭されるはずだ。

さてこれからどうするか。浜田山の学習塾のことがまず浮かぶ。しかしとてもではないが、これからあの塾に行き、子供相手に笑って授業をする気にはなれなかった。英語を中心に手伝ってもらっている、竹富《たけとみ》という沖縄出身の若者がいた。彼に電話して、休講の貼《は》り紙を出してもらい、しばらく彼の授業だけはやっていてもらうように頼んだ。けれどその後塾に戻れるか、と考えたらそれは解《わか》らない。浜田山は千恵子の生活領域だ。そう考えれば、近づくことさえ不快だ。

パソコンや書物、集めた浮世絵関連の史料のことが次に気になった。怒り狂った千恵子は私の書斎に押し入り、私の持ち物も破壊するだろうか。書斎のデスクの抽出《ひきだ》しに入れた、大阪市立中央図書館から借りている肉筆画が気になった。あれを破られはしないか。そんなことをされたら、もう取り返しがつかない。

千恵子はやるかな、と考える。しかしこれは解らなかった。獣のようなもので、理屈で行動しているわけではないから、予測などはつかない。溜《た》め息が出た。ベッドに倒れ込んでまた考えた。

どうしてここまでひどい結果になったのか。私が何をしたというのか。とにかく頃合いを見て、千恵子の留守中にでも、自分の仕事関係の最小限のものは運び出すほかない。いたら妨害するだろう。しかし運び出さなければ、貞三《ていぞう》は、こんなふうに自分の仕事も放り出すような無責任な男だと、父に言いつのるだろう。

六本木ガーデンの地下駐車場に置いた、車のことも思い出した。だが、これはもういいと思った。千恵子もスペアキーは持っている。行って千恵子が出すだろう。でなければ義父の部下がやる。

駐車券は私が持っていたから、そのことで千恵子がまたヒステリーを起こし、貞三は身勝手だ、自分が困るのが解っていて券を寄越さないと言いたてるだろうが、もう気にはならない。千恵子とは別れるのだ。死んだ子供の親だというのに、茂木タワー側も、券がなければ車は出させないとか、法外な駐車料金を要求したりはしないだろう。

別れれば、この車は千恵子が取る。子供がいなくなった今、私はもう自動車に乗りたいとは思わない。これまでは、子供を喜ばせたいために乗っていただけだ。

それからは何もせず、何も食べず、一日中部屋にじっとしていた。空腹も感じず、仕事への意欲も湧《わ》かない。ときどきふらふらとヴェランダに寄っていって床にすわり、膝《ひざ》を抱えて、ニコライ堂の鐘が時を告げるのを聞いた。

携帯電話が鳴り、妻でも義父でもないので出てみれば、三宅《みやけ》という義父の秘書からだった。斎場が決まったと告げてくれた。妻はああ言っていたが、義父の方は、父親が斎場にいないことの不体裁を考えたのだ。これは予想していた。喪主は義父がやるという。

斎場は四谷《よつや》にある大きな場所で、浜田山の自宅などではない。これも予想通りだ。これは義父たちの見栄《みえ》というだけではない。来《きた》るべき訴訟の布石だ。世間に佐藤家の不幸を訴え、同情を引くには、足の便もよく、広さもある会場がよい。そうでないとマスコミが集まらないから、悲劇性を大きく世間に訴えられない。私を呼んだのも、死んだ子の両親が揃《そろ》っていなくては、テレビ映りが悪いからだ。それでは続く裁判時に具合がよくない。

三宅が、浜田山の家から私の喪服を持ってきてくれると言うから頼み、ついでに書斎の肉筆画と、パソコンだけ一緒に持ってきてくれるように頼んだ。大切なものなので、くれぐれも傷《いた》めないように気をつけて欲しいと念を押した。

ほどなく三宅が、これらを私の待つマンションまで運んできてくれ、急いで点検すれば、肉筆画は無事だったから、ほっと胸を撫《な》でおろした。これでひと息つける。参考図書の類《たぐい》はまだ家だったが、仕方がない。それらはいずれ様子を見て、ということになる。三宅に六本木ガーデンの駐車券と車のキーを渡し、車を出してくれるように頼んだ。そして、出したら妻に返して欲しいと言った。

それからの一週間は、私には前夜の地獄の延長戦だった。斎場に行き、弔問客に頭をさげ、通夜《つや》の席にすわった。妻も義父も、私のそばにはいっさい寄ってこず、私は一人、まるで部外者のように場のすみにすわって、斎場の陰気な花のように、報道陣のカメラにおさまった。まさに斎場の陰花だ。誰も望まない。見映えのするものではないから、あっても仕様がない。だが、ないとかたちにならないのだ。

私は、自分の孤独にあきれた。そうした場所で、誰一人話す相手がいない。相談する者も、何かを訊《き》きにくる者もいない。私の指示や意見など、誰も必要としていない。妻も義父も、周囲に黒山のように人が集まる。通夜に来る者は、ほとんどすべてが妻と義父、二人の知り合いなのだ。

私という人間が、いかに彼らの生活の添え物であったかを思い知った。私は知り合いを作り、人脈を作り、といった行動が苦手だから、義父の商売には何の役にもたっていない。父と娘が、いてもいなくてもいいおまけのように私を扱い、心底軽んじるのも無理はなかった。

私のところに来る者はといえば、ごくたまに三宅と、あとはマスコミだけだった。私はたった一人でマスコミに追い廻され、定番のコメントを、繰り返し繰り返し口にさせられた。夢遊病者のように、私はそれをこなした。

その日から世間は大騒ぎを始めたように、私の目からは見えた。新聞は、しばらくはこの話題で紙面が埋まった。文化人や評論家が寄ってたかって、いろいろなことを言った。

コンビニで新聞を買い、読みはしたが、コメントを求められるのが嫌で、私は世捨て人のように、神田の片隅にひっそりと息を詰め、隠れた。マスコミの誰かが私を見つけはしないかと、ひやひやしていた。

食欲はまるでなく、コンビニのおにぎりを一個買い、それで一日をもたせた。それで充分だった。服も、このマンションには若干の下着があるばかりで、シャツも上着もないから、着たきり雀《すずめ》だった。ただコーヒーだけは飲みたくなるので、神保町のラドリオやさぼうるまで、ふらふらと出かけた。

コンビニに行ったのは、例の肉筆画を縮小コピーするためだ。終日ぼんやり眺めたり、珈琲屋《コーヒー》に持ち込んで見つめたりしたいから、実物を持ち歩くと傷むのだ。けれど子供の事件があり、私の脳は思考を止めた。それで、追究はストップしている。外国語の辞書もないから、欧文の謎《なぞ》もそのままだ。私は激しく虚脱していて、だからこの絵の謎を追究したいと、そういう思いが強く持続したわけではない。絵を見ること以外、ほかに何も思いつかなかったというだけだ。史料に照らすわけでも、論文書きを始めたわけでもない。

何もないと、自分は自殺を考えるようになる、それが解っていた。神田の街をさまようと、最後には決まって聖橋《ひじりばし》の上に出てしまい、中途で立ち止まり、欄干にもたれて下を眺めることになった。ここから飛びおりれば死ねるかと考えるのだが、いやここではうまく行かないだろう、と毎回思った。

だがそう思うのは、自分の鬱病《うつびょう》がまだ本物にいたっていないがゆえだった。私は以前鬱病の経験があり、いよいよあれが始まれば、つらさのあまり誰の迷惑も考える余裕がなくなって、自分が飛びおりると知っている。まあそれでもよいとは思うのだが、とりあえず、事態が収束するまでは死なない方がよいのであろう。

離婚のやっかいも控えていることを思えば、先に楽しい予想など何もなく、死にたい思いは高まる。これに抗するためには、強い興味の対象が必要だった。それは？と自分に問うと、この肉筆画しかないのだ。

これがあってよかった。なければ私は死んでいた。といっても、これをどうこうするわけでもない。ただ眺めてすごすだけだ。強い興味と言ったが、強かったかどうかは解らない。習慣として眺めただけだ。いっさいに興味を喪失した私にこんなことができたのも、学生時代からずっと、浮世絵研究に没頭してきたからだ。眠る前に歯を磨くとか、服を脱いでパジャマに着替えるといったことと同じで、無意識の反射だ。

信仰とも似ていた。いや、正確にはそうではない。神社に行けば機械的に手を合わせ、頭を垂れる。そうした信仰上の慣習、もしくは儀式に似ていたということだ。信仰心と呼ぶなどおこがましい。ただ、かなわぬまでも学問の世界に生きようとしてきた人間なので、学問の価値に対する無批判な信心はあった。

そして私は、無意識のうちに、これを利用して生き延びようとした。コピーをお守りのように持ち歩き、ことあるたびに見ていれば、自分にもまだ有意義な仕事が先に待つ気がして、自死を先に延ばせるのだ。

塒《ねぐら》があるだけで、ホームレスとさして変わらないような生活をしている私のところに、また三宅が電話をしてきて、意外なことを告げた。

六本木の回転ドア事故を、責任当事者でない関連技術者や学識経験者が集まって、第三者機関としてのチームを組み、原因究明をしているのだが、そこがこれまでに掴《つか》んだ事実を、父親の私に説明したいと言っているというのだ。

私は驚き、首をかしげた。私などに？　というのが正直な気持ちだった。

「妻や、義父《ちち》も来るのですか？」

私は訊いた。そうなら遠慮したい気分だった。

「いらっしゃいません」

即座に三宅が言ったので、また驚く。会場は神田錦町《にしきちょう》の学士会館だという。

「学士会館？」

「はい。明日の午後七時に、会館の第四会議室に来て欲しいとのことです」

これがまた意外な場所だった。

「どんな方たちが？」

「中心は、東大の機械工学の教授です。それからあの回転ドアの、一世代前のものまでを造っていた会社、ＳＫドア設計というのですが、ここは倒産しました。そこのもと開発部長です。あの回転ドアの構造、それに至る技術の系譜等大変詳しいので。それから小児科医、N自動車安全対策室室長、そんなような顔ぶれです」

「妻や義父にはもう説明を？」

「いや、まだです。奥さまたちは裁判を準備しているということですが、法廷で使ってもらうために調べたわけではないからと、まあそういうことを言われまして、ですね……」

「けれど、私などに？」

どうにも意外だった。

「それはお父さままですから」

三宅は言う。それは確かに一応父だが、私などに声をかけてくる人がいようとは、まったく考えもしなかった。世間の騒ぎは、私などとは無縁な場所で進行している。

「お父さまだけに、という要望です」

私は絶句し、首をかしげた。

「私だけに？」

それはまた、何故《なぜ》なのか。

7

翌朝、目覚めてみると雨が降っていた。

ベッドから出て小用をすませ、ふらつく足でヴェランダ側のガラス戸のところに行ってみると、ニコライ堂が小雨に煙っていた。

ふと思いつき、キッチンに行って冷蔵庫を開けてみたら、食材はほとんどなかったが、ワインが一本と、缶ビールが一ダースばかり入っていた。

この部屋に来て、冷蔵庫の扉を開けたのははじめてだった。今の今まで、そんな発想はなかった。雨に煙る神田の街を見ていたら、急にアルコールのことを思い出した。

私はこれまで、酒というものをほとんど飲んでいない。お祝いごとの席か、知人友人と居酒屋に行ったような時だけだ。これでも頭脳労働者のはしくれなので、酒を飲むと頭がまともに働かなくなる。定番の発想しか出てこなくなって、論文はてきめんに書けなくなる。だから、書斎に酒を持って入ったことはない。

家で晩酌もしたことがない。千恵子の酌では酒もうまくないし、そもそも千恵子には、亭主に酒をつぐなどという発想がない。だから家にいる時は、せいぜいお茶を飲み、何か読むか、書くかしていた。だから開人にも、寂しい思いをさせていたかもしれないが、ともかくこれまで、家で酒を飲んだということがなく、アルコールという発想さえなかった。

しかしこの時はワインを開け、グラスについだ。そうして、ボトルも持ってリヴィングに行き、雨を見ながら飲んだ。あいたらつぎ、そうしてだらだらと飲んでいたら、立っていられなくなって、リヴィングの絨毯《じゅうたん》の上に大の字に寝てしまった。

ここ一週間というもの、本も読んでいない。思い返してみれば、こんなことはここ三十年のうちで、たぶんはじめてだ。中学に入学して以来、ひと文字も活字を読まずに寝たということは、たぶん一日としてない。それがここ一週間、ずっとそうだ。頭も錆《さ》びついている。何ものを考えようとしない。これもまた、はじめての体験だ。こんな生活を続けたら、これが私の能力になる。

雨は終日降り続いた。床から動けず、気づけば、表は暗くなりかかっている。時計を見たらもう六時が近い。そろそろ学士会館に出かけなくてはいけない刻限だ。

幅広の封筒をひとつだけ持ち、ふらふらと玄関のところまで行った。靴を履こうとしたら、頭痛が襲った。足もとは激しくふらつき、体中から力が抜けている。だから表に出るのが嫌になった。

上がり框《がまち》に腰をかけ、しばらく迷っていた。けれど、行かなければそれが噂《うわさ》になる。千恵子と義父が起こすだろう裁判の、足を引っ張りかねない。父親として、それはしてはいけないことだと思った。それで、懸命に立った。

幅広の大型封筒には、例の肉筆画のコピーが入っている。ほかには何も入っていない。これは私のお守りだ。いつも持ち歩いている。このたった一枚の紙が、今の私の命を守ってくれている。

廊下を行き、エレヴェーターに入り、箱が下りはじめたら、強い眩暈《めまい》がした。貧血も起こり、立っていられなくなって、しゃがんだ。ふと目を開いて顔をあげたら、見おろしている主婦の険悪な目と、目が合った。すでに一階に着いており、ドアが開いて、入りたい主婦が、私に早く出て欲しがっていた。

立ちあがり、エレヴェーターを出た。廊下を進み、正面玄関のガラス戸を、全身でもたれて押し開けた。すると強い湿気が私の頬や首すじを冷やし、雨の音が耳を打った。

ああ、と思った。ここではじめて気づく。雨だ、傘がない。

どうしたものかと思った。さっき部屋を出る時、玄関にもなかったと思う。しばらく立っていた。気づけば、空腹感らしいものはある。当然だろう。ここ一週間、まともなものを食べていない。

　雨の中に歩みだし、濡《ぬ》れながらコンビニまで歩いた。体力がなく、駆《か》けだす気になれない。自動ドアを入り、おにぎりをひとつ買った。それだけで表に出たら、ドア脇《わき》の大型ガラスに、ヴィニールの傘が一本立てかけられていた。柄が白く、透明な、小さな傘だ。掴《つか》みあげ、さしてみたら、骨が一本折れていた。それで、誰かが捨てていったのだろう。

　これをさし、ニコライ堂の方角に歩いていった。別に用があったわけではないが、この建物が好きなのだ。表に出たら、なんとなくこの前を通りたくなる。眺めながら通りすぎ、駅前の新お茶の水ビルの横の、枝を広げた樹《き》の下のベンチに腰をおろした。雨で、誰もいなかったからだ。人のそばに行くのは苦痛だった。

　かなりの枝ぶりの樹の下だったが、ベンチは濡れていた。しかし、さして気にはならない。感覚が衰えている。傘を足もとの石の上に置き、濡れながら握り飯を食べた。

　食べ終わっても動くことができず、長いことじっとしていた。頭はもうろうとして、雨が頬を伝うのを感じていた。気づけば体が震えている。寒くてたまらなくなったから立ちあがり、とぼとぼと明大通りに出て、坂をくだって神田錦町の学士会館に向かった。

会館の玄関を入り、傘をたたみ、ヴィニールの袋をとって挿し込み、赤い絨毯の敷かれた古い石の階段をあがっていった。ひっそりとした廊下を行き、レストランの前を通り、案内板を見つけて、第四会議室を探した。さらに一階上だった。

見つけたのでノックし、入ると、思ったよりも広い部屋で、暖炉で火が燃えていた。部屋の中央に大テーブルがあり、そこに男が三人かけて、談笑していた。

部屋に入ってきた私を見つけると、みな談笑をやめ、いっせいに椅子《いす》から立ちあがった。そして、全員がゆっくりと私の前にやってきた。

「佐藤さんですか？」

中の一人が訊《き》いた。うなずき、一礼すると、彼はすでに手に持っていた名刺をさし出した。

「M建物の、村木《むらき》と申します。このたびはどうも、とんだことでございました」

彼は、深刻そうな顔を作って言った。しかし、わざとらしい感じはしなかった。嫌な感じの男ではない。でっぷりした体型をして、頬の肉もたっぷりとしていたが、誠実そうな人柄に見えた。

「わたくし、もう十年も前になりましたが、ＳＫドア設計というところの開発部におりまして、あの茂木タワーの回転ドアの、ひと世代前の回転ドアを造っておりました。それで、何かのお役にたてるものかと思いまして、このプロジェクトに参加させていただいております」

私は黙って浜田山の学習塾教師という、みすぼらしい名刺をさし出した。名刺というと、今はこれしかない。

次の男が私の前に立った。村木は、私の名刺をしまいながら後方にしりぞく。小柄で瘦《や》せた、精悍《せいかん》な印象の人物だった。

「小児科医の反辺《たんべ》と申します」

彼は言った。彼も名刺をくれるから、私も黙って自分のものをさし出し、頭を下げた。

「N自動車の、小宮山《こみやま》と申します。安全対策室というものをやっておりまして。このたびはどうも、とんだことでございました」

自分の番を待っていた、最後の男が言った。私の目からは、みなこうした場、こうした儀式に手馴《てな》れているように見えた。私は馴れていなかった。何も言えず、ただ頭を下げ続けた。

「どうぞ、おかけください」

彼が言うから、手近の椅子に腰をおろした。雨に湿った封筒は、テーブルの上に置いた。

四人には広すぎる部屋で、みなが黙ると、表でしぶく雨の音がよく聞こえた。反辺が立ちあがり、窓を閉めにいった。少し開いた窓があったせいだった。

顔をあげ、私は三宅の顔を探した。しかし、彼の姿はない。義父や千恵子が来ないことは知っていたが、三宅は来るものと思っていた。しかし来ていない。来ないつもりか？

「片桐《かたぎり》教授がちょっと遅れているようです。今日はなんだか、ゼミと、大事な会合があるとかで、それほどは遅れないというお話だったのですが」

小宮山が言った。私が東大の片桐教授を探していると思ったようだった。だが、そうではなかったのだ。

正直に言えば私は、何ごとにも興味を失っていた。人前に出るのが嫌で、だからこの会合にも、これから彼ら専門家たちが伝えてくれるであろう情報にも、興味はなかった。子供が生きていれば、それは聞きたかった。怪我《けが》でもして、病院にいるというならば。助けるために。

だが息子は死んでしまった。そして妻のあの様子を見れば、またこの先の離婚のこと、私のこのていたらく、四十五という年齢のことも考えれば、もう先で子供を持つことはない。

今の私に興味があることは、この肉筆画だけだ。このコピーがあるから、私は今かろうじて生きている。そうした私の思いは、根拠のないことかもしれない。この絵に対して、何かしようとしているわけではないのだから。だが理屈ではない。私はこの絵にすがって、たった今を生きている。

四人には広すぎる部屋だった。みなが黙れば妙に寒々として、古い建物を叩《たた》く雨の音、暖炉で薪《まき》の燃える音がするばかりだ。

沈黙は続いていて、私は下を向き、顔があげられなかった。じっとうつむいていると、瞼《まぶた》に涙がにじむのが解《わか》った。

「この建物は、昭和三年の建築らしいですな」

村木が言った。

「感じがよいですな、重厚で。戦前の香りがする」

小宮山も言う。

「これは、旧帝大の卒業生だけが使える施設なんでしょう？」

「一般客も利用はできますが、別料金だそうですよ」

医師の反辺も言った。

「東大発祥の地らしいから、ここは。東大の片桐教授と佐藤さんがいなければ、われわれには近寄りがたいところだ」

村木は言う。そして、ちらちらと私の方を見るのが解った。

私の様子が想像した以上にひどいので、私の気持ちを引き立てようとして、一種のお世辞を言ってくれているのだ。しかし私が反応しないので、また場は沈黙になった。

雨の音がする。激しくなっているふうだ。私の体が、また震えはじめた。

「幼児の死亡原因の第一位は、不慮の事故なんです」

小児科医が言いだした。

「病気や、先天性障害なんかじゃない、不慮の事故なんです。これは早急に対策を講じるべきですね、国サイドで」

「どんな順番になっていますか？　幼児の死亡原因」

自動車会社の小宮山が言った。

「一位が不慮の事故、二位はガンです。三位は先天性障害、四位が心疾患ですね」

「ああ……」

小宮山はうなずく。

「公園の遊具なんかで、死亡事故はずいぶんと多いんです。ひとつの死亡事故の背後には、何百という怪我があります。現にこのたびの回転ドアの事故ですが、これまでに三十二件という同種の事故がありました。しかしこの段階では、まったく対策が講じられていないんです」

「みな本人の不注意、親の監督不行届きというかたちですまされてしまう」

「そう、そうなんです」

反辺が強くうなずく。

「日本人は、いつも誰かに責任を押しつけて、罰して、それですますところがある。これは一種の私刑です、わたくしの刑ですね」

「そう、だから機械の改良の方が、いつもおろそかになってしまいます」

村木が言った。

「その通りなんですよ。日本では、子供の事故の記録、満足なデータベースさえ作られていません。オーストラリア、アメリカなんかでは、しっかりしたものが作られています」

「われわれ自動車メーカーでも、不適切に使った際の車のドアが人間に与えるダメージについては、しっかりしたデータはまだ採っていないんです。今回の事故で、ようやくやり始めました」

　小宮山が言う。

「自動車の場合はまあ、これは人の不手際《ふてぎわ》と、こういうことでいいですからね。ビル内のシャッターや、地下鉄のドアはそうはいかない。これらも今、ようやくダメージの数値測定と、安全基準作り、対策を講じはじめてます。そういう意味で、今回の事故が社会にもたらす利益は大きいですね」

　村木が言う。

「回転ドアには、国の安全基準といったものが、なかったようですね」

　反辺が問う。

「ありません」

　村木が応《こた》えた。

「驚きました。早急に作るべきです」

「そりゃむずかしいですね。今それをやられると、日本のは全部ステンレスですから、回転ドア、全部失格です。気圧差のある高層ビルなんぞ、特に駄目ですね」

「自動車の、ヴァンなんかの後部ドア、これは当然手動で閉めますが、ダミー人形を置いておいてどんとやると、だいたい二百キログラム重くらいの力が加わります。子供の頭骨は、およそ百キログラム重で破壊されると言われています……」

小宮山が言って、それで沈黙になった。しまった、という顔を、小宮山はしているらしかった。

みな、私の前でのふさわしい話題を、手探りしていた。だが、気をつかってもらう必要はないのだ。私は興味がなかったし、ほとんど聞いてはいなかったからだ。

「片桐先生、遅いな」

誰かが言った。

「道、渋滞してるんじゃないかな、雨で。タクシーだろうし」

そう言った瞬間、ノックの音がした。

「はい」

小宮山が大声を出した。ドアが開く気配。

「ああ先生、遅かったですね！」

小宮山が、妙に華やいだふうの声を出し、会議室の空気が一挙に変わったのが感じられた。その様子は、ちょっと異様なほどだった。

私は不審に思い、それで、うつむけていた顔をあげて開いたドアの方を見た。そして、ぎょっとして息を呑《の》んだ。

8

疲れきり、頭がもうろうとしていた私だったが、息を呑んでいた。黒い、ナイロン地らしいトレンチコートを脱ぎながら、一人のほっそりとした人物が、ドアのところに立っていた。

「お待たせしてしまいました」

とその人物は言った。そして、まっしぐらに私に向かって歩いてきた。寄ってきながら、

「佐藤貞三さんでいらっしゃいますか？」

と訊《き》いた。まっすぐに、私の顔を見つめていた。

私は顔をあげ、茫然《ぼうぜん》としていた。いったい何だ？　何が起こった？　とそう思っていたのだ。これは誰だ？

日本人にはとうてい見えない一人の女がそこにいた。濡《ぬ》れたコートを脱ぎ、手に持つと、グレーのワンピースが現れた。膝《ひざ》たけで、これまで私が見たこともない、細く

長い脛《はぎ》が見えて、それが私に迫ってきた。

細く高い鼻、大きな目、やや窪《くぼ》んだ上瞼《うわまぶた》、肉の落ちた頬に、ほっそりととがった、かたちのよい顎《あご》。異様なまでの美人が、私の目の前にいた。

モデルか、女優が入ってきたようにしか思えない。私がひどく疲れていたせいかもしれないが、天井についた時代ものの照明の、やや黄ばんだ光線の下では、迫ってくる彼女の大きな瞳《ひとみ》、その上のやや褐色がかった瞼の影、それがそのままかたちのよい眉《まゆ》に、溶け込むようにつながっていく様は、まるで一幅の絵で、この世のものではないようだった。

白人か？　それともハーフなのか？　と私は考えた。

雨の匂《にお》い、それに混じって、彼女がつけているらしい香水の香りが、まず私のそばに届いた。

「片桐です」

立ちどまり、彼女は言った。そして微笑し、私に向かって右手を差し出してきた。それが握手を求めるものと、私はしばらく気づけなかった。こんな仕草をする日本人の女を、これまでに見たことがなかったからだ。

気力を根こそぎ喪失し、やっと場に留まり、なんとか上体を起こしているといった私だったのに、少しも目が離せなかった。

唖然《あぜん》としながら、私はその手を握った。それまでも、何の言葉も口にできなかった私だが、彼女を見て、ますます言葉が消えた。

「お待たせしてしまって、本当に申し訳ございません」

握手をすませると彼女は言い、テーブルの角を廻って、私の目の前に腰をおろした。不必要なほどに明瞭《めいりょう》な発声の日本語だったが、彼女のアクセントには、かすかに外国語の訛《なま》りがあるように感じられた。

「あ、コートを」

小宮山が言った。彼女がコートを、椅子《いす》の背もたれにかけようとしていたからだ。

「恐縮です」

片桐教授は言ったが、それは、さも当然のような口調だった。

立ちあがった小宮山は、いそいそと彼女からコートを奪っていき、部屋の隅のコートかけにさがるハンガーのひとつをとって通し、壁にかけてやった。そこに、男たちの薄茶のコートも並んでかかっていた。

「佐藤さん、あなたはおっしゃいませんのね?」

からかうように、教授は私に話しかけた。

「何を……」

私は、やっとそれだけ、言葉を発した。それだけで、少しあえいでしまう。少し熱も出てきているように感じられた。

「工学部の教授って、てっきり男だと思っていたと。みなさん、よくそうおっしゃいますわ」

私は何も言わず、黙ってうなずいた。そうだろうなと思う。私もそう思っていたが、そのあたりを使って何か軽口を思いつく元気など、とうていなかった。

するとと彼女は、わずかに反省したらしかった。

「失礼いたしました。このたびは、どうもご愁傷様でございました」

頭を少しさげ、暗い顔で私を見つめ、さらに、

「お子様のご冥福《めいふく》を、心よりお祈り申しあげます」

と言った。言っている間だけは鹿爪《しかつめ》らしい顔を作ったが、すぐににこりとした。

けれど、無礼な感じはしない。彼女の美貌《びぼう》がそうさせるのかと考えたが、そうとばかりも言えまいと思った。これは日本人にはない様子だ。やはりこの教授は外国人だ、と私は思った。

「このような大きな事故が起こると」

と彼女は説明を始めた。すると口調は、大学の講義に用いるものに似た。私も一時は教壇に立っていたので、この気分は解《わか》る。

「みんな、自身の責任回避に血眼になります。ドアを製作搬入したミツワ・シャッターも、茂木タワーの設計課も、ビル管理会社も、セキュリティ会社も。みんな、自分は悪くない、自分の責任の範囲に関しては完璧《かんぺき》な仕事をしたと、それればかりを言いつのります。罰則発想下では致し方がないところですが、それでは真の全体像は、決して見えてはきません。お子様も、それでは死んでも死にきれないと、私たちは思ったのです」

聞きながら、場に集まった男たちもてんでにうなずく。

「お子様の死という悲劇、そして失われた彼の貴重な命と、存在したはずの将来に対し、私たち技術屋ができることは何かと考えました。それは、事故にいたる正確な全体像を摑《つか》むということ。世間の理解に誤りがあるならこれを正し、あの機械の改善、完成に役立てたいということです」

そんなことをして何になるのか、そう言いたい気分と、私は闘っていた。息子はもう帰ってはこない。破壊された私の人生は修復されない。ここで何がしかの真実が突きとめられたところで、それが金がかかるものなら実行はされまい。そして企業は、もっともらしい理屈をひねり出す。私を追い出した大学や、美術館のように。

君たちの自己満足ではないのか。暗澹《あんたん》とした気分の底で、私は不平を思っていた。しょせんは他人ごとだ。自分の子供が死んでも、君たちはそんなふうに追究をするか？　呑気《のんき》に談笑し、軽口をたたきながら。

私は、子供が死んだというだけではないのだ。私のところまで落ちてこなければ、今の私の気持ちなど、決して解りはしないだろう。

「現に一部報道では、現場のセンサーは、一メートル二十センチ以上の高さを感知するよう設定されていて、子供さんの身長がこれに満たなかったから、センサーが作動しなかったかのような言われ方をしています。けれどこれは、まったくの誤りです」

私はちょっと顔をあげ、女の教授の顔を見た。誤りなのか？　と思った。意外だった。彼女は説明を続ける。

「あの回転ドアという機械は、信じがたい凶器に成長していました。そしてここに到《いた》る過程には、真面目《まじめ》な日本人がつい陥りがちな、文化的、それとも民族的な、と言ってもいいかもしれません、そうした普遍的な問題点が、介在していました」

私は黙って宙を見つめた。教授の言う言葉の意味が、実感できなかったからだ。

「問題の核心は、センサーではありません。あの回転ドアは、毎分三・一五回転、秒速八十センチの速度で進んでいました。そしてセンサーが危険を察知して停止信号を出しても、その後ドアは、慣性の働きで常に三十センチ近く進んでしまうのです。問題の核心は、そこにあります」

私はぼんやりと宙を見つめ続けた。やはり意味が解らない。

「どういうことかと申しますと、回転するドアの外周部の金属枠と、回転ドアを入れている『さや』としてのガラスの円筒の柱部。この距離が三十センチになった時、人間の頭がそこに差し込まれれば、あの事故は必ず起こったということです」

沈黙になった。私は教授の言った言葉の意味を懸命に考えた。しかし、頭がうまく働かない。

「子供であろうと、おとなであろうとです。これは恐ろしいことであり、人間が入る機械として、あれはとてつもない欠陥品だということです。大事故の可能性は毎日あり、いつも危ういところで、たまたま回避され続けていたというだけです。あの回転ドアには、九種類ものセンサーが付いていました。そして、そのすべてが正常に稼働《かどう》していました。つまり、センサー自体は異常を察知し、急停止の信号を出していたんです。だからドアには、瞬間的に急制動がかかりました。しかしドアは、止まらなかったんです」

顔をゆがめ、大きくうなずいていたのは小児科医の反辺だった。教授は続ける。

「子供さんの頭部には、八百四十七キログラム重もの強い衝撃が、瞬時にしてかかりました。子供の頭骨は、百キログラム重で破壊されます。その八倍以上の力です。急制動で多少衝撃は減るでしょうが、ひとたまりもありません」

沈黙になり、雨のしぶく音が聞こえるようになった。窓は閉まっていたのだが。雨が強くなった。

回転ドアを設計していた村木が、後を引き取って言う。

「六本木の回転ドアとさや部とのすきまは四センチです。子供の頭は幅だいたい十五センチです。しかし回転ドアは、鳥かごのように上から釣り下がっているだけです。何かが間にはさまれば、それによって押され、回転部は斜めに傾きます。そしてすきまは広がり、そこに幅十五センチの子供さんの頭は、つぶされながら引き込まれました」

わずかな場の沈黙。次に小児科医が、後を引き取って説明する。

「子供さんの体は、肩のところが柱に留められ、前に進めません。しかし頭部だけはずっと引かれますから、頸部《けいぶ》はねじれながら引き延ばされて、内部で筋肉や脊髄《せきずい》の破断が起こりました」

沈黙。雨の音。私の視界は暗くなった。

「それからようやく、ドアは止まりました」

教授の冷静な声、みなの溜《た》め息が聞こえる。私は、自分の視界が明るさを取り戻すのを待っていた。

「あの回転ドアは、すっかり悪魔の機械になっていました。もう一度申しあげますが、ドアと柱の間に人間の体が来れば、ああしたことは必ず起こっていました。人間の方で、厳重に気をつけなくてはいけない、とんでもなく危ない機械になっていたんです。回転ドア内の、外周部に近い位置にいる人は、常に命の危険にさらされていたといえます」

教授が言った。

視界は戻った。しかし私はまた、ゆっくりとうつむいていった。頸部が、自分の頭の重さを支えられない。そして顔があげられなくなった。体は、また小刻みに震えはじめた。

何故《なぜ》なのかは解らない。話にショックを受けたせいなのか。悲しみか、怒りか。よく解らない。

「佐藤さん、大丈夫でしょうか。お話、続けてもいいですか？」

教授が私に訊いた。これも解らなかった。だが無意識のうちに、私はうなずいていた。

おそらく、この苦痛の時間を早くに終えたかったからだ。間を空ければ苦痛も長引く。救いにはならない。

「ここで一番大事なこと、見落としてならないことは、そういう悪魔の機械が、日夜改善に改善を重ね続けた、日本人の真摯《しんし》な努力によって生まれている、ということです。日本人にとって、あれは誇るべき完成だったのです。ここに、問題の核心があります。

どうしてあのような殺人機械が誕生、完成することになったのか。M建物の、村木さんに説明していただきます。村木さんは以前SKドア設計にいらして、開発部の部長をしていらっしゃいました。ですからこのドアの系譜、技術が完成されていく経緯を、すっかりご存知です。村木さん、お願いします」

「はい」

村木はうなずいた。

「日本の回転ドアという技術は、もともとはオランダから入ったものでして、オランダのドンカースロート社というところから、私がかつて在籍したSKドア設計という会社が、技術を買ってきたものなんです。ドンカースロートが開発し、製品化して、細かなノウハウを持っていました。

　このノウハウの核心は、要するに回転ドア部分は、絶対に軽くなくてはいけない、ということなんです。ですからドンカースロートのものはむろんですが、ヨーロッパに数多い回転ドアは、すべてアルミ製です。鉄で造ることはありません。

　さらにドアを回すモーターは、ドアを釣り下げた枠の上に据え付けます。ですから、モーターの重みは回転部分にはかかりません。回転するドア部分は、アルミの鳥かごのように軽いものなんです。だからセンサーが停止信号を出せば、ただちに停止します」

　聞いて、みなうなずいている。とりわけ深くうなずいていたのは、N自動車の小宮山だった。彼は言う。

「大変よく解ります。自動車も軽さが命です。走る、曲がる、停まるの三大機能も、燃費も、この前提あればこそです。しかし開発に熱が入ると、あれこれくっつけて、つい重くなってしまう。それで性能をアップする補助機械をくっつけて、また重くなる。すると燃料を食うので、燃料タンクを大きくして、さらに重くなるんです」

「はい。ＳＫドア設計の場合、不況のあおりを食って倒産したんです。それでドンカースロートは、ノウハウのすべてを引き揚げてしまった。しかしSKを買収したミツワ・シャッターに、回転ドアの注文が殺到するようになったんです。東京に、まもなく高層ビルの建設ラッシュが起こりましたんで」

「しかし東京のビルは、風合い、ということを言うんですよね」

小宮山が言った。

「そうです。東京のビルの正面玄関の柱や枠材は、すべてステンレスです。ぴかぴか光っています。そうすると、中の回転ドアだけ枠がアルミというのは、とうてい受け入れられるものではないんです。ここも鉄にしろ、綺麗《きれい》なステンレスにと、でないと入館されるお客さんに失礼だと、そういう強い要請が、ビルのオーナーや、施工業者の方からあったわけです」

「鉄やステンレスというのは、アルミのだいたい三倍なんです、重さが」

教授が私に向かって補足した。村木は言う。

「私は危ないなと思っていました。というのはもう細部の図面も、ノウハウを書いた設計図書も、何も会社には残っていなかったからです。あったものは実物だけです。だから後を引き継いだミツワ・シャッターは、この実物だけを見て、製品にどんどん改善を加えていったんです。アルミでなく鉄で、その表面にはステンレスを貼《は》ってと、そういうかたちにどんどん、際限なく改善していきました。もうこれだけで、回転部は一トンを超えます。つまり、『回転部分は絶対に軽くなくてはいけない』という技術の核心が、オランダ産のノウハウが、この場合は倒産によって伝達されなかったわけです。ここに最大の悲劇があったと思います」

　村木は言い、みな深くうなずく。

9

「そのオランダのものは、どのくらいですか？　重さは」

　反辺が訊《き》く。

「それはビルの規模、回転ドアの大きさにもよりますが、まあ八百九十キロくらいです、ヨーロッパのものは。回転部分が一トンを超えることはまずありません。回るカゴを軽く造るというのは、この技術の鉄則であり、基本なんです」

　村木は答える。片桐教授が補足する。

「さらに日本の場合は、高層化した建物に対応するために、回転ドア導入を決めたんですよね。建物が高層化していくと、内と外で大きな気圧差が生じて、一階で玄関の扉が開くと、激しい風の吹込みが起こるんです。そうすると、冬なら一気に室内温が下がりますから、暖房費の問題も生じます。それで自動ドアを二重にして対応したんですが、六本木のタワーのように、出入りの人数が非常に多くて、しかも頻繁だと、二重の意味がないんです。双方とも開きっ放しになりますから、一枚扉と同じです。それで回転ドアという発想になったんです」

村木がうなずいて続ける。

「そうなんです。欧州にはそれほど高層の建物がない。回転ドア導入の背後事情が、日欧ではまったく異なるんです。欧州の場合寒いですから、暖房費節約の問題が主で、吹込みの問題はそれほどでもないんです。だからアルミで充分なんです。ところが東京は建物が高く、吹込みが強烈で、弱いアルミ素材ではもたない。フレームがゆがむんです。だから回転ドア部の枠を、さらに鋼材で頑丈に補強する必要が生じた。回転ドア部の枠は鉄でないとという要請は、風圧の問題からも来たんです。これで回転部はますます重くなりました。六本木のものは、回転ドア部だけで一・五トンあります」

「一・五トン！　ほう、それはメルセデスのCクラス並みですね」

小宮山が言う。村木は首を横に振る。

「いや、それだけじゃないんです。これだけ重くなると、もう外付けのモーター一個では、ドアを回せなくなったんです。異音がする、振動が起こる、なんていう苦情が殺到するようになって、モーターひとつじゃ無理だとなったんです。

　ところが複数モーターとなると、構造的に外付けは無理なんです。そこで回転ドアの天井裏に、直接二機とか三機のモーターを載せて据え付け、ドアと一緒に走らせる以外になくなってしまった。つまり材料が鉄ってだけじゃない、回転部にモーターまでが載ってしまって、モーター何個もの重さも加わったんです」

「で、それはどのくらいですか？」

「六本木のものは、モーター部だけで一・二トンあります。だから、ドア自体の重さと合計して、約二・七トンということになります」

「二・七トン！　これはもうダンプカーだな……」

「こんな重い回転ドアは、欧州にはありません。これが、停止信号が来てもすぐには止まれなかった理由なんです。要するに重すぎるんです、ブレーキがきかない。場合によっては、停止信号を受けても、三十数センチもドアは走ってしまいました。われわれの予備実験では」

「ああ、そうでしたね」

反辺が言った。

「これでは、緊急停止とは呼べません。人間の頭は、幅が二十センチもないんですから。緊急制動時の許容オーヴァーランは、最低この数字以内である必要があります。また逆転機能も欲しい」

「それから、回転部のフレームがアルミであれば、この素材は曲がりますからね、衝突された頭部にかかる荷重が、八百キログラム重台から、一挙に二百キログラム重台に下がる可能性はおおいにあります」

片桐教授は補足した。

「これは日本の技術の特徴かもしれないのですが、外国でできた機械を輸入してきて、これに新技術をどんどん付加して弱点を消し、きわめて立派なものに仕上げるのが日本人は得意です。それ自体はよいことも多く、実際に多くの傑作も誕生してきました。しかし中には、改善の過程で基本が見落とされることも起こります」

小宮山がうなずく。

「真面目《まじめ》さのあまり、どうしてこの機械が造られたのか、という根本の発想、前提が忘れられることがままありました。その結果、本末転倒のような大げさなもの、へんてこな機械、またきわめて危険な機械ができあがることがあります。六本木の回転ドアは、その典型と言えるでしょう」

片桐教授が、最後にしめくくるように言った。

「あ……」

思わず私は声をたてた。

「パーキングメーターだ」

つぶやいた。そして放心してしまった。

「なんですか？」

教授が言ったが、私は反応できなかった。突風のように考えが起こった。

あれもそうではないか。徹底改善され、赤外線センサーまでついたあの大げさな機械。たかが路上駐車の料金箱に、どうしてそこまでやるのか。日本人は、その高級技術を、前の車を追い払うことに使った。何故《なぜ》止め続けさせてはくれないのか。金を払うと言っているのに。

ゼンマイ仕掛けのオモチャのように簡単なアメリカの機械、あれもまた、その簡単さにこそ意味があった。追い立てる機能がないからだ。これを国内に取り入れ、赤外線センサーなどという大げさな技術を付加し、日本人の感覚では完成させた。入車を一秒だってごまかさせず、一時間経《た》ったら追い払う。

だがあれは本来、そこまでする機械ではなかった。投入するコインは、道にちょっと車を止めさせてもらって、自治体に払うお礼のティップなのだ。もっと止めたければ、止めさせてやればいいではないか。天下の往来で、歩道がない場所ではない。そんなに止めさせたくないなら、パーキングメーターなど置かなければいい。なければこっちも止めはしない。

高度に成長した日本製のあれのおかげで、私は開人を捕まえそこなった。そして開人の行く先には、同じ発想で高度に成長、完成した、日本型の殺人機械が待っていた。私は、日本人の発想する高度な技術に、二度罠《わな》にかけられたのだ。そして、息子を殺された。

私は虚脱し、動けなかった。横を向き、床に向かってうつむけた顔が、もうあげられなくなった。怒り、絶望、そして何に対してとも知れないやるせなさ、それらが体を充《み》たして、私の全身は小刻みに震え続けた。

しかしそれらを突き抜けて浮上してきたものは、やはり憤《いきどお》りらしかった。知らず、涙が流れた。どうしたらいいのか解《わか》らない。何をどうしたら、このつらい、鬱積《うっせき》した感情を解消、処理できるのか。

私が声を出したので、片桐教授は、私が何か言うつもりかと待ったらしい。不可解な沈黙があった。しかし私が何も言わなかったので、このように言葉を続けた。

「そういう私たちの、現時点での調査結果を、お父さまにお伝えしたかったのです。今後も調査は続けてまいります」

そしてまた沈黙。私はもう体面など考えることができず、ずっとうつむき続け、涙が点々と床に落ちるのを感じていた。

彼女は言った。

「雨の中、足を運んでいただき、ありがとうございました」

みなが立ちあがる気配。しかし、私は立てなかった。そしてまた不可解な沈黙。

「佐藤さん、大丈夫ですか？」

男の声が耳もとでした。小児科医の反辺らしかった。

私はそれで、なんとかおとなとしての体面を取り繕いたいと思い、両肘《りょうひじ》を両腿《りょうもも》に載せた。精神がまともな時でも、このようにしてうつむくことはあるはずだ。

「体がお悪いのですか？」

「大丈夫です」

私はかろうじて言った。

「何かおっしゃりたいことがあるのなら……」

私は首を横に振った。そしてなんとかこう言葉にした。

「ありません」

反辺は戸惑っていたふうだったが、

「私たちみな、いろいろと予定を持つ身で……」

すまなそうに言いはじめるから、私はそれにかぶせて言った。

「ああどうぞ。むろんかまいません、どうぞ、どうぞいらしてください。ちょっと、私はもう少しこのままで……。自分で帰りますから。どうぞご心配なく」

「そうですか?」

反辺は心配そうに言う。

「もしどこかお悪いなら、お薬など……」

「ああ、どうぞもうこれで、どうぞご心配なく」

下を向いたままで言った。それで、反辺の体が遠ざかる気配があった。

「大丈夫?」

誰かの小声がした。

「うん、平気だって」

反辺が応《こた》えている。そして、ゆっくりと人の気配が部屋から消えていった。ドアが開き、閉まる音。すると、表でしぶくかすかな雨の音だけになった。

監視じゃないか。私は思った。赤外線センサーだと？　何がセンサーだ、何のためのセンサーだ、ただの監視じゃないか、犯罪者に対するような。

「くそっ！」

私は右の拳《こぶし》を、左の手のひらに打ちつけた。私は日本人型の生真面目さに、二度罠にかけられたのだ。パーキングメーターと、回転ドアに。

椅子《いす》から転げ落ち、床で四つん這《ば》いになった。瘧《おこり》がついたように、全身が震えた。長いことそうしていて、それから、最初は椅子にすがり、次に机にすがって、私は立ちあがった。テーブルの上の大型封筒を持ち、のろのろと出口に向かった。

赤い絨毯《じゆうたん》の廊下をよろよろと行き、階段をくだって玄関口に立った。すると、まだ雨は降っていた。歩道はすっかり水びたしで、水たまりもでき、周囲のネオンを映している。いっときの雨が激しかったことを、それは語っていた。多少小降りになってはいたが、まださかんに降っている。

はっと気づく。傘がない。どこに置いたか思い出せない。

雨の中に歩みだし、とぼとぼと靖国《やすくに》通りに向かった。

軒づたいに歩いたつもりだったが、私の体はたちまち濡《ぬ》れそぼち、震えが大きくなる。気づけば本郷通りとの交差点にいた。横断歩道を渡り、ニコライ堂にいたる、ゆるい、長い坂道を、ゆっくりとあがった。

激しい衝撃に突然襲われた。歩道の幅分を飛ばされ、私は右手の植込みに、頭から突っ込んだ。誰かが私の体にぶつかってきた。左手の石段を駈《か》けあがってきたのだ。

小枝が私の顔や首すじ、手の甲を傷つけた。植込みはたっぷりと水を含んでいたから、全身がびしょ濡れになった。けれど腰と脇腹《わきばら》を強く打っていて動けず、うめき声をあげながら、しばらく植込みの中にいた。

助けてくれる者もなく、じっとしているうちにそれでも痛みがやわらいだから、私はもがき始め、植込みからの脱出をはかった。

ずいぶんもがいて、ようやく歩道の敷石の上に転がり出た。一回転して、尻餅《しりもち》をついた。濡れた石の上にしばらくすわった。すると悪寒《おかん》もひどくなるから、四つん這いになり、ゆっくりと立った。またよろよろと歩きだし、坂をあがった。

気づけば、聖橋の上に出ていた。神田川の水の上で立ち停まった。それから、よろよろと欄干に寄っていってもたれた。

欄干の石の上に胸を載せ、じっとしていると、腰や脇腹や足に、まだ痛みを感じる。

それから、見事に何もないと思った。あるのは痛みばかり。家もない、家族もない、帰る場所もない。食欲もなく、睡眠の欲もない。働く意欲もない、仕事もない。

右手を見る。バス停があった。聖橋の上からバスが出るのだ。

もう終バスも出たろう。あのバスは、東京大学に行く。朝は渋滞する。到着の時間が読めない。けれど私は、地下鉄よりも、ここからあのバスに乗って大学に行くのが好きだった。特にこんな雨の日、傘をさしてあの停留所に並んだ。

それは、この街が好きだったからだ。お茶の水から神田界隈《かいわい》、古本屋が並ぶ靖国通りの歩道、たまらなく好きだった。ずっとここで暮らしたいと思い、だから時間がかってもここからバスに乗った。この街の空気に少しでもひたりたかったから。それだけで、未来が輝くような気分になれたのだ。

千恵子がこの街にマンションを持っていなかったら、私は結婚しなかったかもしれない。あの頃の千恵子、もと準ミス川崎という肩書きに、憧《あこが》れなかったとはいわないが、彼女と父親、二人の属す虚飾的世界への違和感に、私は絶えず不安を感じていた。だから逃げだしたかった。そうしていたら、どんなによかったか。

自分の妻には、家財産など何も持たない平凡な女で充分だった。私は野心家ではない。コンサートだの歌舞伎《かぶき》だの、上流階級だと触れ廻りたげな暮らしに興味はなく、伊豆《いず》の別荘だの、軽井沢の山荘だのにひかれたことは一度もない。他人の財産を使ってのしあがろうなど、考えたこともない。

だが神田のマンションが、私を引き留めた。デートのあとあのマンションに入り、ニコライ堂を見おろした時、私は結婚を決意した。高校時代、私は努力した。このくらいの幸運は、摑《つか》んでもよいのかもしれない、そう恐る恐る考え、あれが生涯最大の過《あやま》ちだった。

まだ何も持たず、この橋の上のバス停から大学に向かった、あの頃までが私の華だった。思いがけず摑んだあの学生時代が、私の後半生を狂わせた。東京大学が、見栄《みえ》の道具にされた。

首を回し、御茶ノ水駅のホームを見おろしてみた。電車が出ていくところだった。出ていくと、ホームも、その前の線路も、なんだかがらんとして、そのむなしい場所を、しきりに雨が叩《たた》く。

もう一度電車が入ってくるのを、こうして待ってみようかと思った。その時だった。あっと声をあげた。

自分の体を両手で探った。はたはたと、両脇を叩いてもみる。雨が、しぶきになって飛んだ。

封筒がない！　絵をなくした——。

お守りをなくした。私は茫然《ぼうぜん》とした。

しばらくそうしていて、それからゆっくり、死ぬ時が来たことを知った。

右足を欄干にかけ、上にあがった。飛びおりようと、上体を空間に向かって傾けかけた時、襟首を摑まれた。そして強引に歩道側に引き戻され、私はしぶきをあげて歩道に転落した。

10

私は背中と腰をしたたかに打ち、動けなかった。ひどい喪失感ゆえ、しばらくはうめき声さえ出ない。

真空の空間で、五感を失った私の精神は、無音でのた打つようだったが、だんだんに苦痛がよみがえり、それにともなって感覚や思考も戻ってきた。自分に起こった事態が理解できてはいなかったが、死なせてももらえないのか、というふうには考えた。世界があまりに苦痛に充《み》ちているので、死の手招きを、甘美なもののように私はとらえた。自分の体が橋の下に達した時、受けるであろう強い苦痛も、今のこの苦しみに較《くら》べたらましのように思い、少なくとも同程度だと考えて、そうならその後間もなく訪れるであろう死の無感覚が、自分を救うと確信した。

自死の原理とはそういうことかと、手に入れそこなって私は理解した。すると一種の自嘲《じちよう》が起こり、笑いたい気分が湧《わ》いて、なんとどうでもよいような思考回路で私は生きているものかと感じた。千恵子親子の見栄の人生と、行動原理に大差はない。

体を反転させ、横を向いた。すると予想外なことに、鼻と口がほとんど水没したからびっくりした。石の上を覆《おお》った水は、顔を浸してみれば案外水深があり、私を溺死《できし》させることも可能だ。

水の匂《にお》い、石の匂い、よみがえった世界の騒音。そして私の内部深くに侵入し、生命を奪っていく冷気。鼻先にはじける雨の滴《しずく》をじっと見つめた。白い蝶《ちよう》が踊るようなその飛沫《ひまつ》は、無限というほどの数、眼前にあり、世界の果てまでを埋めつくしていた。警察官に遭遇したかと考えた。よく周囲を確かめてからにするべきだった。続く厄介を予想し、私は気分が悪くなった。

水から顔をあげた。呼吸が苦しくなったからだ。死のうと思っていたのに、呼吸をしたいのは不思議なことだ。そうすると、自分の頭を雨が叩かないことに気づいた。

あえぎながら鼻先を見ると、靴がある。黒く、華奢《きやしや》な靴だった。かすかに光ってい て、高いかかとが付いている。おや、と思う。

視線をあげていくと、足がある。何？　と思った。むき出しだったからだ。白い素肌が見えた。

両手を突っ張って上体を起こし、続いて右肩から倒れ込んで仰向けになり、私は上空を見あげた。遥《はる》かな暗がりに、水銀灯に照らされる白い顔があった。その上には傘があり、それが私の顔にかかる雨も防いでいた。傘の周囲には、風に舞いながら落ちてくる無数の水滴があり、それが白い粉のようだった。

女だった。その意外さに、私は目を見張った。軽蔑《けいべつ》してやまないといった視線で、女はじっと私を見おろした。

遥かな高みにあるから顔はよく見えなかったが、見覚えがあるような気がした。

「何をしているんですか？　佐藤さん」

女は、冷ややかな声で訊《き》いてくる。

「何をと言われましても……」

私は言った。

「見れば解《わか》るでしょう」

私は別に、冗談を言ったつもりはなかった。死のうとしていたのは一目瞭然《りょうぜん》のはずだ。どうしてそんなことを訊くのかと考えた。

すると女は、ちょっと噴いた。そして、続く言葉を笑いで乱した。

「確かに、見れば解りますわね」

聞いて、私の精神にも笑いが湧き、その気分はだんだんに抗しがたくなって、私は雨の中に仰向けに寝たまま、笑いだした。

教授だった。片桐教授だ。どうしてこんなところにいる？　どうしてだ？

しかし、もうどうでもいいような気がして、私は笑い続けた。

私に傘をさしかけ、教授も笑っていた。だんだんに、彼女の高い声質の笑いが聞こえるようになった。

しぶきをあげて体を反転させ、私はうつ伏せになった。鼻と口が、するとまた水に浸《つ》かる。

背中を打つ雨粒が、はっきりと感じられるようになった。続いてさーっと、街を打ちつくす雨の音が聞こえた。雨足が強くなったのだ。教授の笑いが、それで遠のく。

いきなり、涙が噴き出した。背中を震わせ、徐々に身をまるめていきながら、私は激しく泣いた。歯を食いしばり、雨の音を聞きながら、私は号泣した。

音が変わった。何故《なぜ》だ？　と思う。そしてすぐに解った。傘だ。片桐教授の持つ傘が、私の頭のすぐ上までおりてきたのだ。

片桐教授がしゃがみ込み、私の顔を横から覗《のぞ》き込んでいる。その屈辱で、また涙が出た。けれど懸命にこらえた。話しかけられそうだったからだ。

「佐藤さん」

案の定教授は言ってきた。雨が激しかったので、やや強い声だった。

「何です」

私は小声で応じた。

「立ってください。風邪をひきますよ」

それを聞き、死ななかった悔しさがあらためて湧いた。肉体を持っていれば、病にも苦しまなくてはならない。なんと厄介なことか。

「教授、どうしてこんなところに」

私は屈辱感から訊いた。忙しかったのではないのか。

「そんな話は、立ってからでもできます」

彼女は手きびしく言った。

「人が変に思いますよ」

「もうお帰りください。忙しいのでしょう」

「こんな様子を見て、帰れるわけがないでしょう。さあ立って」

「ぼくのことなんて、放っておいてください」

「そうしたら、また飛びおりるんですか？」

言われて、私はしばらく考えてみた。だが不思議に、そうしたい気分はなかった。

「お家《うち》はどこですか？　お送りしましょう」

「どうして？」

私は驚いて言った。

「どうしてそこまでしてくださるんです？」

「さあ立って」

彼女は応《こた》えず、私の左腕を自分の肩に廻し、強引に立たせた。

思ったより力があり、気づけば私は、よろめく足で、敷石の上に立たされていた。

不思議な気分だった。もう二度と私は、こんなふうに敷石の上に立つ気はなかったのだ。自分の足でまた立っていることが、強い驚きだった。

地面からは大変な背の高さに思えたが、また実際背の高い人ではあったけれども、こうして身近にすれば、教授は私よりもわずかに背が低い。やはり女だと思った。

「歩いてください」

教授は命じ、自ら進んで、こちらを強引に歩かせた。

横を向けば、水銀灯の白い光に照らされる、絵のように美しい横顔が鼻先にある。それが私の生命感を呼び覚ました。そのことは認めざるを得ない。発熱や体の消耗や、そういったことを超越して、私の美意識や生命力に訴えた。

といっても私は、彼女に女は感じなかった。不思議なほどに、それはない。高い鼻《び》梁《りよう》、伏せられた大きな目、脂肪の薄い頬、あまりに完璧《かんぺき》な造形だったから、私はパブロ・ピカソの傑作、「ピエレットの婚礼」を連想した。バブル期、日本人が七十五億円の値をつけ、絵画市場の最高値を更新した、いわくつきの絵だ。

そんなこととは別に、あれは好きな絵だった。あのピエレットに、教授はどこか似ていた。これが人間で、生きて動いているのが不思議だった。

「どうしてこんなことまでしてくれるんです？」

不思議でたまらず、私はまた訊く。

「ドア・プロジェクトに参加したからです。回転ドアの問題点を指摘したら、それで仕事は終わりだと思いますか？」

「違うのですか？」

「みなさん、子供さんが亡《な》くなったから参加したんです。みんな子供を持っているんです。機械にだけ興味があるんじゃありません」

「私に……」

言いかけたが、意識がもうろうとして、うまく言葉が出なかった。

「みんな、あなたの気持ちが解るんです、痛いほどに。でもあなたが、想像していたよりもずっとひどいから……」

もうろうとした意識と視界ながら、私は教授を見た。意味が解らなかったからだ。想像していたよりもひどいから何なのか。だからこうして面倒をみてくれるのか？

「どうしてあそこにいたんです？　聖橋に。偶然ですか？」

「そうです」

教授は即座に言った。

「それとも、跡をつけてきたとでも？」

言って彼女は笑い、横を向いて私を見た。

信じられない笑顔だ。女優かモデルだ。いったい何なのか。本当に教授なのか。

「あなたは、本当に教授なんですか？」

私は訊いた。

「そうですわ」

　教授は応えた。

「どうして？」

「しかも工学部。女優さんとでもいうなら信じるけど。東大に行って、確かめてもいいですか？」

「どうぞ」

　また笑って、教授は言う。

　では本当か、と思う。しかし、ペテンにかかっているような気分は去らない。

「大丈夫です。もう大丈夫。ありがとうございました。肩を貸していただかなくとも歩けます。あなたも濡《ぬ》れてしまう。傘がさせないでしょう」

　言って、私は教授の華奢な肩から腕をはずした。そして、よろよろと自分の足で歩きはじめた。しかしふらつき、真っすぐには歩けない。

「真っすぐ歩けませんね」

　傘をさしかけ、肩からさげたバッグを直しながら、教授は言う。

「大丈夫です。もうすぐそこですから」

「奥さんはいらっしゃいますか？」

訊かれて困った。戸籍上はまだいる。しかしこの先の部屋で待っていて、私の世話をしてくれるのかという問いなら、いない。

私が黙ってしまったので、教授も黙った。

「こっちでしょう、佐藤さん」

彼女は言った。

「え、どうして解るんです？」

驚いて、私は訊いた。

「さあ、どうしてかしら。それなら私も質問。どうして死のうと？」

訊かれても、また黙るほかはない。

「子供さんが亡くなったから？」

私は首を、強く横に振った。

「それだけじゃない。話せば長いが、あなたは退屈するだけです」

言ってから、ああそうだったと思い出す。

「直接の引き金は、お守りをなくしたからだけど……」

別にそんなことを言う気はなかったのだが。

「お守り？」

「江戸期の肉筆画で。コピーなんですけれども。それをなくして……」

「これですか？」

肩にさげたバッグから、教授はまるめた大型封筒を無造作に引き抜き、示した。

「えっ」

私は絶句した。手に取ると、間違いなかった。

「どこでこれを？」

「道に落ちていました」

茫然《ぼうぜん》とし、礼を言うのも忘れた。

「ではもうこれで、死ぬ理由はなくなりましたわね」

彼女は言い、私は苦笑してうなずくほかはない。それで、

「努力します」

と言った。マンションが近づいてきていた。

「お世話になりました。ではこれで。なんだかお礼もしないで、大変失礼ですが」

「では近く、お礼をしてください」

教授は明るく言った。私は唖然《あぜん》として立ち尽くした。そんなことを言う人とは思わなかったからだ。しばらく考え、そして言った。

「ああ、解りました。私が心配だからですね。あなたのような美人にそんなこと言われて、生きる気力を奮いたたせない男はいないでしょうから」

ふらつく足で懸命に立った。しかし悪寒《おかん》がひどく、話すのがやっとだ。

「自信満々で、うらやましいことだ……」

聞こえないように、私はつぶやいた。雨の音がしている。

「あなたはどうなんですか？」

私に傘をさしかけ、教授は訊《き》いてくる。

「私は駄目です」

即座に言った。

「もう終わった人間だ」

「何を言えば元気が出ますか？」

「何を言ってもらっても無駄ですが……、ああそう、これ……」

ふと思いつき、私は封筒から肉筆画のコピーを引き出した。

「ここ、これです。これはなんて書いてあります？　どういう意味でしょうか」

私は肉筆画の左に入った欧文を、指で示しながら訊いた。

教授は雨の中、彼方《かなた》の水銀灯の明かりに紙をかざして見ていた。が、じきに戻して寄越した。

「解《わか》りませんよね」

私はあきらめて言った。いかに東大教授でも、すぐには無理だろう。

「オランダ語ですわね。英語で言うと、フォーチュン・イン、デヴィルズ・アウト、です。では暖かくしてお休みください、震えてらっしゃるようだから」

そしてにっこりと笑い、くるりと背を向けた。

11

暗い部屋に戻ってきて、しばらく立ち尽くした。愛情の記憶などいまやかけらもなくなった部屋だが、表の雨の中よりは暖かく、わずかにひとごこちがついた。

浴室に入り、すっかり水を吸った服を脱いで、タイルの上にびしゃびしゃと落とした。体調が悪く、熱があるふうなので、シャワーを浴びる気になれず、湿った体をタオルで拭《ふ》くだけにした。

タンスの抽出《ひきだ》しを開け、自分の下着を出した。私の着るもので、ここに入っているのは下着やTシャツ、パジャマくらいだ。下着とパジャマをつけ、ベッドにもぐり込んだ。

しばらくすると、体がかっかと火照《ほて》りはじめ、震えが始まり、頭痛も襲った。死ねていれば、今頃こんな苦痛はなかったなと考えたが、不思議に、もう悔しい思いは起こらなかった。

片桐教授に会ったせいか、そして親しくなったせいか、と考えてみた。確かにあんなことがあったせいで、彼女といきなり親しくなった。肩を貸してもらい、体を密着させて歩きもした。学士会館で見かけた時には別世界の人と感じ、思いもしなかったことがいきなり起こった。しかも、いずれ食事でもと、そういう意味のことを彼女は言ってくれた。

しかしそのせいとは思いたくなかったし、実際に違うと思う。彼女の人となりや日常など見当もつかない。芸能人や、遠い異国の女の生活が解らないのと同様、彼女は私にはまったく得体のしれない人種で、だから自分と縁があるなどとはとうてい思われない。

思えば千恵子もそうだった。準ミス川崎で、父親は有名企業の重役で、政治家にもコネがあり、家は資産家、あちこちに別荘を持つ。こんな暮らしは私には無縁の別世界だった。こういう分不相応なものに憧《あこが》れ、私は手ひどいしっぺ返しを食らった。もうあんな失敗は二度とご免だ。

けれど私の鼻先で、青白い水銀灯に照らされていた美しい横顔は、網膜に焼きついて去らない。それを脳裏に見つめていたら、浅い眠りに落ちた。精神状態と体調の悪さから予想はしていたが、案の定嫌な夢をさんざん見た。叫び声をあげて覚醒《かくせい》する。すると不思議なことに、たった今見たはずのものを憶《おぼ》えていない。堪えがたい気分だけが残っている。

汗をかいていた。やはり熱が出た。額を冷やしたい。けれど体が動かない。パジャマの袖《そで》で汗を拭《ぬぐ》い、しばらく荒い息を吐いていると、それでもうとうとと、眠りの藻が足に絡《から》みつく。うめきながら、しばらく意識の浅瀬をさまようと、私に向かっていきなり白い瀬戸物が飛んできた。はっとよける。真っ赤な、鬼のような千恵子の形相が背後にあり、金切り声で私に罵声《ばせい》を浴びせる。ぶんと唸《うな》りをあげ、瀬戸物が私の顔に命中する。あっと叫び、痛みと血の予感に目が開く。

幻覚だった。かすかな安堵《あんど》。しかし以前にも増した激しい汗。たまらず身を起こそうとする。なんとか上体を起こすと、暗い室内がぐるぐると回る。すると枕《まくら》もとに片桐教授が立っていて、私を見つめ、笑う。そして、「今度お礼をしてください」と言うのだ。私はもう一度驚き、少しだけ明るい気分を取り戻す。そうしたら薄目が開き、それ自体が夢なのだった。

窓のある方角が少し明るい。夜が明けはじめているのか。

呼吸が苦しい。たまらなく苦しい。窒息しそうだ。咳《せき》が出はじめる兆候があり、この先の苦しさが予感される。首筋がねとねととして、脂汗《あぶらあせ》をかいている。背中もびっしよりと湿っている。

頭がくらくらとして、不快感も堪えがたい。一週間以上まともなものを食べていないから、体に抵抗力がない。侵入した風邪のウイルスを、免疫力《めんえきりょく》が撃退しきれないでいる。

苦しい気分の内で、ふとこんなことに気づいた。片桐教授はおかしい。私はあの肉筆画の入った大型封筒を、本郷通りの坂で、人にぶつかられ、植込みに倒れ込んだ拍子に落としたと思う。心身ともにいかにふらついていても、あれ以外の時に落としたなら、そうと気づいたはずだ。

とすれば、彼女もまたあの坂の途中で、あの封筒を拾ったことにならないか。あの時点から彼女は、私の封筒を拾って持っていたのだ。私の姿とともにでなければ、封筒が私のものとは解らなかったはずだ。では彼女は封筒を持ち、私の跡をついて坂をあがってきたということにならないか？

そうでなければ、たまたま聖橋に居合わせ、たまたま私が身を投げようとする直前に駈《か》けつける、などという芸当ができるはずもない。あんな時刻、あんな雨の中、あり得ない。偶然がすぎるというものだ。

跡をつけ、彼女は私を観察していたのだ。どうしてそんなことをした？　もしも跡をつけたのなら、それは学士会館からだろう。とすれば、彼女は帰ると見せかけ、会館内のどこかか、それとも出口周辺の表にひそんでいて、私が出てくるのを待っていたことになる。どうしてそこまでのお節介を？

彼女が私に興味を持ったから、などとはまったく考えなかった。上着の襟首をむんずと摑《つか》み、欄干の上から私を歩道の敷石に乱暴に投げ落としたあの所業、骨折していても不思議ではない。続く軽蔑《けいべつ》的な視線は、むしろ睥睨《へいげい》か敵意のあらわれのように私は感じた。その後、にこやかに接してくれたから忘れていたが、あの仕打ちは男のように粗暴だった。とうてい、恋心を抱く男に対する仕打ちではない。

考えていると、頭が疲れる。また少しうとうととした。苦しくてたまらず、泣きながらもがく。気づけば私は小学生に戻っていて、アスファルトの夜道を泣きながら走っているのだった。学習塾の帰りで、嫌な上級生に追われていた。恐怖で私は泣き叫んでいる。

すると、片桐教授が行く手に立っていた。驚いたことに、赤い和服を着ている。髪は島田に結い、その上に、青い裃《かみしも》まで着けている。

彼女は横を向いていた。だからやってきた私には気づかない。何やらしきりに外国語を話している。聞き耳をたてるのだが、少しも意味が解らない。どうやら英語ではないふうだ。にこやかに笑い、そしてさっと、大きく右手をうち振った。

苦しいのも忘れ、私はそれを見た。すると、足もとでぱらぱらと白い粒が跳ねるのだ。雨の滴《しずく》のようにも見えたが、しっかり見つめると、それは豆なのだった。豆が石の上で飛び跳ねている。私は首をかしげた。

見れば彼女は、白木の升を、左手で小脇《こわき》に抱えている。その中に右手をさし入れ、ひと掴みほど豆を取り出しては、何だか声高な外国語を叫びながら、ぱっと撒《ま》く。その言葉が、歌うように優雅だ。

教授は、延々とそれを繰り返した。投げている先を見たら、鬼の形相の千恵子が立っていた。いじめっ子の上級生は、もう背中を見せて逃げだしている。

はっと気づいた。私がいるのは、浜田山の家のキッチンなのだった。教授の撒く豆が、ぱらぱらと千恵子の顔や体に当たり、板敷の床に落ちて跳ねる。千恵子は微動もせず、まったくこたえてはいないふうだったが、やがてじりじりと後退し、玄関から出ていった。

するると教授は、豆を撒く仕草を止《や》め、じっと私を見た。どう？　撃退してあげたわよ、とでも言うようににっこりと微笑《ほほえ》み、それが額縁の内の絵のように美しい。夢の中特有の遠慮のなさで、その美しさは輝くようであり、尋常なものではなかった。私は感謝と、その美にうっとりとして立ち尽くした。

気づけば、私たちは夕刻の暗い森の中に立っていた。見れば教授は、いきなり帯を解きはじめている。ぎょっとして私は、やめて欲しいと言った。あなたはそんなことをすべきではない。しかし教授は委細かまわず、赤い着物をさらりと足もとの草に落とした。すると下には、バニーガールのような衣装を着ていたのだった。白銀色の、体にぴたりとしたレオタード。お尻《しり》には尻尾《しっぽ》が付いている。しかし、長い美しい足はむき出しになった。

作りもののようなその白い足を動かし、ぴょんぴょんと、少しおどけるように動き、升の中から何かを取り出した。それはトランプの束なのだった。するりとそれを扇形に広げ、升は捨て、彼女は私に向けてポーズした。

ああピエレットだ、と私は思った。正体を見せた、やはり彼女は、美しい女道化師のピエレットだったのだ。とそう思った瞬間、目が覚めた。

何のことだ？　と思った。茫然《ぼうぜん》とする。これは何だ？　これはいったい、何を語る夢なのだ――？

そう思いながらゆるゆると動き、私はベッドの端から床に転がり落ちた。悪寒《おかん》と吐き気で、とてもではないが、じっと寝てはいられなかったのだ。

這《は》って床を進み、トイレに入った。便器を抱え、胃の中のものを吐こうとした。強い衝動はある。しかし、吐くものがないのだ。このところ、ほとんど何も食べていない。吐くほどの内容物が胃の内にない。

便器を抱え込み、ただ苦しいだけの時間をすごした。はっと目が覚めると、横向きに倒れ、狭いトイレの床で眠っていた。

起きあがり、すごすごと廊下に這い出す。少し楽にはなっていたが、まだ熱があるようだ。喉《のど》が痛くなった。風邪の症状が出た。

浴室に行き、水道の水にタオルを浸した。相変わらず苦しいが、いっときよりは楽になった。夜が明けたからか。生命力が多少戻った。

病を得た一人暮らしの老人の、こんな話を聞いた記憶がある。夜が苦しいのだ。闇《やみ》の中で、これで自分はもう死ぬのだなと、夜が来るたび一度は思う。救急車を呼ぼうかと、電話に何度も手を伸ばす。夜の持つ死への誘《いざな》い——。

タオルを額に載せながら、よろよろとリヴィングに向かう。ベッドに戻る前に、ガラス戸の外を見ようと思ったのだ。もう夜は明けている。そして雨はやんでいる。時刻は解らなかったが、そんなことに興味はない。

曇天らしく、陽は射《さ》していない。ほっとしたような、つまらないような気分になる。表の雨音は、思索を巡らすには心地《ここち》好《よ》い。雨の中に立っているのはつらいが、室内にいれば、家のありがたみも湧《わ》く。

明かりに背を向けた時だった。あっと声をあげ、立ち尽くしてしまった。夢だ！　と思った。あの夢の意味が解った！　何の前触れもなく、いきなり天啓めいたものがやってきた。

大阪市立中央図書館で手に入れた、謎《なぞ》めいた肉筆画、あの絵の左側に毛筆で書かれていた不可解な欧文。夢は、あの言葉の意味を私に語っていたのだ。

昨夜雨の中に立ち、片桐教授が意味を教えてくれた。あれはオランダ語で、英訳すれば「フォーチユン・イン、デヴィルズ・アウト」だという。

そしてさっきの夢だ。片桐教授が和服を着て、さかんに豆を撒いていた。なにやら声高に外国語を叫んでもいた。あれが「フォーチユン・イン、デヴィルズ・アウト」

ではないのか。

今いきなり、それらすべてが一本につながった。その見事さ、不思議さに、私は打たれたのだ。「フォーチュン・イン、デヴィルズ・アウト」とは、「福は内、鬼は外」ではないか。節分の豆まきの際、昔から日本人が言ってきたかけ声だ。

私の意識は、まだこうしたことに気づけてはいなかった。しかし何ものかが、私の知らない場所で考えを進め、こうした解答に、ひっそりと到達していた。そしてそれを、私に教えたのだ。夢のかたちで――。

いったい誰が考えた？　自分の脳か？　潜在意識？　放心し、夢の不思議さを思った。しかし、自分の脳のしわざだとは、どうしてもうぬぼれられなかった。自分でない何ものかが、人知れずどこかで考え続け、解答を得ていた。そういうふうにしか理解ができない。

雷撃に打たれたようになって、私は音をたてて床に倒れ込んだ。そして四つん這いになり、ひしと頭を抱えた。また貧血が起こり、視界が暗転した。

「フォーチュン・イン、デヴィルズ・アウト」、「福は内、鬼は外」。この解答が私を打ちのめしたわけではない。むろんそれも驚きだったが、立っていられないほどの衝撃を私にもたらしたものは、電撃のように走った思考がその先に押しひらいた、とんでもない世界だった。

あまりにも思いがけなかったから、私は茫然自失し、ほとんど恐怖を感じた。では？　では？　と私は震えながら自問した。

大阪市立中央図書館の地下倉庫であの肉筆画を発見した時も、私はやはり怖いほどの驚きを感じて、コンクリートの床に尻餅《しりもち》をついた。衝撃は、時間とともに大きくなり、帰りの新幹線に乗っている間中、私は放心していた。半信半疑だったからだ。自分が摑んでいるかもしれない幸運に、恐怖した。しかし今、それがさらに実体化した。だから、まさか、という思いだった。

大阪行き以来、私の頭のすみに巣くった考えがある。しかし恐ろしくて、私は意図的にそれを、思考の表面に浮かびあがらせないようにしてきた。こんなことがいったい起こり得るのか？　これは現実か？　本当に誰もが見逃してきた発見なのか？　そう私は自問した。

しかし間もなく子供のあの事故があり、私の頭はパニックになって、この問題もどの問題も、いっさい考えられなくなった。しかし今また眼前に新しい材料が現れ、私は否《いや》も応《おう》もなく興奮のうちに引き戻された。

肉筆画に描かれた顔は、豆のような小さな両目、高い鼻、おちょぼ口、などといった特徴を持っている。それ自体はどうということはない。こう列記してみても、浮世絵の一般的な特徴と、そうかけ離れはしない。

問題は全体の印象だった。この絵は浮世絵、つまりは絵草子屋の売り物らしくないのだ。ほとんど醜女《しこめ》の図だったからだ。江戸の絵草子屋は、いわば情報発信センターで、さまざまのものを売ってはいたが、メインの商い品は錦絵《にしきえ》たる浮世絵だ。浮世絵というものは、役者絵、遊女絵、茶屋の看板娘など、基本的に美男美女、スターの姿を庶民に売るもので、先年までのブロマイド店である。定型的な美形以外のもの、個性的にすぎるものは、判じ絵ならばともかく、売りものにならない。誰も買ってくれないからだ。

しかし浮世絵史上に、ただひとつだけの例外がある。それが東洲斎写楽《とうしゆうさいしやらく》だ。この絵師の作品だけは、役者をほとんどからかったふうの辛辣《しんらつ》な表現、皺《しわ》もしっかり描き込むリアルな筆致、それが男役者の絵というなら解《わか》るが、女形の顔まで遠慮なく醜女に描いて、一時代を作った。そうして、歌麿、北斎に並ぶビッグネームとなって、世界中にその名を轟《とどろ》かせた。そういう超大物絵師の筆に、この市立中央図書館で見つけた肉筆画が、非常によく似て感じられたからだ。

写楽？　まさか。私はそう思ったのだ。しかしこの紙が江戸期のものであることは、これまでの研究者人生を賭《か》けて私は保証できる。北斎のものをはじめとして、数千枚におよぶ当時の絵と紙に接し、自分の手指でそれに触れてきた経験から、これには自信が持てる。

そしてこの肉筆画には、写楽という天才だけが発揮できる、彼に特有のデフォルマシオンが存在した。これもまた、絵画鑑賞家としての私の資質に賭け、そうだと断言ができる。

だがそれだけではない。「福は内、鬼は外」という書込みが、これまで誰一人として解明できていない、写楽という絵師の正体を示す暗号と今解り、足が萎《な》えるほどに仰天したのだ。そういうことなら私は、彼が誰であるか、その名前が言える。

12

倒れ込み、しばらく板の間で四つん這《ば》いになり、次に上体を起こして、長いこと私は放心した。それから再びのろのろと浴室に入っていって、濡《ぬ》れた上着のポケットを探り、携帯電話を引っ張り出した。ついでに湿った財布も出して、乾かすために板の間に置いた。

濡れた携帯が、まだ生きているかどうかは解らなかったが、開いてみればさいわいまだ機能している。水に飛び込んではいないのだから、まあ壊れていなくて不思議はない。しかしバッテリー切れは間近だ。チャージャーは浜田山なので、おりて街で買ってこなくてはならない。

頭をあげ、壁の時計を見ると、九時を廻ったところだった。気分は相変わらずよくない。体調もいたって悪かったが、それどころではないと思う。私は、とんでもない事実に直面していた。元気だったら飛びあがったかも知れない。体が悪かったから倒れたのだ。体力がないなりにおろおろと夢中になってしまい、気が急《せ》く。

コンタクト・リストに登録していた義父の秘書の三宅に電話した。九時をすぎたのだから、勤め人はもう活動しているだろう。

三宅が出てくれたので、できるだけ丁重を心がけて、浜田山の家から、自分の服を持ってきてもらえないだろうかと言ってみた。自分が行けば千恵子が興奮する。それとも、もし今千恵子が家にいないなら行くが、と言った。

奥さんが在宅か否《いな》かは自分には解らないが、自分が行って取ってきましょう、と三宅は言ってくれた。このあたりのことはやってやるようにと、義父に言われているふうだった。義父としても、当面われわれのトラブルは避けさせたいだろう。私としてもそれは大いに賛成だ。子供が死んで、夫婦間がトラブるなど愚の骨頂だ。問題は千恵子なのだから、私が彼女と会わなければ何も起きない。

ほかにも何かあるかと問うから、できることなら史料の類《たぐい》が欲しい、せめて写楽関係の書物や画集だけでも書斎から持ってきてもらいたいのだが、と言った。北斎関連の史料なら膨大にある。写楽なら少ない。しかし画集が多いから、それでもかさばるだろうと説明した。

では車がいいでしょうね、と三宅は言う。お車の方は、昨日六本木ガーデンの駐車場にかけあって出し、お宅のガレージに戻しておきました。あれを使って運びましょうかと問うから、それは無理だろうと言った。あの車は自分一人のものだと千恵子は思っている。ほんのわずかでも夫のためになど使わせない、そうかたくなに言い張るのが目に見える。では会社の車を出すか、私ので行きましょうと三宅は言ってくれた。

彼がまともな人間であってくれて、本当にありがたかった。

昨夜、学士会館にどうして来なかったのかと問うと、歓迎されていないふうだったからと三宅は言う。自分が裁判を起こす側の人間で、調査結果を裁判に使われることは本意でないと、みなさんお考えのようだったから遠慮したのだと言った。

電話をきってから首をかしげた。ということは、妻とその父という陣営と、自分はおり合いがよくないと、みな知っていることになる。どうして知ったのだろうと考えた。

今着られるものは寝巻きと下着しかないのだから、三宅が到着しない限り、私は表に出られない。下着とシャツを洗濯機に入れて回し、上着とズボンはクリーニングに出すつもりにして、それまではハンガーに吊《つる》して乾かすことにした。ハンガーに通し、浴室入口の桟に引っ掛けておいた。そしてベッドに戻り、痛む頭の後ろで両手を組んで、三宅が来るまでの間、肉筆画とあの欧文について考えていようと思った。おそらく時間がかかるだろうからだ。

自分が大阪市立中央図書館で興奮したのは、あの肉筆画が、写楽作品の特徴を持っていたからだ。そして紙は、あきらかに江戸期のものである。もしもこれが本物の写楽の筆なら、いったいどれほどの価値を持つかはかり知れない。

価値というのは値段という意味ではない。それは値段もつけられるだろうが、もしもあれが本物なら、写楽研究の今後に果たす役割はとてつもないものになるからだ。写楽肉筆画、それも大首絵《おおくびえ》の発見となれば、列島を揺るがすほどの大ニュースとなることは間違いないし、出版社も関連書をどんどん出すに相違ない。発見者としての自分は、時代の寵児《ちょうじ》となるかもしれず、そういうことに興味がないといったら嘘《うそ》になる。だがやはりそういうことではないのだ。研究者としての血が騒ぐのだ。あの肉筆画が本物であるかどうか、そういうこともだが、写楽が誰であるのか、そういう長年の論争に、あの絵が応《こた》えてくれそうだからだ。興奮するなという方が無理だ。私は絶えず感じる悪寒《おかん》や胃のむかつき、頭痛に堪えながら、必死で頭を回転させていた。どうにも信じられない。本当なのか？　本当にそうなのか？　と何度も思い、考え続けた。自分は幸運を摑《つか》んだのか？　解答を得たのか？

しかし何故《なぜ》自分が？　とも思う。落ちるところまで落ち、私は劣等感が強くなっていたから、こんな自分にそれほどの幸運が訪れるはずもない、という思いが先に立つ。誰かが私を陥《おとし》れようとしているのかもしれないとも疑う。しかし誰が？　とも思う。紙は確実に当時のものだ。こんな手の込んだことをいったい誰がする？　それも私などに。

もっと大物に対してというなら策謀の意味もあろうが、私はまるで無名なのだ。さらに背後関係もない。大学も美術館も辞め、浮世絵同好会にも、江戸芸術協会にも所属していない。そんな私を辱《はずかし》めたところで、どこかの団体の権威を失墜させることにはつながらない。こんな手の込んだことをしても、間尺に合わないであろう。私があの手紙をもらったのは、もう美術館を辞めてからだ。

ベッドからおり、床にすわってパソコンに電源を入れようとした。悪寒と快感、絶望と興奮、ひどい悲しみと疑惑つきの喜び、そんな暴風の吹き荒れる疑問符の林の中に、私は立っていた。混乱した頭で、急ぎ検索して、確かめたいことがあった。

思わず舌打ちを洩《も》らした。起動しないのだ。うんともすんとも言わない。壊れている。腹立ちまぎれに、千恵子が部屋に入ってきて床に投げたのかもしれなかった。どうやら調べものは、駅北の湯島図書館にでも行くほかはなさそうだ。私はもぞもぞとベッドに這い戻った。

写楽が誰であるのか、いわゆる写楽探しはあまた世に行われている。すぐ頭に浮かぶ説だけでも、はたしていくつになるだろう。

ドイツの美術史家、ユリウス・クルトの唱えた阿波《あわ》藩の能役者、斎藤十郎兵衛《じゅうろべえ》説。クルトは続いて、寛政七（一七九五）年に十郎兵衛が名を変え、職業を変えて、絵師、歌舞妓堂艶鏡《かぶきどうえんきょう》になったとした。だから時にクルトのものは艶鏡説とも呼ばれる。

艶鏡は、のちに日本人の研究によって、狂言作者、二代目中村重助であったと判明している。艶鏡とした根拠をクルトは、画風や創作精神が写楽と共通するとしたが、能役者、斎藤十郎兵衛が事実艶鏡になったか否かは、未《いま》だ確認されていない。

このあたりからいわゆる「別人説」というものが台頭してくるのだが、別人説とは、写楽は写楽という名の絵師であった、という説明では納得せず、写楽として活動する以前に、すでに名を成していた大物であったとする説だ。絵の力量によってか、あるいは別の能力によってすでに名を揚げていた人物が、一時期写楽という変名を使って浮世絵を描いた。

こういう推測が出てきた理由は、当時江戸一といわれた板元の蔦屋重三郎が、東洲斎写楽という無名絵師の作をすんなり、それも大量に出版したのみならず、黒雲母摺《くろきらず》りという歌麿、北斎クラスのものに対するような待遇を与えているからで、すでに大物となっていなくては、蔦屋もこんな判断はしないと考えるからである。

またこう考えれば、写楽画によって獲得した名声をあっさり捨て、十カ月で忽然《こつぜん》と姿を消したことにも説明がつく。自身の仕事に戻らなくてはならないし、すでに別所に名声があるのだから、写楽としての成功には固執の要がない。

別人説には、絵師、円山応挙説。絵師、谷文晁説。浮世絵師、葛飾北斎説。浮世絵師、鳥居清政《きよまさ》説。浮世絵師、歌川豊国《とよくに》説。絵師、酒井抱一《さかいほういつ》説。絵師、司馬江漢説。絵師、片山写楽説。浮世絵師、喜多川歌麿説、などなどがある。

絵師以外では、俳人の谷素外《たにそがい》説。戯作者《げさくしや》、山東京伝《さんとうきようでん》説。戯作者、十返舎一九《じつぺんしやいつく》説。いっときテレビで話題になった歌舞伎役者、中村此蔵《このぞう》説。狂言作者、篠田《しのだ》金治説。さらには蒔絵《まきえ》師《し》の飯塚桃葉《いいづかとうよう》説。欄間彫師、庄六《しょうろく》説というものもある。ほかにも多々あるが、主だったところはこのくらいであろう。

私は葛飾北斎の研究者だったから、北斎説には一家言がある。この説が生じた理由は、個人本であった「浮世絵類考」という浮世絵師の人名録があるのだが、これを書き写した文政年間（一八一八～三〇）の写本・風土本に、「写楽、東洲斎と号す。俗名金次。是《これ》また歌舞伎役者の似顔絵を写せしが、あまりに真《まこと》を画《か》かんとてあらぬさまにかきなせしゆゑ、長く世に行はれずして一両年にて止《や》めたり、隅田川両岸一覧の作者にて、やげん堀不動前通りに住す」、という一節があったためである。

これがどこから得られた情報であったかは不明だが、「隅田川両岸一覧」、これは正確には「絵本隅田川両岸一覧」というのだが、文化三（一八〇六）年に葛飾北斎が著した、よく知られた狂歌絵本である。ここから写楽・北斎説が言われるようになった。

しかしこの説は、同本の後世の写本に、「写楽、天明寛政年中の人、俗称斎藤十郎兵衛、居江戸八丁堀に住す、阿波侯の能役者也《なり》。号東洲斎」という記述が現れ、これを引いたユリウス・クルトの研究書「ＳＨＡＲＡＫＵ」があまりに有名になってしまったので、北斎説は写し間違いか、誤情報として現在は無視され、問題にする研究者はない。

私もまた初期の大首絵に関する限り、北斎という感じはまったくしない。しかし二期以降であるなら、似た要素は感じると言ってもよい。

初期とか、大首絵とか、二期以降と言ったのは、写楽版画は何十枚かずつ、四度発売されているからだ。全作品の点数は百四十点あまりになるが、それはこの四回の刊行の総数である。このそれぞれを一期、二期、三期、四期と呼ぶ。

幕末、明治期の浮世絵軽視風潮から、海外への流出、散逸が多いため、写楽作品の正確な総点数は解っていない。

第一期刊行は寛政六（一七九四）年の五月で、江戸三座、都座、桐座《きりざ》、河原崎座の夏の上演に取材した二十八点の大首絵。

第二期刊行は、寛政六年七、八月の江戸三座の秋の上演に取材した三十七点と、都座の楽屋頭取、篠塚浦右衛門《しのづかうらえもん》の口上図。

第三期の刊行は、寛政六年十一月と、閏《うるう》十一月の江戸三座の顔見世狂言の芝居に取材した役者絵、五十八点と、追善絵が二点、相撲絵が四点。

第四期は、寛政七年正月の桐座、都座の新春芝居に取材した十点と、相撲絵二点、武者絵二点となる。写楽版画と呼ばれるものは、これですべてだ。

つまり写楽は、少なくとも百四十点余を、寛政六年五月から翌七年新春にかけての十カ月間に、すべて描きあげていることになる。単純計算で、おおよそ二日に一点描いたことになり、このハイペースも謎《なぞ》とされる。

ちなみに歌麿も同程度の作品数を蔦屋で遺《のこ》しているが、彼がその制作にかけた年月は、蔦屋とかかわった全期間になる。写楽のハイペースは、不可能ではないものの、異例の量産というべきだ。

これらの謎に応えようとするものが別人説となる。写楽版画が発表当時ヒットしたか否かは議論のあるところだが、たとえ売れたにしても、大物ならそのような経験ははじめてではなかったろう。また、力量のある絵師だからこれだけの量産もできた、と説明するものだ。

しかし別人説には、誰を立てようとも共通して、圧倒的に不利な要素がある。それは、何故のちに本人が、実は自分が写楽であったと言わなかったのか、という点だ。写楽現象は、別に犯罪でもなければ春画ゆえに馬鹿《ばか》売れしたという事件でもない。不名誉なことではないのだから、隠す必要はどこにもない。何かの機会に、ふと周囲に洩らすくらいはあってよい。

またこの謎の絵師のふるまいの一部始終をすぐそばで見ていたはずの蔦屋工房の絵

師たち、歌麿、北斎、蔦屋自身、また食客だった十返舎一九、さらには蔦屋に出入りの彫師、摺師《すりし》、戯作者、狂歌人、これらの誰一人として、その正体について話していない。これも理由が解《わか》らない。何ごとか、少しくらいはしゃべるのが自然であろう。別人説をとるなら、先のもの以上に、これが解答不能の大きな謎となる。

今は故人となった版画家、池田満寿夫《ますお》氏は大首絵に着目し、大きな顔、小さな手、バランス発想には無頓着《むとんちやく》に為《な》したこの異様な迫力は、浮世絵描きに手馴《てな》れた専門家ではないと考え、先のおびただしい別人説の中からまずプロを排除した。ここまでは私も賛成できる。素人《しろうと》という言い方でよいかどうかは別として、少なくとも、浮世絵世界に精通してはいない人物と感じる。さらに言えば、歌舞伎世界にも精通していないように、私は感じる。

池田氏が残した人物は、蒔絵師の飯塚桃葉。狂言作者の篠田金治。戯作者の十返舎一九。能役者の斎藤十郎兵衛。欄間彫師の庄六。歌舞伎役者の中村此蔵の六人になった。

蔦屋は、素人と知りながら写楽に役者絵を依頼し、即時出版を決めた上、黒雲母摺りという破格の待遇を与えたのであるから、彼は以前より蔦屋と親しい者、もしくは血縁者でなくてはならないと推測し、池田氏は蔦屋の食客、十返舎一九と、蔦屋と親《しん》戚筋《せきすじ》にあたる歌舞伎役者、中村此蔵、この二人の合作が写楽だ、と指摘してみせた。

非常に興味深い考察で、面白かったが、自分の意見はちょっと違った。写楽という絵師は、歌舞伎の世界さえろくに知っていない人物ではないかという思いが去らなかったからだ。

いずれにしても、写楽の正体は誰も知らない。今となっては調べる方法もない。二百年間の謎であると同時に、おそらくは永遠の謎ともなろう。

しかし私の目の前に、二百年の時の彼方《かなた》から、奇妙な肉筆画が飛来した。左肩に不思議な欧文が書かれた江戸の絵画だ。

そして雨の中からふらりと現れた美女が、私にその意味を告げた。「福は内、鬼は外」だと。

私は今、途方に暮れるほどに茫然《ぼうぜん》とする。欧文の末尾には、「画」の一字があるからだ。つまりこの絵は、「福は内、鬼は外」という者が描いたと、私に告げているのだ。

ということは、この肉筆画がもしも写楽の描いたものなら、それはすなわち、写楽とは「福は内、鬼は外」と名乗る人物だと、そう私に告げていることになる。そうではないか——？

眩暈《めまい》がした。とても現実とは思われない。

当時の江戸ではやった、判じ絵にも似た謎かけ。このような謎が、二十一世紀を生きる自分などに、解けるはずがないと思っていた。劣等感のとりこになっていたのだ。

ところが違った。さっき私がショックを受け、床に倒れ込んだのは、この謎が、ふいと解けたからだ。

13

三宅の到着は午後になった。チャイムの音にベッドを這《は》い出し、玄関に出て扉を開けると、スーツ姿の三宅が立っていて、私を見ると、ぎょっとして立ち尽くした。

「大丈夫ですか？　佐藤さん」

彼は、真剣な低い声で言った。

「何がです？」

よろめく足を踏みしめ、壁にもたれながら私は訊《き》いた。

「なんだか、ずいぶんおやつれになったみたいだから……」

私はうなずいた。そうしている瞬間も、絶えず眩暈を感じていた。

「ちゃんと食べてますか？」

「体が悪くて、熱もあるらしいんです」

私は言った。

「食べ物は？」

三宅は訊く。

「まあ、あんまり……」

「それはよくない。すぐ何か買ってきましょう。何がいいですか？　それから薬も」

「いや」

と私は即座に手をあげ、振った。

「そんなことまでしていただくわけにはいきません」

そんなことがもし妻と義父の耳に入りでもしたら、いったいどんなストーリーで非難されるか、知れたものではなかった。私が家に行くと千恵子とトラブるから、代わりに三宅に行ってもらった。頼むのは、浜田山の家に行くことだけにしなくてはならない。

「これで充分ですよ、ありがとうございました。あとで自分で買いにいきます」

私が言うと、

「そうですか？」

と三宅は不安そうに言う。それから足もとに置いていた段ボール箱を持ちあげ、中に入れて、玄関のあがりぐちに置いてくれた。

「ここで……？」

「充分です、すいません。妻はいましたか？　家に」

私は訊いた。

「はい」

と三宅がうなずくので、

「大変ではありませんでしたか？」

とさらに訊いた。

「いえ……、はい、まあ……」

と苦笑まじりに言うので、大変だったのだと知った。あの男は子供を殺した、父親として子供に全然愛情がない、父親の資格がない、などといろいろ、三宅にも言いつのったのであろう。

千恵子は、どこかまだ精神が子供のところがあり、父の判断が世の中であまねく通用する正しいものと確信しているところがある。父もそう言っている、というのが常に彼女の行動の理由になる。誰かを攻撃する時など特にそうだ。今も父親の強い庇護《ひご》のもとにあるからだ。自身の恥がどのへんにあるのかが、まだよく解《わか》っていない。

「ではこの段ボールに、妻の着るものを詰めてもいいですか？」

私はおそるおそる尋ねた。また三宅の仕事を増やすことになるからだ。

「まったく急ぎませんから、いつか三宅さんのついでがある時に、それを浜田山の家に届けておいてもらうというのは……」

すると三宅は、ごくわずかに逡巡《しゅんじゅん》したふうだったが、すぐにうなずいてくれた。よほど私を哀れに思ったのだろう。

「ではちょっとこれを奥に運んで、中身を出してと……」

言って私が、箱の底に手を差し入れていると、

「ああ、私がやりましょう」

と彼は言ってくれた。

寝室まで運んでもらい、急いで中身を床に出した。これも三宅がすぐに後を引き継いでくれる。まかせておいて私は、タンスから千恵子の衣類を取り出した。そして空

いた箱に、できるだけ多く詰めた。

下着類は真っ先に詰めた。変なことを言われてもかなわない。ヒスを起こしている千恵子は、どんな下品なストーリーでも本気で作るだろう。事実かどうかは問題ではないのだ。みながうなずきそうであること、そして怒りとともに自己暗示をかけた際、自身がそう信じられるかどうかが問題なだけだ。

かなり残ったが、それらは古いTシャツやジーンズで、千恵子がもう着そうもないものばかりだった。

「これしか返さないなんてつもりは、もちろんないですからね。今はこれだけしか箱に入らないから、というだけです。どんなものでも、私は返さないとか、争うとか、そんなつもりはまったくないですから」

荒い息を吐きながら、私はやっと言った。三宅はうなずいている。

「まああなたには関係ないことですけど、もしも何か言われたり、訊かれたりした場合にですね……」

そう言っていたら無性に悲しくなって、私は言葉に詰まった。あんなに憧《あこが》れ、夢のようだとさえ思い、スタートした結婚生活だったのに、どうしてこんなひどい結末に終わらなくてはいけなかったか——。

三宅が帰ってから、私は届けてもらった服を出して着た。スーツも何着かあったのだが、今はどうしても着る気になれず、よれよれで、みすぼらしいブルゾンを選んで着た。ズボンはジーンズを穿《は》いた。

お茶の水にいることだし、ジーンズを穿けば学生時代に戻ったようだ。しかし気分はそれとはほど遠く、老人のようだった。

こんな服装で聖橋の上からバスに乗り、大学にかよった頃を思い出す。何の悩みもなく、最高学府に入れた自負で心は誇らしかった。帰りもこのバスに乗ってこの街に戻ろう、そして神保町のラドリオか、さぼうるに行こう、そしてあの本を読もう、などと考えたら、それだけで気持ちが浮き浮きした。あの気分がどんなに貴重だったか、今はよく解る。しかしあの頃は考えもしなかった。

あの時代から、またもう一度人生をやり直せたらどんなにいいだろう。もしそうできるなら、こんな失敗はもう二度としない。

廊下に出、金属扉に鍵《かぎ》をかけ、よろよろとエレヴェーターまで歩いていって、乗った。

一階におり、表に出て、湯島の図書館に向かった。「福は内、鬼は外」について調べるためだ。

雨はやんでいるが、晴れてはいない。薄曇りという感じの空だ。足もとはふらつくし、悪寒《おかん》もあるが、外気に触れて歩きだせば、不思議に体力が戻る。一時的なものかもしれないが。

聖橋でなく、お茶の水橋の方に向かった。一度死のうと考えた場所を通るのは、やはり気味が悪い。

橋が見えると、前方に医科歯科大の建物が立ちふさがる。その左隣は順天堂大だ。順天堂大は、天保九年、一八三八年に、佐藤泰然という人物が江戸薬研堀《やげんぼり》に開いた、蘭方医《らんぽうい》塾が前身になっている。

幕末に向かうあの時代、世は蘭学ばやりで、進歩的文化人を自負する江戸の教養層は、みな長崎に行き、蘭学を学んだ。もしもあの時代の人間であったなら、私もおそらくそうした。そして今私は、そういう蘭学好きの江戸文化人を調べるべく、湯島の図書館に向かっている。

お茶の水から神田にかけたこの一帯は、学士会館もそうだが、大学関係の施設が多い。理由は江戸後期、ここに広大な空き地があったからだ。現在のＪＲ線南の一帯は、江戸の頃は武家地だったが、このさらに南、靖国通りから江戸城の堀割にかけては、広大な防火地帯だった。

江戸は非常に大火が多い街だったので、延焼を食いとめるための空き地を、都市部各所に配する必要があった。江戸城の北ではこのあたりがそうだったということだ。城への延焼は、特に食いとめる必要がある。振袖《ふりそで》火事で天守閣が焼け落ちた苦い教訓が、幕府にはあったからだ。

こうして防火地帯は、明治維新後もそのまま残ることになった。明治期に入って学問のための諸施設が必要になった際、返還させた武家地とともに、この広大な手つかずの区画は好都合だった。学士会館脇《わき》の説明板には、「我が国の大学発祥地」と書かれてある。明治十（一八七七）年に、東京開成学校と東京医学校が統合され、洋学の府として東京大学が発足した。それがあの場所になる。江戸末期、ここはまさに火除《ひよ》け地のただ中にあたった。

開成学校の前身は、幕末の老中、阿部正弘《まさひろ》が開設した洋学所になる。黒船に接した阿部は、早急な近代化の必要性を痛感して、洋学禁止令を解除し、踏み絵の廃止を決断し、大船建造禁止令を廃止した。さらに身分主義に抗して、榎本武揚《えのもとたけあき》など平民を先祖に持つ逸材を、万国公法や大型船操船術を学ばせるためにオランダに留学させ、さらに国学でなく洋学を教えるこの学問所を開設した。洋学を禁止していてもよい時代は終わったのだ。

明治期の地図を見れば、東大に隣接して学習院、白山通りをはさんで東京高等商業学校、のちの一橋大学、また東京外国語学校が並んでいる。さらに当時は、学費が国立学校より安かった私学もこの界隈《かいわい》に集合し、建設されている。明治末期、このあたりは私学だけでも七十二校を数え、一大学生街が誕生している。

こうして皇居、平川門の竹橋から聖橋など川筋にかけては、たちまち欧風の気風漂うハイカラたちの街となって、庶民の憧れを集める。大正期ともなると、進取の気象に富んだ日本人たちが移り住み、庶民文化を大いにリードした。だから日本初の西洋式アパートメント、ヴォーリズ設計の文化アパートもこの地に建ち、当時の流行作家、江戸川乱歩は、いち早くここを自作の舞台にとり入れもした。その場所に、今はセンチュリータワーという高層ビルが建つ。歩みがお茶の水橋にかかると、背の高いこのビルが左手に見える。

一方江戸期には、この橋の向こう、川の北の湯島へかけての一帯が、先進の気風をたたえる庶民の土地柄だった。十八世紀、この地に住み、ここで何度も物産会を開いた高名な奇人がいる。

博学多才で、「風流志道軒伝《ふうりゆうしどうけんでん》」という、今日流に言えばファンタジー冒険小説を書き、春本を書き、狂歌をものし、浄瑠璃《じようるり》台本を書き、日本で最初の油絵を描き、弟子にこれを指導し、精密な博物図鑑を作り、鈴木春信とともに絵暦交換会のため多色摺り技法の錦絵《にしきえ》を完成させ、浮世絵の隆盛にひと役かったほか、摩擦起電機を作り、温度計を作り、気球の設計をし、燃えない布まで作った。

本草学《ほんぞうがく》と蘭学《らんがく》に秀《ひい》で、オランダ語を、これは自在にとまではいかなかったようだが話し、オランダ渡りの鉱山の採掘術や、製錬術を学び、中国の唐三彩《とうさんさい》の焼き物を模倣、工夫して、独自の壺《つぼ》を編み出し、オランダの壁紙を和紙で模倣して作り、本草学者としての薬学の知識から、東都薬品会なる物産会をも、この湯島の地で催した。

「解体新書」を訳した杉田玄白《すぎたげんぱく》とも親友で、玄白は自著「蘭学事始《ことはじめ》」において、彼との対話に一章を割いている。

彼の為《な》したことを挙げていけばきりがないが、夏場の売上不振に悩む鰻屋《うなぎや》のため、土用の丑《うし》の日に鰻を食べる習慣を作ったのも、この人物といわれる。明和六（一七六九）年には、歯磨き粉「漱石膏《そうせきこう》」の、今日流に言えばコマーシャルソングまで作ったらしい。

さっき私は、「福は内、鬼は外」という言葉にショックを受けたが、それはこの人物の名前が連想されたからだ。だから同時に光明を感じもした。そこで今、これを確かめようと思って、こうして歩を運んでいる。

湯島図書館に入り、書棚に並んだ人物伝の背に、私はその人物の名を探した。そしてたやすく見つけた。平賀源内《ひらがげんない》だ。

何冊かの本を抜き出し、ついでに百科事典まで持って、私はテーブルについた。まずはざっとというつもりで、百科事典の彼の項を開く。

「平賀源内。江戸時代の発明家、博物学者、蘭学者、小説家、浄瑠璃作家。讃岐《さぬき》、志《し》度《ど》に、高松藩の小吏、白石茂左衛門《もざえもん》の子として生まれた。父の死後、家督を継ぎ、平賀姓を名乗った。

長崎に遊学したのち藩務を退役、妹婿《いもうとむこ》に家督を譲る。大坂を経て江戸に出ると、湯島聖堂に寓《ぐう》した。宝暦《ほうれき》七（一七五七）年に田村藍水《らんすい》とともに、日本最初の物産会を開く。

高松藩を脱藩し、浪人になると、博物学知識の総決算、『物類品隲《ぶつるいひんしつ》』を著し、天竺《てんじく》浪人《ろうにん》の筆名で風刺小説『根南志具佐《ねなしぐさ》』、風来山人《ふうらいさんじん》の名で『風流志道軒伝』などを著して筆名をあげ、エレキテルを組立てて、世間を驚かせた」

そして私の目は、次の一文で止まった。

「九つの浄瑠璃台本を、福内鬼外《ふくうちきがい》の筆名で書いている——」

これだ！　私は事典から目をあげ、快哉《かいさい》を叫んだ。

やはり記憶に間違いはなかった。豆まきのかけ声をもじった筆名、「福内鬼外」は、一代の奇人、平賀源内の浄瑠璃執筆時のペンネームだったのだ。

私は考え込む。この名前を、あの絵を描いた者は、オランダ語で書いていた。そうなら木村蒹葭堂《けんかどう》から伝わったと思われるあの肉筆画は、平賀源内が描いたものだったということか？

そしてあの絵が、もしも写楽自身の筆になる肉筆画なら、写楽の正体は平賀源内だったということになる。あの絵自体が、その衝撃の事実を語っているということにならないか――？

体調が悪いから、見あげる天井が、だんだんにぐるぐると回りだす。けれど、気にはならなかった。

写楽は平賀源内――⁉

冷静さを自らに強いて、じっと考えてみる。それは、充分にあり得るのだ。可能性は、充分すぎるくらいだ。他の候補を圧しているともいえる。

彼には充分な絵心があった。長崎で油絵を学び、日本で一番最初に油絵を描いた。これは確か、西洋の女の顔だったと思うが。そして秋田藩に赴き、この技法を伝えた。また人を食った彼の性格なら、歌舞伎役者をからかったふうな辛辣《しんらつ》な表現くらいいくらでもやりそうだし、歌舞伎世界や浮世絵世界の商売構造をまるで知らないということも、源内ならそう言ってもよかろう。あるいは知っていても、これを壊すくらい、彼なら朝飯前だ。

しかし——？

どうしてなのか。これまで写楽・平賀源内説は、一度も聞いたことがない。あれほどの百家争鳴ぶりで、少しでも写楽の可能性がありそうな者は、残らず名が挙げられているというふうなのにだ。このいかにもそれらしい男は、何故《なぜ》か一度も候補に加えられていない。

14

私は、御茶ノ水駅前のモールの外、西側のベンチにすわっていた。昨日も、雨の中ですわった大樹の下のベンチだ。雨が降ってはいなかったが、このベンチには、また今日も人の姿はなかった。

地下におりれば広場があり、そこにはもっとたくさんの椅子《いす》があるのだが、その大半は、そばの喫茶店のコーヒーを買ってきて飲むためのものだし、柱ぎわのものは違うけれど、ともかく人が多い場所には行きたくなくて、地下は億劫《おっくう》だった。

体中から力が抜けてしまい、顔があげられなかった。上体に絶えず力を込めていないと、うつむくばかりでなく、液体のようにどろりと、足もとの石の上にくずおれてしまいそうだった。

もうすっかり駄目なのだな、とまた思った。図書館で、これまで自分の持っていたささやかな運気が、すっかり尽きていることを確認した。私はもう終わったのだ。落ちるところまで落ち、再浮上をもくろみもしたが、それは、もうかなわないということを知って、全身の力が完全に抜けた。

しかしまあ、北斎研究者として過去に一度陽が当ったとはいっても、それはささやかなこと、今日の曇り空のような、ごく淡い薄明かりだった。その証拠に、佐藤貞三の名前などもうとうに忘れられている。どっちにしても大したことはなかったのだから、もともとここが自分の暮らす場所だったのだろう。

どのくらいそうしていたのか。横になりたいとも思ったが、なんだかそれも面倒だった。時間の観念が消失し、眠っていたわけでもないが、意識はほとんどなかった。

「佐藤さん」

名を呼ばれて、朦朧《もうろう》としていた頭をあげた。すると、恐れていた通り、頭痛が猛然と立ちあがり、世界が回りはじめる。私は目を閉じ、しばらく堪えた。

薄目を開け、目をしばたたき、なんとか開いた時、思わずこう声をあげた。

「ああ、ピエレット……」

日本人とは見えない女の白い顔があり、私を見おろしていた。

「どうしたんですか？　佐藤さん」

片桐教授だった。教授がいきなり言ってきて、私はとまどった。

「どうしたのかと訊《き》かれましても……、応《こた》えようがないです」

急に声をかけてきて、どうしたのかもないものだ。それはこちらの台詞《せりふ》だ。

「ここ、よろしいですか？」

教授は、ベンチの私の横を指差し、訊いた。私は視界の端でちらとそれを見たが、応えられなかった。

「どうしました佐藤さん。横にすわられるの、お嫌ですか？」

彼女は言い、私はうつむいてしばらく体のつらさに堪えていたが、なんとかこう言った。

「あまり、歓迎したくはない気分です」

「あらそうですの」

と彼女の高い声が聞こえたから、それで去るのかと思っていたら、どすんと横にすわってきた。私は驚いた。

「あなたは、私をつけているんですか？　すわるのだったら、最初から訊かなければいいじゃないですか」

うつむいたままで、私は不平を言った。実際のところ、この言葉通りの気分だった。

「この街にいる限り、またお目にかかるでしょう。いつも歩いているんですから」

教授は言った。そしてさらにこう続ける。

「お嫌かもしれませんが。……大丈夫ですか？」

訊いてくる。こちらを見つめているのが解《わか》る。これをされたくなかったのだ。

「解りません」

私は小声で言った。しばらく沈黙になった。かなりしてから、彼女は明るい口調でこう言った。

「ま、また聖橋の欄干の上にいらっしゃるよりは、上出来でしたわね」

彼女としては、軽口のつもりだったのであろう。言われた瞬間は、どうということはなかった。しかし、屈辱感が酸のように私を充《み》たし、私の唇は震えはじめた。歯を食いしばり、涙があふれるのをこらえた。

「佐藤さん、佐藤さん」

言われて私は顔をあげ、横を向いた。目を見られたくなかったのだ。

「佐藤さん、泣いていらっしゃるのですか？」

彼女は言った。

「ごめんなさい、失礼なことを申しあげてしまいました」

「いや、いいんです」

急いで言い、言ったら、なんだか笑いがこみあげた。喜劇的な自分の立場を思うと、笑わずにはいられなかったのだ。

「その通りですから。おっしゃる通りです」

笑いながら私は、手の甲で涙をぬぐった。そこまで言われなくてはならないほどに、私は落ちぶれた。誰のせいでもない、自分のせいだ。だから苦情は言わない。けれど彼女は解らないのだろうか。ひとたび死のうと思うことが、いったいどれほどのことなのか。どんなに傷つき、思い詰めたか。それを気安く軽口にするなんて。

「佐藤さん、悲しんでらっしゃるんですか？」

訊かれて、私は首を左右に振った。そして言う。

「さあ、解りません」

実際、自分がやっていることの理由は解らなかった。

「お子さんが亡《な》くなったから？」

私はうなずく。

「それはあります。が……」

それだけではない。しかし、うまく説明する自信などない。頭が混乱していた。

「奥さんのことですか？」

「女房……？」

言われて、言葉に詰まった。どういう意味で彼女は言っているのか。千恵子の鬼のような絶叫は、人生終了の号砲。死の招きはそれゆえ、確かにそれはある。

「奥さんとの生活、もう続けられなくなるから……」

私は驚き、訊いた。

「どうしてそのことを？」

「それが悲しいのですか？」

そのこともあるのか、とはじめて考えた。この絶望感には、子供に続いて、妻を失うことへの悲しみもあるのか――？

「愛していらしたの？」

教授は訊いてきた。

ああ女は、どうしてそんな陳腐な言葉をしゃあしゃあと口にできるのか。私は絶望する。私を死にたくさせたのは、世間のその手の凡庸さなのだ。

けれど私は、何故なのか警官に自供する犯罪者のようなしおらしい気分になった。

「妻は川崎の準ミスで、お金持ちの娘で、自分にはすぎた女だと思っていましたから。それで憧《あこが》れて、始めたような結婚生活だったので……」

言うと、ウェディングドレスを着て、私の横でうつむいていた、式場での千恵子の横顔がいきなり浮かんだ。あんなに昔のことなのに！

嫌なこともあったが、上高地にドライヴして、大正池のほとりを歩き、帝国ホテルのカフェでコーヒーを飲んで、あの頃は楽しかった。もう二度と戻ることのない時間だ。

「だから悲しいの？　愛してらしたのね」

解らない。そうなんだろうか。だがこういうふうには言える。千恵子をあんなふうにしてしまったのは、私の責任でもある。彼女一人のせいにはできない。そうだ、何よりこの絶望から、私は死のうとしたのだ。その責任をとろうとして。

またうつむいてしまった私を見て、教授は軽蔑《けいべつ》したような冷たい声で言った。

「佐藤さん、いつまでそんなことしてらっしゃるおつもりです？　あなたは男でしょう？　違いますか？」

「男？」

「男性は、もっと毅然《きぜん》としているものでしょう。なんだかふらふらしていらっしゃるようだけど、食べてらっしゃいますか？　ちゃんと、毎日」

「母親みたいなこと、言わないでください」

私は苦笑して言った。

「だらしがないですよ。今日はお仕事していらしたんですか？」

「いや、図書館へ行ってきたんです」

「図書館？　何か調べものですか？」

私はなんとかうなずく。頭を動かすのもつらかった。

「それで、何か解ったのですか？」

「はい。これ以上ないものが」

「何でしょう」

「私の命運はもう尽きていたということがです。それが今日解りました」

片桐教授は、怪訝《けげん》な顔をしているようだった。

「何のことでしょう」

「教授は、写楽という人をご存知ですか？　日本の浮世絵師、東洲斎写楽」

「ああ……」

するとと教授は、聞きようによってはがっかりしたというふうにもとれる声を出した。

「ご存知ですか？」

「はい知っています。正体が誰だか解らない、謎《なぞ》の浮世絵師です」

「そうです。機械工学の教授なのに、よくご存知だ」

「学生時代、日本学も選択しました」

「学生時代に日本学？　東京大学でですか？」

「いえ、アメリカです。プリンストン大でした」

「プリンストン大！」

驚いた。ハーヴァード、スタンフォード、プリンストン、イェール、コロンビア、これらは私などでも知っている。世界大学ランキングで、東大などよりずっと上にランクされるアメリカの名門校だ。

「あなたのようなエリートには、とうてい解らないことです」

するとと教授は不思議な表情をした。怪訝な顔とも、放心した表情ともいえる。

「あなたは、福は内、鬼は外のことを私に教えてくださった。それで私は気づいたんです。そう名乗った、いかにも写楽らしい人物がいたことに」

教授は、しかしもうこの問題には興味を失ったように見えた。

「浮世絵にご興味は？」

訊くと教授は、黙って首を横に振る。

「もうこんな話は……」

「どちらでも」

ちょっとうんざりしたような表情で、彼女は言った。不思議なことだが、それで私はかえって話す気になった。

「私は好きで、浮世絵の研究に生涯をかけてもいいという気でいました。ご承知のように私は、落ちるところまで転げ落ちて、死のうとも思っていました。しかし昨夜、あなたが救ってくれ、その上、写楽の正体まで教えてくれた」

教授は何も口をはさまない。しかし喋《しゃべ》りだした私は、みるみる没頭する気分になった。憑《つ》かれたように言葉が口をついて出る。思えば、悪い予感もしたのだ。

「福内鬼外と名乗った浄瑠璃《じょうるり》作家がいたんです、江戸に。ご存知でしょう、天才とも奇才とも言われた有名人。本草学者《ほんぞうがくしゃ》で、蘭学者《らんがくしゃ》で、博物学者で、発明家で、作家で、狂歌師で、絵師で、浄瑠璃作家でもあった、平賀源内という人物です。

　彼は九つの浄瑠璃台本を書いているのですが、その時の筆名が福内鬼外だったんです。だから自分が描いた肉筆画にもそう署名したんです。ほんの洒落心《しゃれごころ》だったんじゃないかと思う。そして同じ書くにも、さらに悪戯心《いたずらごころ》を起こして、オランダ語で書いたんです。なにしろ狂歌師で、ユーモア小説家で、オランダ語も知っている、当代一流の文化人だったのですから」

　私はそこでちょっと時間をあけ、あえいだ。呼吸が苦しかったからだ。

「でも私は、あの欧文の意味が解らなくて。私は英語しか解らないし、その英語力だって怪しいものですから。調べようと思っていた矢先に、子供があんなことになってしまって、すっかりまいってしまって、何もできなくなった。でも、まだ死にたくはなくて、だから大阪の図書館で見つけたあの肉筆画のコピーを、お守りみたいに持って歩いて、それを眺めることで、なんとか命をつないでいたんです。でもそれをなくしてしまって、それでもう死のうとゆうべは思って、だからあの聖橋の上に……」

「よけいなことをしましたかしら、私」

　それで私は、また黙った。顔がゆがんでしまい、知らず、

「解らない」

とまたつぶやいてしまった。

解らないことばかりだ。ゆうべなら、そんなことはない、感謝してますと言えたかもしれない。だが、今日はもう駄目だ。

「あなたが教えてくれた意味から、私は平賀源内に思いいたった。でもパソコンが壊れていて、それで仕方なく湯島の図書館に行ったんです。結果は有望で、私は世紀の大発見をしたかと興奮した。実際源内ほど、写楽にふさわしい男はいないんです。人を喰った性格、諧謔嗜好《かいぎゃくしこう》、何より絵の才能、オランダ語や、蘭学への深い知識」

「ゲイでしたわね、彼」

「え？　ああそうです。彼は生涯妻帯しませんでした。ともかく、この発見によって私は、生きていけるかもしれないと思った。死ななくてよかったと、あなたに感謝した。深く、深く、どんなに感謝したかしれない」

言って、私はまたうつむいてしまった。

しばらくして顔をあげると、教授の顔がよく見えなかった。ぼんやりとゆがんでいたのだ。しかしよくは見えないものの、それで、と私を促しているような気がした。

「私は大興奮した。何故なら、これまでの別人説に、写楽・平賀源内説というものはなかったからです。だから、私は自分一人の発見かと夢中になったんです。そして、図書館にあった平賀源内伝を次々に読んでいって、ある本で、彼の没年が目に入ったんです」

私は言葉を停めて笑おうとした。しかし何故《なぜ》なのかそれができず、呼吸が停まるだけだった。私は首をかしげた。けれど、最後まで話さなくてはと思った。

「写楽・平賀源内説がないのは当り前です。写楽画が江戸に登場したのは寛政六年、一七九四年なんですが、平賀源内は安永八年、一七七九年に、すでに死んでいたんですから。写楽登場よりも、十五年も前にです」

そして私は高らかに笑おうとしたのだが、教授の顔が眼前から消えた。世界は暗黒になり、硬いもので頭部を激しく殴られた。

声をあげたと思う。気づけば私は石の上に寝ていて、全身の痙攣《けいれん》が始まっていた。

「佐藤さん、佐藤さん！」

と叫ぶ声が聞こえた。私は、痙攣によって全身を激しく揺さぶられながら、嘔吐《おうと》した。嘔吐し続けた。そして、いきなり呼吸ができなくなった。憶《おぼ》えているのはそこまでだ。

15

ふと目が開くと、病室にいるらしかった。薄暗い中で、自分を丸く囲むカーテンと、その布全体が白く光るのは、布の外のどこかでともっている、蛍光灯の光ゆえらしかった。

ぼんやりと見えるのは、ぽつぽつと規則的に穴の開いた白い天井、そしてその手前の宙に浮かんでいる点滴のパックだった。

自分は一人ぼっちで、そばには誰もいなかった。しんとして、もの音ひとつしない。ここはどこで、今は何時頃なのか。

頭はもうろうとして、目を開いているのがむずかしい。だが、心地はひどくよかった。清潔なシーツや枕《まくら》カヴァーは自分をすっぽりと包むようで、暑くもなく、寒くもなく、その清潔さと硬質感が心地よく、ああ睡眠とはこんなに安楽なものだったのかと再認識した。このところずっとまともに眠っていなかったし、眠っても苦しくてすぐに目が覚めた。

今はそんなことがない。胸も苦しくない、咳《せき》の衝動もない。頭痛もない、熱も引いたように思える。胃のむかつきもない。そもそういうあれこれを感じる諸感覚自体が眠り、麻痺《まひ》しているふうだ。

そんなことを頭で考えながら、また眠りの淵《ふち》にゆるゆると誘われる。眠りと覚醒《かくせい》の境界を漂う。心地のよい時間だ。しかしそれも束《つか》の間《ま》のこと、また眠りに滑り落ちていく。

次に目が開いた時、周囲は明るくなっていた。カーテンの全体が白々と明るい。これは朝の光だ。それに、昨夜からともりっぱなしの蛍光灯の光が混じっている。

さっき目覚めた時とは違い、私の頭は充分に覚醒した。と同時に、風邪の症状もよみがえって、頭痛と喉《のど》の痛みも感じる。しかし、もうつらくてたまらないというほどではない。この点の治療もしてくれたのか。思考はずいぶんとしっかりした。すると、間髪を容《い》れず自分を取り巻く絶望的な現実も津波のように戻ってきて、私を包んだ。暗い気分を取り戻し、私は絶望する。

記憶が自分を苦しめる。眠りが心地よいのは、記憶が失われるからだ。ここが病院であることは解《わか》った。だがどこの病院なのか、そして今は何時なのか。私は時計を持っていない。そして、目の届く範囲には時計がない。

頭を枕からわずかに持ちあげてみると、前方にテレビがあった。枕もとを探ると、リモコンが手に触れる。時刻が知りたかったからテレビをつけようとした。けれど、電源の赤いボタンを押しても、テレビはつかない。

あきらめ、もう一度頭を枕に落として、じっとしていた。そうしたら、また睡魔が襲う。薬を入れられているのか、睡魔がたびたび襲う。こんな経験は普段ない。けれど悪い気分ではない。意識が薄らげば、記憶も薄らぐ。何よりそれが、私を安らがせる。こんな心地よい気分は、本当に久しぶりだ。疲れていたのだと知る。

ドアが開く気配。カーテンがふわりと揺れたのだ。そしてさっと勢いよくカーテンが開き、白衣の看護師が顔をのぞかせた。

「おはようございます。いかがですか？　ご気分は」

彼女は元気よく言った。

「ああ、悪くないです」

目を覚まし、私は応《こた》えた。

「こんなに調子よいのは久しぶりです」

「はい。それはよかったです」

言って看護師は、私の左腕から点滴の管を抜き、針も抜いた。

「検温いたしまーす」

明るく宣言して彼女は私の腕をとり、体温計を脇《わき》の下にはさんだ。口の中や、最近は耳に器具を挿し込んでも測るが、案外オーソドックスなのだなと私は思った。

「ここはどこですか？」

「東大病院です」

看護師は言った。私はほうと言った。

「私は、運び込まれたんですね？」

「はいそうです」

「救急車で」

「はいそうです」

思考を巡らしてみる。が、全然憶《おぼ》えていない。

「ちょっと採血しますから。症状いかがですか？　吐き気とか頭痛、どこか痛いところ、ありますか？」

彼女は訊《き》く。

「うーん、ありません」

考えてから、私は言った。

「食欲はいかがでしょう」

「そういえば、ちょっと出てきました」

「ああそうですか、それはよかったです。ずいぶん回復されましたね」

「はあ。よく寝たみたいですから。これ、睡眠薬……？」

「はいそうです」

「あの、私、なんだったんですか、何か病気なんですか？」

「あとでドクターにお聞きになってください」

「はい」

と私は、なんとなく狐《きつね》につままれた気分でうなずいた。まさか病院で目覚めることになろうとは、考えてもいなかった。

「あの、このテレビ、どうやったら観《み》られるんですか？」

「あ、カード式になってます。廊下の、あっちの先で買えますから。自動販売機で」

「ああそうですか。今何時ですか？」

「七時四十分です」

早朝だ。ということは私は、十二時間以上も眠っていたということか。薬の効用だ。ずいぶん体が楽になった。

「あの、トイレは？」

「こちらです。ご案内しましょうか？」

そして彼女は、手を貸してくれた。

起きあがると、自分は浴衣《ゆかた》を着ていた。彼女とはトイレの前で別れ、排尿して戻ってきた。そこではじめて、自分のいる部屋が個室であることを知った。

高そうだなとまず思った。自分はこれから一人になる。仕事もはっきりしない。経済的にも苦しくなる。これは早く出ないとまずいと考えた。そもそも死のうと考えていたような人間が、体をしっかり治してもしようがない。

朝食が運ばれてきた。煮魚の和食で、そういうことで気分は落ちつかなかったが、久しぶりにうまく感じた。まともな食事は一週間ぶりだ。

ずいぶん回復はした。しかし私は倒れ、気を失ったのだ。こんな経験はこれまでない。体に、何ごとか異常が起こっているのかもしれない。しかしそのことに、どうしても関心が湧《わ》かない。私の頭にあるのは、やはり肉筆画のこと、写楽のこと、平賀源内のことなのだった。

だんだんに記憶がよみがえる。私は湯島の図書館に行ったのだ。そして平賀源内を調べた。最初は有望だと思った。ところが、彼は早々と死んでいた。それで私はショックを受けた。これまでにない着眼点と思い、興奮したのに——。

膳《ぜん》がさげられる。私はうつろな気分でそれを見ている。膳がなくなり、ブリッジ型のテーブルが半回転させられ、白いシーツの上が広々とする。私は考え続ける。平賀源内について、どちらかというと私は詳しい方だった。だが死亡年の数字までは憶えていなかった。高校を卒業して以来、日本史をさぼっていたからだ。

「おはようございます」

とまた女の声がした。別の看護師が来たかと思った。だが何かひとつ様子が違う気がして、私は顔をあげた。そしてあっと言った。異様に美しいものが、そこに立っていたからだ。

「いかがですか？　佐藤さん」

言いながら彼女は入ってきた。そしてベッドサイドに来て、パイプチェアを引き寄せ、すわった。タイトスカートが少し持ちあがり、並んで顔を出したふたつの膝小僧《ひざこぞう》を、私はまぶしく見た。

「片桐先生！」

私は驚いて言った。

「いいんですか？　こんな朝早くから。いったいどういう……」

「だって研究室はすぐ近くですから。今日私は、十時半までは時間があるんです。体の様子はいかがかと思いまして。回復なさいましたか？」

笑いながら、彼女は言った。完璧《かんぺき》なかたちの唇、異様にきれいな歯並びが覗《のぞ》く。

「先生が、救急車を呼んでくださったのですか？」

彼女はうなずく。

「そうですわ。倒れられたので」

「申し訳ありません、ご迷惑をかけました。ありがとうございます」

私は頭をさげた。

「あらそんなこと、ちっともかまいませんのよ」

そんなことはあるまい。人だかりもできたろう。

「何度も助けられました」

「昨日のこと、憶えてらっしゃいますの？」

私は首を横に振る。

「まったく。全然記憶がありません、さっき目が覚めるまで」

すると教授は、少し眉《まゆ》を顰《ひそ》めた。

「これまでにこういうことは？」

「いえ、はじめてです」

「医師と話しました」

彼女が言うので、私は緊張して待った。どこか悪いというのか。

「何か、深刻なことでも？」

すると彼女は首を左右に振る。

「いいえ。過労だそうです、大変な疲れがたまってらっしゃると」

私はうなずく。

「ま、それはそうでしょうね」

「肺炎を起こしかかっているそうです。この際ですから、全身の精密検査をお勧めします。頭部のＭＲＩも、この際お撮りになってはいかがでしょう。それから消化器系、循環器系も。人間ドックに入ったおつもりで」

私は苦笑した。

「一昨日死のうとしていた人間が、精密検査ですか？」

「失神するということは、普通のことではありません」

「そりゃ、普通じゃない目に遭いましたから。それもいくつも」

言ったら、急に咳《せ》き込んだ。大丈夫ですかと彼女は訊いた。私はうなずく。

「子供が死んで、妻と舅《しゅうと》に罵倒《ばとう》され、ゴミみたいに棄《す》てられて、でもすごいものを発見したぞと思ったら、これが間違いだと解って……、だが、信じられないな」

　教授は言葉をさしはさまず、かわりに小首をかしげた。

「私が大阪で見つけたあの肉筆画、横に『福は内、鬼は外』と書いてあった。『福内鬼外』というのは、平賀源内の浄瑠璃《じょうるり》作者としての筆名です。彼のほかにはこんな筆名の者はいないんです。まあ厳密には浄瑠璃の専門家に訊いてみないといけないが、私は知らない。聞いたこともない。私だって一応江戸の専門家ではあったんです。ではあの絵は何なんだ？」

　私は放心する。

「さっきから、ずっと考えていたんです。あの肉筆画は写楽の筆に似ている。そこに平賀源内の落款《らっかん》、つまり署名があった。しかし源内は、写楽登場の十五年も前に死んでいる。いったいどういうことなのか……」

「佐藤さん、そういうこと、もうおやめになってはいかがです？」

　教授は私の言をさえぎるように、いきなり言った。

「やめる？　そういうこと？　そういうことって……」

「そんなこと考えてらしたから、お倒れになったんでしょう？」

「お倒れに？　はあ、まあ……」

「お仕事のことを、お考えになっては？」

「お仕事？　塾のことですか？　いえ、これが私の仕事なんです」

私はきっぱりと言った。

「あらそうですの」

教授は言い、そしてちょっと鼻を鳴らした。

「今のぼくにはこれしかないんです。絶対やめませんよ」

「体が悪くなってもですか？」

「やめたらもっと悪くなります」

「聖橋から飛びおりたら、それはもっと悪くなりますわね」

言われて、私は黙った。

「あら、もうお泣きになりませんの？」

私はちょっと気分が悪くなり、沈黙を続けた。それから言う。

「ずけずけと、男をいたぶるのが趣味なんですか？　それはまあ、プリンストン大を出て、東大教授のあなたなら、たいていの男は赤児《あかご》みたいなものでしょうが」

「あなたを二度お助けしましたよ」

教授は言う。

「いたぶるのではなくて、助けるのが趣味なんです」

「まあ、たいていの男がみんな雨の中、橋の欄干によじ登ったり、モールの横で失神したりはしないでしょうからね。そういう男だからか、ぼくが。失礼ですが先生、あなたにはお子さんがおありですか？」

「ありません」

彼女は首を横に振る。

「ご主人は？」

また首を左右に振る。

「では解《わか》らないでしょう。子供が死に、配偶者に罵倒される者の気持ちなどは」

「解ることもありますわよ」

「なんです？」

「浮世絵は、あなたには疫病神《やくびょうがみ》だってこと。肉筆画のコピーをなくしたといって死のうとし、写楽の候補者の一人の没年が解ったといって倒れたんですよ。ろくなことありませんわね」

言って彼女は、気の毒そうに私を見た。そして、

「もうおやめになるべきです」

そうきっぱりと言った。

16

「どうしてそこまではっきりと言われるのですか？」

私は首をかしげた。解らなかった。教授は、黙って首を横に振っている。

「まるで街の占い師みたいに、浮世絵の研究をやめないと災いが起こるなんて……。でも、そう言われれば確かに……、子供が事故に遭う直前もぼくは、六本木の書店に入って、浮世絵の本をあさっていたんだったな……」

私は言った。記憶を巡らせてみる。思えば確かにその通りなのだ。立ち読みしながら、横の開人《かいと》をずいぶん待たせてしまった。だから彼がじれた。さらにその上、制限時間を超えてパーキングメーターに駐車していた車の処置に私が手間取り、それでとうとう待ちきれず、息子は駈《か》けだしたのだ。

そうだ、確かにそれはある。あの時私が、浮世絵の本に読みふけらなければ、開人は事故に遭わなかったかもしれない。浮世絵となると、私は妙にわれを忘れてしまうところがある。

「でしょう？　もうおやめになってはいかがです？　命取りになりますわよ」

義父に援助を受け、夫婦仲を極限までこじれさせたのも、結局は浮世絵か。

「浮世絵って、そもそもポルノグラフィなんでしょう？」

教授はいきなり極論を言い、私はちょっと鼻白んだ。

「やっぱりそれですか？　あなたが浮世絵を嫌う理由は。象牙《ぞうげ》の塔に巣くう学究の徒が、一生をかけて研究する対象としては不充分だと」

教授連にも、口には出さないがそう考える者は多い。

「いいえ、風俗史の一部分として研究するのなら解ります」

「アートとしては解らない？」

「いえ、それも解ります。けれど学問としたいなら、風俗史の一環として研究すべきだと思います。ゴッホやゴヤと同列に論じるのはどうでしょうか」

「ゴッホも初期の頃は下手ですよ」

「そういうことを言っているのではありません。下手も含めて、ゴッホの仕事には、敬意を持った了解ができます。彼は命を懸け、芸術を追求しました。モディリアーニも、レオナルドもそうです」

「浮世絵には敬意が払えないと」

「風俗としては興味深いし、成立事情や歴史的経緯を把握することに、学問的な意味は深いでしょう」

「はあ」

「たとえばあなたは北斎の研究家なのですね？」

「え？　よくご存知ですね。何故《なぜ》ですか？」

私は驚き、言った。しかし教授は、首を横に振るだけで語らない。

「『東海道五十三次』、彼は風景画の大家ですわね」

「それは広重《ひろしげ》です。北斎は『富嶽《ふがく》三十六景』ですね。でも、はいそうです」

「では彼は、春画を描いてはいませんか？」

「描いてます」

私は言った。

「歌麿《うたまろ》、国芳《くによし》は」

「もちろん描いてます」

「狩野《かのう》派の絵師たちは」

「やっぱり描いてますね」

「権威筋ですわね、彼ら。つまり、描いていない江戸の絵師はいないのです」

「いやいますけど。たとえば無名の絵師たちとか……」

「それは需要がなかったからです、知られていないから。知られれば描いたでしょう？　つまり浮世絵とはそういうもので、むしろ性器が描かれていない版画の方が特殊であり、一部なのではありませんか？」

「まあそう言ってもいいでしょう。浮世絵の最高の技術は、春画にこそ現れていると言ってもいい。でもゴヤの『着衣のマハ』と『裸のマハ』でも、裸の方が本気で、上手に描かれているとは思いませんか？」

するると教授は笑った。少し顔が上気して、妙な色香が漂った気がした。私はちょっと見とれた。

「裸の方は、腿《もも》にうっすら静脈が浮いている。それほど気合を込めて描かれてます。あなたは結局、性がからむから嫌なんですよ、軽蔑《けいべつ》するんです。不道徳ということで」

すると教授はしっかりと首を横に振る。

「そうではありません。私は性は嫌いではありません」

「ほう」

「性の吸引力は強いものです。機械にもありますわ、欧州に。女性を喜ばせるための淫靡《いんび》な機械の歴史というものが。私も興味はありますけれど、でもこれは風俗史の範《はん》疇《ちゅう》です。機械工学の対象とは違います」

「しかし有名絵師で、春画を一枚も描いていない絵師もいるんですよ」

「誰です？」

教授の目が真剣になった。

「写楽がそうです」

私が言うと、

「ふうん」

言って教授は大きく、深くうなずいた。

「彼がただ一人ですか？」

「ま、そうですね」

私もうなずく。

「その意味でも、彼は謎《なぞ》なんです」

私は言った。

「彼は、有名だったのですか？　当時の江戸で」

「それは議論です。『浮世絵類考』には、これを否定しているともとれる記述があります。しかし私は、社会現象になったと考えています」

「売れたのですね？　その根拠は？」

「初期大首絵には異版が多いこと、これはたくさん摺《す》られたから版が磨《す》り減ったゆえと考えられます。それから栄松斎長喜《えいしょうさいちょうき》の絵の中の団扇《うちわ》に、写楽版画が描き込まれていること。享和二年、一八〇二年に式亭三馬《しきていさんば》の著した黄表紙『稗史億説年代記《くさぞうしこじつけねんだいき》』の、著名絵師の勢力分布を示した挿絵に、写楽が独立した島として描かれていること、などからですね」

「ふうん、それなのに彼は、春画を描かなかったのですね？」

「そうです。あの、先生」

手首の時計を気にしはじめた教授を見て、私は言った。

「もうお時間ですか？」

「そろそろ……」

「さっき、どうしてぼくが北斎の研究家と？　ぼくはまだ話してませんよね」

「お体にさわります」

「え？　は？　どういう意味ですか？」

私は眉《まゆ》を顰《ひそ》め、それから首をかしげ、言った。

するると彼女も小首をかしげた。これは彼女の癖のようだった。

「あなたは謎だな。話はまだ途中です。話し足りないな、ぼくは」

教授は、顔をあげて私を見た。しかし何も言わなかった。

「写楽の話も、浮世絵の話も途中です。話し足りないうえに、ぼくにはまだ教えて欲しいことが山ほどあります、あなたに。訊《き》きたいこともたくさんだ」

「あらそうですの？」

軽い調子で言いながら、彼女はついと立ちあがる。そして椅子《いす》を後ろに引き、腿の上を何度か撫《な》でおろした。少しずりあがったスカートを元に戻しているのだ。

「こんなこと、あなたは言われ馴《な》れているでしょうが」

私は言った。彼女は私を見おろし、問う。

「何をですか？」

「今夜お食事でも」

すると教授は、あきれたような顔で棒立ちになった。そして少し笑った。

「この病院の食堂でですの？　二人でおかゆでも？」

「こんなところ、すぐに出ます。今夜までいる気はない。すずらん通りのリベルテでは？」

教授はぽかんと口を開けた。その表情がまた可愛《かわい》く、美しかった。

「昨日失神して病院に担《かつ》ぎ込まれた方が？　一昨日は大雨の中で、神田川に飛び込もうとしていた方が？」

「断ったらまた飛び込みますよ」

すると教授は笑った。

「決まった。今夜七時では？」

私は急いで言った。

「ずいぶん強引ですのね」

「人間、死ぬ気になればなんでもできます」

「うまくここ、脱出できるとよいですわね」

彼女は笑って言う。

「なに、簡単ですよこんなとこ。あなたに会えると思えば」

「女性には懲《こ》りたとおっしゃってませんでしたか？　ま、元気になられたのはよかったです。では、私の携帯に電話をください、脱出に成功なさったら。夕方にでも」

バッグから小さな名刺を取り出し、差し出した。受け取ってうなずき、私は言った。

「必ず」

片桐教授は微笑《ほほえ》み、上体を伸ばした歩き方で、病室を出ていった。

しばらく放心していた。彼女の体から残された香水の香りが、病室に残っていた。殺風景な空間だったが、彼女が一人いるだけで、印象が変わって華やいだ。

「いかがですか、佐藤さん」

いきなり男の声がして、見れば医師が入ってきていた。私と同年配か、少し若いくらいの男だった。

「ああ、ずいぶんよくなりました」

私は応《こた》えた。そして訊いた。

「あの、私のこれはどういう……」

「過労ですね、非常に体力が落ちていました。肺炎の初期症状もありますから、薬を出しましょう」

「はあ」

「下の薬局の方に。それから、お帰りになる前に頭部のＭＲＩも撮ることをお勧めします」

片桐教授と同じことを言った。

「それは、撮らないといけませんか?」

「いや、必ずということではありませんが、しかし失神となると心配ですのでね。ま、心労が溜《た》まっているんでしょうな。ご心配ごとが多いのでしょうね」

「はあ」

と私は言った。六本木の回転ドアの事故のことなど、この医師がどのくらい知っているのか解《わか》らなかったので、私は黙っていた。事故が世間で騒ぎになっているのは知っている。しかし、私はマスコミに顔をさらしてはいない。自分が当事者であると医者が知らないことも考えられたし、藪蛇《やぶへび》になりたくなかったから、私は「心配ごと」に関しては口をつぐんだ。ここであまりあれこれ、事態の説明をさせられたくない。

話題をそらすつもりで、私はこんなふうにつぶやくことにした。

「ちょっと、自分の仕事のことで、いろいろとありまして……」

すると医師は、思いもかけないことを言った。

「浮世絵の研究というものは、いろいろとあるのでしょうね」

驚き、私は医師の顔を見た。

「どうしてそのことを?」

私が言うと、医師はあきらかにうろたえた。

「ああいや、あなたがおっしゃろうとなさったのかと……、ともかく午前中はよく休んで、体力回復につとめてください。その間に、こちらでＭＲＩが空いているかどうか、調べておきますので」

そして医師は背中を見せ、そそくさと出ていった。

釈然としない思いのまま、私はベッドに取り残された。茫然《ぼうぜん》としていると、どこかで金属音がする。虫が鳴いているようなかすかな音だ。はっとわれに返り、なんだ？と考えた。

そうか、電話だ、と気づいた。自分の携帯電話が鳴っている。ベッドからおりてスリッパを履き、音の所在を探した。するとベッドを囲むカーテンが一箇所にたばねられていて、その背後に小さなロッカーがあった。その中から聞こえる。

もどかしく扉を開けたら、音が大きくなった。ハンガーにかかったブルゾンの内側を探り、携帯電話を抜き出した。誰からか、着信表示を見ている時間はなかった。

「もしもし、佐藤さん？」

出ると、急《せ》き込んだふうの男の声が言った。

「はいそうですが……？」

「ご無沙汰《ぶさた》してます、S選書の常世田《とこよだ》です」

「ああ、常世田さん、はい、お久しぶりです」

以前、「北斎卍《まんじ》研究」を出してくれた出版社の編集者だった。以来親しくなったのだが、電話しなくてはいけないと思っていた。

「佐藤さん、今どちらです?」

常世田は訊いてくる。

「今東大病院なんです。実は、ちょっと倒れちゃって」

「えっ、大丈夫なんですか?」

「ええ、もう大丈夫です」

「なんだか、このたびは大変なことで、お子さんが」

「ああ、そうですね、ありがとうございます。もうなんとか乗り越えましたから」

「はあそうですか?　それならよかったのですが。お体はどういう……」

「いや、ただの過労です。全然眠れていなかったから。何か……?」

「いやあ、病院と聞くとねえ、ちょっとお体にさわるかと……」

私は言葉に詰まった。みな同じことを言う。

「もしもし?」

私が黙ったから、切れたかと思ったのだろう。

「いいんですよ常世田さん、もう何が起こっても、このさいですから。何です?」

ものはついでだという気分になった。

「実は、ちょっとやっかいなことになっていますよ」

「やっかい? 私にとって?」

「はい。週刊Tは、ごらんには……?」

「いえ。それが?」

「佐藤貞三の北斎論文は間違いだらけだと、浮世絵同人研究会が、大々的に論陣を張っているんです、佐藤さんを名指しで。まるで、ペテン師だと言わんばかりで……」

衝撃で、私は立ち尽くした。

17

常世田とは、赤門そばのルオーで待ち合わせることにした。学生時代、よくたまった喫茶店だ。急用が入ったということで、MRI検査はまた後日にした。とても病室でのんびりしている気分にはなれない。

一番奥の席にすわり、コーヒーをすすりながら待っていると、小太りの体をせかせかと運んで、常世田が店に入ってきた。ぼんやりしていただろう私を見つけ、寄ってきて目の前にすわった。そして、愛想笑いをしたものかどうかと、困ったような顔をした。

彼の気持ちはよくわかる。私の現状は、まさにそんなものだったろう。自分では落ちるところまで落ちたつもりでいたが、まだ下があったというわけで、再会の愛想笑いなど、私を目の前にしたら誰もできまい。そんなことをすれば、冷笑に見えかねない。

「どうもご無沙汰してしまって」

そのあたりが安全と見て、常世田は言った。

「このたびはどうも、とんだことで……」

そして、笑っていいものかどうか、うかがうように私を見た。

私はただうなずくだけだった。そのとんだことが、もうひとつ起こったらしいですねとか何とか、そんな軽口を言う気にもなれず、押し黙っていた。だから常世田も笑わなかった。

私は、自分が冗談の解る人間のつもりでいる。が、息子の死の記憶が、そんな明るい気分を封じた。そして今度のことは、いよいよ私の命を奪いかねないと思った。私の浮世絵研究者としての生命を奪おうとする動きが始まっている。それは、私の最後のよりどころ、生きる理由だったたからだ。

「どういうことかな」

足が地につかない気分で訊いた。全身が、ふわふわと宙に浮くようだった。

「実は、これなんですがね……」

常世田は、私の顔をちらちらと見ながら、カバンからおずおずと週刊誌をとり出し、付箋《ふせん》を貼《は》っていたページを広げ、雑誌の喉《のど》のあたりをぐいと押し広げてから、申し訳なさそうに、私に向けてくるりと回した。

充分覚悟をしていたつもりだったが、やはり充分ではなく、目を見張らずにはいられなかった。

「佐藤貞三氏の北斎研究は間違いだらけ!」

まるで少年漫画雑誌のタイトルのような大活字が、見開きページの上部、二ページを跨《また》いで躍っていた。

信じられなかった。何故《なぜ》私のような無名の研究者一人を名指しし、天下の週刊誌がここまでのことをするのか。私はまるで自分が著名美術評論家にでもなったような、倒錯した高揚感を味わった。

コーヒー、という常世田の注文の声がしている。

「何故私のような、忘れられかかった研究者を……」

聞こえないように、私はつぶやいた。

「だいたいこれ、何を言ってるんですか？　私の何が間違いだと？」

大活字の下の、細かな活字群に踏み込む気になれず、私は常世田に要約を求めた。

「いろいろと揚げ足をとっているんです。まず北斎博物館の、長いこと北斎の作とされていた例の『不動明王図』です。これは言われるように贋作《がんさく》です。しかし小山岩次郎の筆ではなく、為斎《いさい》の筆なのだと」

私は不快を感じ、思わず唸《うな》った。そして急いでその部分を斜め読みした。

この「不動明王図」というものは、北斎の五十代から六十代時の画号、戴斗《たいと》の署名と、北斎の印が押された掛け軸で、実際迫力充分の肉筆画だから、長い間北斎後期の宗教画の傑作と信じられてきた。しかし北斎の筆ではなく、贋作だということを、私は以前に指摘した。

指摘は私がはじめてではなかったのだが、文献が出て、北斎の孫弟子にあたる小山岩次郎という人物が、若い時期に描いたものとほぼ判明した。だから私はそのように論文で報告した。

けれどもこの岩次郎という人物は、北斎の弟子の為斎に師事していた。であるから、為斎の筆という可能性も棄《す》てきれない。私はそれを承知して、調査報告の論文でもそのように断っている。ところがこの週刊誌の記事の文脈では、私が為斎の可能性をまったく考慮せず、無思慮に岩次郎筆と断定したかのように読める。まあそのように意図した、これは攻撃なのであろうが。

「ほかには?」

「塩尻《しおじり》市の日本浮世絵美術館にある『北斎漫画』の模写ですが、これは二代目戴斗の筆ではなくて、すべて酒田出身の弟子、本間北曜の筆になるものだと」

「ふうん、ほかにもありますか?」

「オランダのライデン民俗学博物館にある『大川端夕涼み』とか、『初夏の浜辺』なんかも、北斎の筆とは違うと。まあそんなふうに延々と数を並べたてて、さも佐藤さんの研究発表が全部間違いであるかのような、そんな印象を世間に与えようとしています」

私は唇を噛《か》んだ。フィールドの事情を知らない一般人に、意図的に誤解を与えようとする煽動《せんどう》だ。北斎研究とは、贋作の海を連日泳ぐような仕事だ。北斎作品は世界中に三万点もあり、これに無数の贋作が紛れ込んでいる。北斎の場合特に厄介なのは、北斎自身がそういう状況を進んで作りだしているという点だ。

葛飾北斎という絵師は、研究者にとっては実に厄介な存在で、九十歳まで生きながらえ、その間に九十三回も引っ越しをしたうえ、画号を三十回も変えている。葛飾北斎というよく知られた号は、彼の三十代から六十代までの期間用いていたものにすぎず、他の主だったものを挙げても、三十代の宗理《そうり》、五十代から六十代の戴斗、六十代から七十代の為一《いいつ》、七十代以降の画狂老人《がきょうろうじん》、卍《まんじ》と、さまざまにある。これらを組み合わせたふうの画狂人北斎というのもあれば、北斎辰政《ときまさ》というものもあり、勝川春朗《しゅんろう》という若い時期だけの号もある。

画号が無数にあるということ自体は、それほど困ったことではない。自分だけがそれを使っていてくれれば、いずれは調査が行き届く。ところが北斎は、困ったことにそれらをどんどん弟子筋に売り渡し、その名を使って描かせている。画号だけではなく、どうやら印章も売っている。北斎がよく画号を変えるのは、生活のために号を売ってしまうから、その都度別のものが必要になる、という事情もありそうだ。

北斎の経済状況については議論が盛んで、赤貧洗うがごとき生涯とする見方が従来有力であったが、最近では数億円に相当する金が手に入ったはず、とする説もある。しかし晩年金に困っていたことは確かで、地方在住の弟子のところを身ひとつで訪ねては、面倒をかけていた。そして路銀に困り、その時に自分が使っていた画号を譲り、印章を与えては、いくばくかの金をせびっていた。師匠のこういうところを、弟子たちはひそかに迷惑がっていたふしがある。

封建時代のことで、弟子が師匠そっくりな筆運びで、コピーのごとき絵を描くこと自体は、なんら責める筋合いのものではない。また金で買ったのだから、戴斗や為一の画号を自作の肉筆画に書き、師匠から譲り受けた印をその下に押すことも自由だ。

長寿で、弟子の多かった北斎だが、旅に出るたび、際限なく弟子が増えていく。北斎の弟子は、一説には二百人以上に達していた。それらのうちのかなりの数が、述べたように北斎の名で肉筆画を遺《のこ》している。封建の世とはそのようなもので、絵や画号に対する考え方が、今日のわれわれのものとは違う。

さらには幕末、日本の調度品が欧米に輸出されるようになって、これらが詰め込まれた木箱に、「富嶽三十六景」などの版画が装飾として貼られた。そして中身の漆器や茶碗《ちゃわん》などは、北斎漫画の摺《す》られた紙でくるまれた。緩衝材としてのこの紙を広げて見たパリの若い芸術家たちが騒ぎはじめ、北斎の名はみるみる世界的に広まっていって、結果、欧米から注文が殺到するようになった。この状況がまた、弟子たちによるおびただしい贋作生産の理由になった。北斎の署名がつけば、その版画や肉筆画は欧米で飛ぶように売れたから、北斎の贋作はますます世にあふれた。

だから注意深く観察すれば、北斎の作と信じられてきた傑作群も、実は弟子の作だったと見破れる局面はしばしばある。そして弟子の誰某《だれそれ》の筆といわれていても、ある日、実は別の誰某という弟子の作だったと解る、そういうこともある。北斎研究とは、そういう質のものなのだ。

だから研究者は、そういうことに常に注意して研究発表をする要があるし、定説訂正の局面にたちいたっても、鬼の首でも取ったように大威張りする必要はない。まして先人の研究を糾弾したり、詐欺師《さぎし》呼ばわりするのは筋違いというものである。誰もが史料の海を孤独に泳ぐ仲間であり、それによって名を成したり、大金を儲《もう》けたりはしていない。仲間を憎む理由などはどこにもないはずだ。

だから私自身は少なくとも、そのような無思慮な書き方をしたことは一度もない。誰もが真実探求の途上に立っている。今日出した結論が明日覆《くつがえ》ることもある。誰かが攻撃を始めれば、やられた方もやり返し、面子《メンツ》を懸けた果てしのない水掛け論に陥る危険があり、こうした騒ぎは不毛で、研究を進める効果などない。北斎作品の贋作はおびただしく、真贋を証する要素はいたって少ない。

しかし一般はそうした事情を知らない。だからもし同業者の攻撃をしたいなら、北斎研究ほどそれがたやすい分野はない。研究中、私自身も数限りなくそうした局面に立った。研究は日進月歩で、あちこちで結論が変わっている。誰かを犠牲者に定めたなら、筆のマジックで彼が山師的な研究発表者だという印象を世間に与えることは容易だ。誰もが一度ならず、自分の出した結論を修正させられた経験を持つ。ましてや佐藤貞三は、今や何の肩書きも権威も持たない一介の学習塾教師にすぎず、いい加減な人物と世人に誤解させることはたやすい。

私はしばらく茫然《ぼうぜん》としていた。そしてようやく、さっきの片桐教授の様子や、医師の態度の理由に思いがいたった。彼らはこの週刊誌を見ていたのだ。確かにこんな記事内容を私に語れば、お体にもさわるだろう。

「何故今頃、こんなことをするんだろう……」

知らず、私はつぶやいていた。浮世絵同人研究会という会自体は、好事家《こうずか》の趣味の集まりで、人数も少ないし、美術評論家の会員も少ない。ゆえに学会に対しては無力で、大勢力でもない。しかし週刊誌を抱き込み、ここまでのことをすれば、一民間人のこちらに与えるダメージは大きい。

そもそも一般は、浮世絵同人研究会というものが、どのような規模の会か知らないだろう。日本で有数の権威筋とでも思うかもしれない。事実この記事の書き方には、そう誤解させたい意図が感じられる。

「まあ、こういうことはあんまり言いたくないんですが……」

身を屈《かが》め、声をひそめるようにして、常世田が言いだした。

「この同人研究会会長の友田《ともだ》という人物は、例の悪名高いＭＫ物産の会長で、六本木の回転ドア事件のミツワ・シャッター、あの会社の会長の親戚筋《しんせきすじ》という話なんです」

「え？」

私は唖然《あぜん》とした。

「つまり、妻や義父の訴訟の……」

常世田はうなずく。

「そうかんぐれますね。この同人研究会というのは、企業経営者のＯＢが多くて、あちこちにツテも多い。そこの親分が、息子さんの事故の元凶の親戚なんですから。彼が自分の身内のやっている会社を訴えた原告側、死んだお子さんのお父さん、この人もまた、決して好人物一方というわけではなくて、こうしたいい加減な仕事をしてきている男なんだぞという、そういう誤解を世間に与えようと意図して起こした騒ぎと、そうとれないことはないですねぇ」

「来たるべき裁判対策の一環……」

「どっちもどっちなんだぞと、世論の暴走に釘《くぎ》を刺す。裁判を、ひたすら悪を懲《こ》らしめるという構図にはしないように……。ま、単なる嫌がらせかもしれませんが」

「どうして私が嫌がらせを受けなくてはいけないんだ。子供が死んだというのに、しかも、あんなひどい死に方をした……」

「そうです。まあこの友田の理屈としては、原告側の糾弾の口調があまりに理不尽だ、やりすぎだと、こういうことなんでしょうね」

「理不尽？　原告側？　やりすぎ？」

私は言った。私は、義父や妻たちがどんなことをしているのか知らない。

「うん、まあ小坂さん、かなりやってますねえ。対ミツワ・シャッターで、かなり思い切って罵倒《ばとう》をやってます、あちこちで。これはもう、かなり思い切ってやってます。ミツワだけでなく、セキユリティ会社、ビル会社に対しても」

「ああ、そうですか」

その報復がこちらに来たのか。私はようやく事態を理解した。私自身は何もしていないのに。

私は溜《た》め息をついた。しかし妻たち親子に対し、今私が何かを言ったところで、おまえの研究がそんなやわだからいかんのだ、で終わりであろう。

「それは小坂さんに分はありますよ。世間の支持もあります。しかし、事故に直接責任のない親戚としては、身内が殺人鬼みたいにぼろくそに言われるのを、だんだん黙って見ていられなくなったんでしょう。やられっ放しじゃなく、なんとか一矢《いっし》を酬《むく》いる方法はないかと思って探していて、われわれを見つけたと」

「われわれ……？」

「そうですよ佐藤さん、われわれです。それでね佐藤さん、ご連絡をしたのはですね、私らも困るということなんですよ、このままでは。『北斎卍研究』を世に出した出版社としてもですね、このままじゃ引っ込みがつかない」

すわり直し、常世田は言いだす。

「これは要するに、あの著作に対する攻撃なんですよ。ということは、私らS社に対する攻撃でもあるんです。社としても、ここは全力をあげて対抗したい。うちは日本文化研究の雄を標榜《ひょうぼう》しているんですから」

私は顔をあげ、常世田の顔を見た。だんだんに、憤然とした表情になっている。

「で、どうすると」

「浮世絵同人研究会は、この研究内容を、K舎で出すと言ってるんです」

「え？　本当ですか」

「らしいです。そういう情報を摑《つか》みました。六月二十五日発売らしいです」

「え？　そこまで？」

「でね、佐藤さん。ここからが本題です。私らもやりませんか、六月二十日発売で」

「六月二十日……」

「そうです、直前です。真っ向勝負ですよ。敵を蹴《け》ちらすような一発すごいの、やりませんか」

「北斎で？」

「うーん、いや、それはまあ北斎でもいいんですが、それだと泥仕合になりませんか？　ちょっとみっともない。だからそれはいったん放っといて、別テーマで、世間の話題を一挙にさらうようなすごいやつです。そういうのを出すんです。相手の主張をかすませるんですよ、誰も気づかなかったすごい新説、ぶちあげて」

常世田は興奮気味に言う。

18

「いつかな、原稿の締め切りは」

私は訊《き》いた。

「データでもらえるなら、ぎりぎり掛け値なしで四月二十日です。これでもむずかしいんですが、私がなんとかします、寝ないででも」

「はあ」

「これに遅れると、ひと月後になってしまいます。うちは、教養書関連は毎月二十日の発売なんです。そうすると発売は七月二十日になる。そうすると敵の本が出てひと月後ですからね、そのひと月間、さんざんな悪評の流布《るふ》を許すことになりますよ」

「そうですか」

「そりゃそうでしょう。これは、なんとしても阻止しないとまずいですよ」

私は溜め息をついた。どうしても、そんなふうには思えないのだった。どちらでもいいような気がしてならない。どうせ私にはもう世間などない。守るべき名誉というものもない。

「敵はなんでもやってきますよ。なりふりかまわずにです」

「え？　そうかねぇ。どうしてそこまで？」

私は驚いて言う。

「というのはね、佐藤さん。ミツワ・シャッターは倒産がかかっているんです。なんとか倒産だけはまぬがれたいんですよ」

「でもこれをやっているのは……」

私は週刊Tを指差した。

「そうです、これはミツワじゃないです。やっているのは友田ですね。つまり友田にも被害が及ぶんですよ、さまざまな面で、ミツワに倒産されるとね。友田は、安穏と浮世絵道楽なんてやっていられなくなるかもしれない」

「ああそうか。なるほど」

「だから必死なんですよ、友田としても」

私はうなずいた。

「だからなんでもやります。それでこっちも腰据えてかからないといけない。これは戦争なんですよ」

聞いて、私はうんざりした。生涯の仕事と決めていた浮世絵のフィールドを、戦場にするというのか。

「原稿が手書きなら、四月二十日の二週間前にはもらわないといけません。入力の時間がかかりますから。よって締め切りは、手書き原稿なら二週間手前にずれますが……」

「いや、それはむろんデータにするけど……、しかしあとひと月半か……」

あまりにも時間がない。

「何かありますか？　浮世絵関連で、新たなネタです。まあそうおいそれとはないでしょうが。駄目ならもう腹くくって、泥仕合覚悟で北斎で行くと」

「いやそれが、あるんですよ」

私は一種の恐怖を感じながら、おずおずと口にした。運命の女神の手により、自分が無理やり戦場に引きずり出されていくような不安を覚えた。

「あまりにもおあつらえ向きで、恐《こわ》いようなものが」

「なんです？」

「写楽です」

「写楽？」

常世田はまず怪訝《けげん》な顔をし、次に絶句して、ちょっと恐い表情になった。

「佐藤さん、写楽はそりゃすごいんですが、東洲斎写楽というのは、もう出尽くしてますからね。今さら別人説というのは、つまりすでに名前が挙がっている人のうちのどれかだというのでは、インパクトがないんですよ」

「解《わか》ってます、それは」

私はうなずいた。そして私は、「北斎卍研究」を読んだという読者からの手紙によって、大阪の市立中央図書館の地下で、木村蒹葭堂《けんかどう》由来と思われる不思議な肉筆画を発見した話をした。常世田は仰天した顔になった。

「で、その肉筆画が……？」

「そう、確かに写楽の画法の特徴を留めているんだ」

「まさか……、で、それが描かれている紙は？」

「これは江戸期のものです。この点には疑いがありません。私は数限りなく当時の紙に指で触れてきているし、見てきてもいます」

「そりゃ、ものすごいことじゃないですか。写楽の肉筆画発見と？」

常世田の顔が、興奮で紅潮した。

続いて私は、その絵の横に、「福は内、鬼は外」画と、オランダ語で書かれていたことを話した。

「福は内、鬼は外……、福は内で、鬼は外？　それはひょっとして……」

「そう、平賀源内です」

「そ、そりゃつまり、平賀源内が写楽であったと？」

常世田は目をむいて言った。

「そういうことになりかねないね」

「まさか！」

常世田は興奮し、宙をにらんだ。

「しかし確かに、言われてみれば盲点でしたね。源内が写楽というのはね……、あんまりにもそれらしいから。あんまりにもぴたっとあて塡《は》まりますよね。しかし……」

「そう。あまりにもあまりで、塡まりすぎるでしょう」

「いやあ、そうですよね。あんまりにもありそうで、確かに平賀源内ならやりかねませんよ、あの男なら。だけどぼくはこれまで、写楽・源内説というのは、ちょっと聞いたことがない」

「私も聞いたことがなかったんだ」

私も言った。

「世の中に、こんなすごいことがまだ残っているはずもないと思って。こんなにうまい話があるはずないと思って調べたら、案の定でね、源内は、写楽の登場より十五年も前に死んでいるんですよ」

「ああそういうことか。そうだよな」

常世田も納得し、黙った。

「それでね、挫折《ざせつ》してしまった。しかし、ではあの肉筆画は何なのか。福内鬼外という筆名の江戸人はほかにいない、少なくとも著名な者はいない。常世田さん、知っていますか？」

「いや、知りません。で、その絵は今どこに？」

「神田のマンションにあります」

「ちょっと見たいですね、世紀の大発見かもしれない」

「いいですよ、今から行きますか？」

「行きましょう！　いや佐藤さん、ちょっと待ってください。平賀源内は、神田橋本町の自宅で殺傷事件を起こすんですよね、裕福な米屋の九五郎を斬《き》り殺したと。この動機が、借金説、ノイローゼ説、発狂説、いろいろとあるんですが。ともかくそれで即捕縛されて、小伝馬町《こでんまちょう》の牢《ろう》につながれるわけですね。そこでいっさいの食を断って、ひと月後に牢死した、そう伝えられているわけです」

「そうです。それで、友人だった蘭学者《らんがくしゃ》の杉田玄白が遺骸《いがい》を引き取って、罪人として は異例の墓を造ってるんですね。墓石に玄白が、ああ非常の人、非常のことを好み……」

「いや佐藤さん、遺体はなかったというんですよ。罪人の遺体は、遺族友人にさげ渡されることはないんですよ。玄白は、だから遺体なしで墓所を造ったんです」

「はあ、だから？」

「だから源内の生存、逃亡説が、そこからいろいろと出てきているんです」

「それは私も知っていますよ。『宝船通人之《の》寝言』なんかでしょう？　生き延びて大活躍するという」

「いや、そりゃ小説でしょ？　滑稽本《こっけいぼん》で、源内はあの世でも活躍してるってんで、そういうんじゃなくて、実際に生き延びたとする風聞です。こういうのを書きしるしたものが、確かいくつかあったはずです」

「本当ですか？」

「私の記憶に間違いがなければ。ちょっと調べますよ、時間ください」

「うーん、しかしそれは、信頼がおけるものなのかな？　史料として」

「そう思います。しかし佐藤さん、これはすごいじゃないですか。猛烈に面白いですよ。これが説得力もって展開できたら、必ず世の中の評判になります。ちょろちょろした北斎本の揚げ足取りなんてね、ふっ飛びますよ、うまくできあがれば」

「はあ、そうかねぇ」

私は言ったが、常世田は興奮してしまって、私の声などろくに耳に入らない。

それから常世田は、神田の私のマンションまでやってきて、福内鬼外の肉筆画を手に取り、しばらくうなっていた。そして、これコピーしますから、明日まで貸してくださいと言った。それから、執筆に使えるパソコンはありますかと私に問うから、壊れてしまったと言ったら、それじゃ社に戻って探して持ってきましょうと言い、帰っていった。

それから私はまた湯島の図書館に出かけ、調べものをした。平賀源内、写楽、杉田玄白、蔦屋《つたや》重三郎、そして寛政当時、蔦屋のもとにいた食客や、絵師についてもできる限り調べた。

頭が疲れ、そろそろ片桐教授に電話しなくてはならない時刻だと思い、廊下に出て携帯電話を取り出してみると、浜田山の学習塾の竹富から、何回か着信の記録があった。

長く図書館にいたので、マナーモードにしていたのだが、調べに夢中になって振動に気づかなかったらしい。すぐに電話した。すると困ったような声の竹富が出て、実はどう話そうかと悩んでいたんですが、と言う。

生徒の親たちから、やめたいという声が多数出て、今困っているのだという。六本木回転ドア事件の騒ぎが大きくなり、浜田山の私の自宅や、塾の周辺にテレビカメラや新聞、雑誌の記者たちがうろつくようになって、子供たちが不安がっている。このままでは来年の受験にもさわるから、しばらくの間、塾は休ませて欲しいと訴える母親の声が多いらしい。竹富は、放映されるのかどうかは知らないが、実は自分の授業風景も、テレビカメラで収録されたと言った。

何故《なぜ》うちの塾の授業風景なんかを？　と訊くと、教室に生徒が二人しかいなかったからだろうと言う。あの事故で死んだ子供の親のやっている塾は、こんなふうに二次被害を受けていると、テレビとしてはそう訴えたかったのかもしれず、佐藤さんの立場に立っているのかもしれないが、自分や生徒の親たちにとっては大いに迷惑な話だと言った。

どうしたらいいだろうと問うと、選択の余地なんてない、学習塾は、しばらく休業する以外にないと竹富は言う。あまりに事件の余波が大きくなり、これは長引きそうだから、できたら自分もしばらく休ませて欲しいと彼は言った。承知するほかはなく、私は同意して電話をきった。

片桐教授の携帯にかけた。すると、ただいま電話に出ることができません、メッセージをどうぞという声が聞こえたので、「佐藤です。脱出に成功しました。すずらん通りのリベルテで待っています」とだけ言っておいた。

図書館を出て、たった今得た知識を頭で思い返しながら、お茶の水橋を渡った。昔から私は、こういう時間が好きだった。考える材料を得たなら、好きな道を歩きながら、それを使って自説を組む。うまく行かなければバラし、また最初から組み直す。部屋でなら煮詰まってしまうような作業も、表で水面を見たり、風に吹かれたりしながらであれば、一種の陶酔感もあって心地よい。今の私なら、妙なことだが、絶望が雑念を払う。

神田川を渡りきり、信号を待って交差点を抜け、私は明大通りに歩み込んだ。そしてすずらん通りに向かい、ごくゆるい坂をくだった。江戸時代なら厳《いか》めしいかまえの門や塀が連なっていたはずの旧武家地を抜け、今は大学ビルの足もとを、火除《ひよ》けのための荒野に向かって、ゆっくりとくだっていく。

駅前はやや高台で、火除け地は彼方《かなた》の低地に位置したから、城の堀割を渡ってきた風が、一面の草をそよがせていたであろう火除けの野は、江戸の当時ならこの坂上から一部見おろせただろう。しかし今は折り重なったビルのため、彼方の江戸城も、手前の一帯も見通せない。そのため、この神田界隈《かいわい》が城のすぐ北に位置することなど、誰も意識しないで暮らしている。すずらん通りもリベルテも、靖国《やすくに》通りを越えた場所にあるから、江戸後期で言えば、火除け地の深い草の中に位置する。

私は北斎や、写楽のことを考えた。彼らは今、私が歩いているこの道を歩くことがあったろうか。蔦屋が、吉原《よしわら》大門前から移って日本橋に出した耕書堂のことを考えれば、そこからそう離れているわけではないこの土地を、あるいは歩くこともあったかもしれない。平賀源内もあったろう。彼は神田川北、湯島の住人だった。しかしわずかに二百年と少し、江戸はまるで別の都市になった。

左足が振動する。また痙攣《けいれん》が起こるのかと、私は一瞬恐怖にとらわれる。しかし、すぐにそうではないと気づいた。携帯電話だ。急いでポケットから抜き出し、開き、出る。誰からかなど、調べている余裕はなかった。

「もしもし、佐藤さん?」

と妙に高い、はずんだような女の声が言った。陽気で少女のようなその口調から、とっさには誰であるのか解らなかった。

「病院脱出に成功なさったのね。おめでとうございます」

と言ったから解った。

「ああ、片桐先生。電話だとずいぶん声の感じが違いますね。今ぼくは明大通りをくだっているところです。リベルテに向かって。来られなくなったというのじゃないでしょうね」

「いいえ。あなたにまた神田川に飛び込まれては困りますもの」

教授は言った。

「ではぼくは先に店に入って、ビールでも飲んで待っていますから」

「かたづけものができたんです。少し遅れるかもしれませんが、よろしいかしら」

「ああ、かまわないですよ。ゆっくりかたづけてください」

「そんなに遅れないようにはします」

「どんなに遅れても待っていますよ」

言うと、教授は少し笑った。電話をきると、思いがけず気持ちが軽くなり、なんとなく心が華やいだ。

19

リベルテの暖炉のそばのテーブルで、私はビールを飲みながら、片桐教授を待っていた。陽が傾いたら少し肌寒くなって、そのせいだろう、暖炉に小さく火が入っていた。

たいした寒さでもなかったはずだが、体調をくずし、抵抗力が衰えている私は、すいた店内に入って冷えたビールをあおったら、体が勝手に震えはじめた。だから暖炉の火はありがたく感じた。

リベルテにしたことを少し後悔した。熱燗《あつかん》がやれる店にすればよかった、そうすれば体も温まったろう。しかし、小一時間もビールを飲んでいたら、それでも酔いが廻って感覚がにぶくなり、寒さを感じなくなった。それとも客席が埋まっていって、人いきれで店内の空気が暖まったのだろうか。

陽がとっぷりと暮れた頃、片桐教授が姿を現した。ボーイに先導され、ゆっくりとフロアを横切って歩いてきた。濃いグレーのタイトスカートを穿《は》いて、ブルーの薄いブラウスの上に、黒いカーディガンを、袖《そで》を通さずに羽織っていた。

その様子は、ある意味で見ものだった。その頃には店内のテーブルはすっかり埋まっていたのだが、完全に全員が顔をあげ、彼女の歩みを目で追っていた。ということはすなわち、ボーイに椅子《いす》を引かれ、彼女が私の目の前に着席する頃には、客たちの全員が私を見たということだ。彼女は、店内の男たち全員の視線を、私のところまで連れてきた。

「お待ちになりましたか？」

教授は、小脇《こわき》にはさんでいたバッグをテーブルの上に置きながら、私に向かって尋ねた。それから、

「あら、どうかなさいまして？」

と続けて訊《き》いた。私が不自然に体を傾けていたからだ。

「ちょっとじっとしていてください」

私は言った。

「シェリーを」

と彼女は、横に立ったままのボーイに言った。

彼が去っていくと、状況が少し落ち着いたふうだったから、私も体をまっすぐに伸ばした。しかし顔はあげられず、首をすくめたままメニューを立て、なんとなくその

かげに隠れた。

「後悔していらっしゃるように見えますわよ、佐藤さん」

彼女はからかうように言った。

「目立ちたくないんです」

私は言った。

「六本木の回転ドアの事故のことだけじゃなくて、あなたもご覧になったんでしょう？　週刊Tを」

すると彼女は、黙ってひとつうなずいた。

「ぼくは今隠れて暮らしているんです、この狂った世の中から。みんな頭がおかしい。嗜虐《しぎゃく》的で、狂っていますよ」

私は小声で不平を言った。

「ま、確かに後悔してます。人の目から隠れたい人間が、あなたみたいな人と食事をするなんてね。プラカード持って歩いているようなものだ」

「プラカードですか？　何の？」

「今、週刊Tに載っている、間違いだらけの北斎研究者ってのはぼくです、って書いたプラカードです。この店にするんじゃなかった。あるいは、入口からすぐの席にすべきだった。あなたは平気なんですか？　いつもそんなふうで」

「そんなふうって、どんなふうです？　私は週刊誌には載っていません」

教授は言い、説明しようかと思って私はしばらく思案したが、やめた。そして、

「タイトスカートがお似合いだ」

とだけ言った。

「タイト？　ああそう言うんですね、日本では」

「日本では？　アメリカではなんと？」

「ペンシル・スカートと言います」

「そのブラウスは」

「これはキャミソール、スパゲッティ・ストラップの」

私は二度うなずいた。

「知らないことばかりだ。その色は……？」

「ターコイズ・ブルー」

「機械の専門用語を聞いているみたいです。とにかくよくお似合いだ」

「ありがとうございます」

言って教授は、右の肩をちょっと前方に出すようにして身を折り、にっこりと微笑《ほほえ》

んだ。その仕草は、思いがけず恥じらっているようにも見えて、この自信たっぷりふうの女性がと思い、驚いた。しかし客観的に見て、その様子は魅力があった。

「素晴らしく似合っています、みんなが見るのも当然だ。そんなおしゃれな服も、大学に着ていってるんですか？　学生が騒ぎませんか？」

「いいえ、家に寄って、今着替えてきたんです」

「ああそうですか。近いんですね？」

「すぐそこですから」

私はうなずいた。しかしそれで無言になった。話題が思いつけず、私は言った。

「こんな時、みんなどんなことを話しますか？」

「みんな？　こんな時？……ってどんな時ですか？」

「あなたを食事に誘ったような時です。男たちはどんなことを？」

「ポアンカレ予想のために思いついた新たな数式について。超伝導の合金のための、画期的なアイデアについて」

「何ですって？」

その時シェリー酒が来たから、私はビールのジョッキを持ちあげ、乾杯した。それから私たちは、持ってきたボーイにパスタを注文した。

「そうでなければ、最近観《み》たオペラの話とか」

「この街のどこにオペラ座がありますか?」

「ここでの話ではないですわね」

「ニューヨークですか? 東京ではどうです?」

「東京では、男性と食事したことなんてありません」

「本当ですか!?」

「誘われたことなんてありませんから」

「信じられないな……」

「大勢で食事というのでしたらありますわよ、毎日のように。でも二人でというのはありません。毎日とっても忙しいですし。ですから、お誘いいただいて、感謝しています」

言われて、私は口をぽかんと開け、放心した。

「あら、どうかしまして?」

「いえ、なんだか、すごく謙虚な言い方をなさるから。そんな言い方をされる方とは思えなかったので」

教授は、するとからからと笑った。

「よく言われます、傲慢《ごうまん》な女に見えるって。だから敬遠されるんです。あなたがはじめてよ、誘ってくださったの」

私は、少し考えてから言った。

「ぼくは今、反省していたんです、蛮勇をふるったこと。魔がさしたというのかな、どうしてあんなことをしたのか。やはりあなたは、全然別世界の人だ」

「どうしてですか？」

「服の話ひとつとっても、ぼくには全然解《わか》らない。みんな雲の上の高級語だ」

「服の名前が？」

「でも何か……、こう言ってはおこがましいんですけど、気分を害さないでくださいね。あなたは、懐《なつ》かしい気がするんです」

すると意外なことに、教授はひとつ、小さくうなずいた。それは私のこの言に、彼女も同意したということだ。

「どうして気分を害するんですか？」

「最初は思わなかったです、そんなこと、ちっとも。学士会館で出会った時になんて。でも、だんだんにそう思うようになって……」

「私がなれなれしかったからかしら」

「それもあるかな……、こんなにも違うタイプ、自分とまるで違う世界の人なのに。もしかして、好きだったアメリカ映画の女優さんにでも似ているのかな、でも思い出せないな。誰だったろう、ヒッチコック映画かな……。あなたは、失礼ですが、日本人ではないのでしょう？」

「日本人ですわよ」

　彼女は笑って言った。

「でも、外国人の血が入ってらっしゃいますよね？」

「インドネシアと、オランダ人のDNAも入っていますわね、少々」

「やはりね！　でも何故《なぜ》なのかな、それでも懐かしい気がして、それで蛮勇をふるって誘ったんだと思います。ぼくこそ感謝しています、来ていただいて。あなたみたいにきれいな人と食事するなんてね、今後もう二度とないでしょうから」

「あら、もう誘ってくださいませんの？」

　驚いたように彼女は言い、私はちょっと唖然《あぜん》とした。軽口とも思えず、しかし私としては、こんなことは最初で最後のことと思っていた。だから私は、笑って言った。

「街のラーメン屋に誘っても？」

「好きですわよラーメン。でも一人では行けませんもの」

「まあ、あなたが一人でラーメン屋に入ってきたら、親爺《おやじ》は何ごとかと思うでしょうね。この世の終わりかと思って、泡噴いて倒れるかも」

するとと彼女は笑って、首を左右に振った。

「そんなこと、ありませんわ」

「まあ最近は、街に外人も増えましたからね」

私は言ったが、その軽口は照れ隠しで、やはり嬉《うれ》しかった。夢なのか？　これは、というような気分だった。

「お待たせいたしました」

パスタの皿を手にしたボーイが声をかけてきた。気づけば私の背後にいた。

「ここは、江戸の頃は草深い原っぱの真っただ中だったんですよ」

パスタを口に運びながら私は言った。

「すずらん通りが？」

「そうです。この裏はもうすぐにお堀で、江戸城ですから。明暦《めいれき》の大火で天守閣を焼いた教訓から、ここは火除《ひよ》け地にしたんです、靖国通りから南は、城を大火から守るために。だからこのあたりは広大な空き地で、家は全然建ってはいなかったんです。そういう場所に今自分はいて、イタリア料理を食べている。鎖国の時代には絶対にいなかった、遠い異国の血が入った女性と。なんだか不思議な気分です」

「振袖《ふりそで》火事ですわね。そのお話は知っています。江戸のある少女が上野のお花見で、美少年の寺小姓に恋をして、彼が着ていたのと同じ柄の振り袖を作らせて、それを着ていたら、恋の病が高じて死んでしまった。そこで棺《ひつぎ》にこの振り袖を被《かぶ》せて供養《くよう》して、当時の慣習で、法要がすむと寺で働く者が供え物の衣類は処分することになっていたから、その振り袖を古着屋に売ったら、それを買った娘が翌年の同じ日に死んでしまった。娘の棺に被せられて振り袖が寺に戻ってきたので、また古着屋に売ったら、それを買って着ていた別の娘がまた次の年の同じ日に死んでしまって、振り袖が棺に被せられ再び寺に戻ってきた。

　気味悪がったみんなが、この本郷丸山の本妙寺というお寺で振り袖を供養して、火にくべたら、風にあおられて燃えながら舞いあがり、江戸に大火災を起こしたっていうお話。日本史上最大の火事で、ロンドン大火、ローマ大火と並び称されることもあります」

「外堀の内側はほぼ焼け野が原になって、死者は三万とも十万とも言われる。十万なら、昭和二十年の東京大空襲と同じ規模です」

私は言った。

「江戸城の天守閣は、以降もう再建されることはなかったんですね」

「ありませんでした。そのかわり、ここみたいに大規模な火除け地も整備されるし、千住《せんじゅ》大橋しかなかった隅田川に、火災以降は両国橋、永代橋《えいたいばし》と、新たに橋が架けられたりもするんです。天災のおり、市民が避難しやすいように。幕府による江戸の都市計画も、この火事を契機に大いに進んで、だから幕府放火説もあるくらいで……」

「娘の振り袖が火事を引き起こしたというお話は、本当なんですの？」

「作り話です。実際には、その本妙寺の隣にあった、老中阿部忠秋《ただあき》の屋敷から火が出たというのが真相と、言われています。けれど老中の御屋敷が火元というのでは幕府の威信が失墜するから、隣の本妙寺に火元を引き受けてもらった。その証拠として、大火の後、火元であるはずの本妙寺はお取り潰《つぶ》しに遭うこともなく、それどころかより大きな寺院になったし、大正の頃まで、阿部家から本妙寺に、毎年多額の供養料がおさめられています。振袖火事の被害者は、回向院《えこういん》の方に多く眠るのに、です」

「この振袖火事のあと、幕府の都市計画で、江戸三座は、浅草に移されるんでしたわよね？　日本橋の芝居町がそっくり」

「いいえ、芝居町が浅草に移されるのは天保《てんぽう》十三年です。一八四二年のことですね。いわゆる天保の改革によってです。明暦の大火によって浅草に移されたのは吉原ですね、遊廓《ゆうかく》の。これは明暦三年、一六五七年に、浅草日本堤の新吉原に移転させられています。

吉原は、もともとはその日本橋の芝居町に隣接してあったんです。芝居と性産業というのは当時ワンセットで、これがいわゆる悪所と呼ばれていたわけですが、まず性の方が浅草の裏田圃《うらたんぼ》に追いやられるんです」

「ああそうですの。では蔦屋重三郎が活躍した、いわゆる浮世絵の黄金時代というのは……」

教授は、フォークに巻きつけたパスタを、口に運びながら訊《き》いた。上目遣いになり、その強い視線にもまた、ぞくりとするような磁力があった。

「写楽が現れたのは寛政六年です。一七九四年ですね」

「明暦の大火のあとになりますわね」

「あとです。ですから、吉原はもう日本橋人形町界隈《かいわい》からはいなくなっていますが、しかし芝居町はまだあると、そういう時代です」

「蔦屋の書店はどこにあったのですか？」

「耕書堂ですね、彼の出版社兼小売店。日本橋通油町《とおりあぶらちょう》です。すぐ近くですよ。これは天明三年、一七八三年からここに進出してきています。一流書店が軒を連ねていた、いわば書店街でした」

20

「寛政という時代は、蔦屋さんの、ええと……、耕書堂ですか？　そこから歌舞伎《かぶき》の小屋が近かったんですわね。浅草に移ったあとなら遠いんでしょう？」

「ま、遠くなりますね」

「それで蔦屋さんも、出入りの絵師の人たちも、この時代はよくお芝居を観に通ったんですわね。浮世絵の題材というのは、役者が多かったわけでしょう？」

「多いです」

私は応《こた》えた。

「浮世絵というのは、今で言うと……、と言ってももう流行《はや》らなくなりましたが、ブロマイドですから、スター写真です。当時のスターは、役者、遊女、それに相撲の力士です。この三者が三大スターだったわけで、浮世絵のモデルも基本的にこういう人たちです。美人画なら遊女や、茶屋の看板娘。だから役者絵というのも当然多いですね」

「ブロマイドなら、それはスターでないといけませんわね」

「そうです。スターの絵でないと売れません。大衆は欲しがりません。だからそれ以外の錦絵《にしきえ》は、基本的に存在しません。需要がないんです、板元から」

「そしてきれいに描かないと」

「その通りです。浮世絵は基本的に似顔絵で、つまりこのスターがどんな顔をしているのか、という報道でもあります。でもきれいでないといけません。だからきれいに描いたスターの絵以外、浮世絵というものは存在しないんです。これは春画でもそうで、いや、春画ならなおのことそうかな」

「美しく描いたスターの顔」

「そうです、それが浮世絵なんです。しかし、ここにただひとつだけ例外があって、ちょっと写楽の話をしてもいいですか？」

「なさりたいのでしたら」

片桐教授は両手をひろげた。カーディガンが肩から滑り落ちないよう広げ方は小さく、それがまた、私に異国を感じさせた。こんな仕草をする日本の女はいない。

妻の千恵子は、子供の頃から親に連れられてよく海外旅行をしていて、イタリアのオペラ通が自慢だったが、それでもこんな仕草をするところは見たことがない。

「美しく描かなかった絵師が、一人だけいるんです。リアルに辛辣《しんらつ》に描き、にもかかわらず絵は売れて、一時代を作ったという……」

「写楽ですわね」

「そうです。皺《しわ》も描かれて、特に女形、遠慮なく醜女《しこめ》に描いて、これは役者は嬉しくなかったはずです。常識的にはこんな錦絵、売れるはずもない。錦絵本来のありようから外れるんです」

「でも売れた」

「異版が多いですから。第一期刊行の大首絵《おおくびえ》、二十八点中の二十一点に異版があるんです。そう解釈する方がいいと思う」

「作品の力ですわね、そうなら」

「まったくそう思います。売れるはずのないものが売れた、それは作品の力以外のなにものでもないです」

「大首絵というのは……」

「全身像ではなくて、バストアップです。鳩尾《みぞおち》から上、顔を大きく描いた絵です」

「ああ、いわゆる写楽画らしいもの」

「そうです。彼の代表作はすべて、初期のここにあります。あと写楽は、実に例外的なことに、スター以外の顔も描いているんです。歌舞伎の花形は、いわゆる千両役者ですね、年収が七百両とか九百両とかの。錦絵になるのはこういう人たちだけです」

「売れませんものね」

「そうです。大衆の興味はそこなんですから。ところが写楽は、無名の、ごく下《した》っ端《ぱ》の役者も描いているんです、分け隔てなく。こういうことをした絵師も、浮世絵史上、写楽がただ一人です」

「それはきれいな人じゃなく……？」

「違いますね」

「でもそれも売れた」

「おそらく。そういう人の絵も、異版があります」

「もしかしたら子供に受けたのかも、彼の絵」

教授は言い、

「ああ……」

意表を衝《つ》かれ、思わず私は腕を組んだ。

「それは面白い見方です。今のアニメ・キャラクターみたいにね。あり得るかもしれない」

「黒目があんなふうに真ん中に寄ってるのって、ファニーですもの。楽しいですわね、ちょっとアニメ的」

「それも彼が後世に与えた影響なんです。写楽絵は、両の黒目が多く中央に寄っていますね、鼻の方に。写楽以降、役者の目はあんなふうに中央に寄せて描かれることが多くなっていくんです、それが役者絵の、基本形のひとつみたいになっていく」

「写楽以前にはないんですか？」

「少ないですね、あったかな……。でも写楽のあとは、この目が非常に多くなるんです。しかし後世のものは、ただ目玉を中央に寄せて描いているってだけです。そういうものなのかなって、深い考えもなくただやっているのが感じられます。これも写楽登場が、フィールドに与えた衝撃を示していると思うんです」

「売れなかったら、真似《まね》はしませんわね」

「そう思います」

「ただ目を中央に寄せているだけ？」

「ぼくはそう感じます。迫力が全然ないんですよ。ただ形式的に、黒目を真ん中に寄せて描いてるってだけ。写楽のはそうじゃなくて、筋肉の緊張とともに、寄った目を描いているんです。だから必然性があって、体に溜《た》まった大きな力を感じるんです。あれは役者がこう、ぐいっと見得を切った瞬間をとらえて描いているんです。だから両の手の突っ張り、肩のいかり、口もとの緊張、表情のこわばり。真ん中に寄った黒目も、そういうものとともにあるんです。目だけじゃ駄目で、目もそのひとつだということ。ただ寄せてるんじゃない、それらとの総合効果ですね。だから彼の絵は、圧倒的にこっちに迫ってくるんです、ぐいぐい来る」

「ふうん……」

「そういうすごい力を感じます。後世の追随者のものは違いますね。従来からのブロマイドの意識で、きれいに、のっぺりと役者を描いておいて、目だけがただ寄っている。だから迫力がない、体に溜まった力なんて全然感じられないんです。目が中央に寄っている必然性ってものがない。ただ描いているだけ」

「写楽のどれでしょう、それ」

「『奴江戸兵衛《やっこえどべえ》』ですね、あれはすごい。正確には奴じゃないんですが。世界のどの名画にもない創作メソッドと、そして迫力を、あれは持っていると思うんです」

「え？　そうなのですか？」

「ぼくはそう思います。ぼくは以前、いわゆる世界の名画の複製を収集して、並べてみたことがあるんです」

「モナリザとかですか？」

「フランシスコ・デ・ゴヤの『真珠の首飾りの少女』、レンブラントの『サスキア』、フランシスコ・デ・ゴヤの『マハ』のアップ、エル・グレコ、ルノアール、ミケランジェロ……。すべてここから上の、上半身と顔を描いた肖像画です」

私は両手を、鳩尾のあたりにあてて言った。

「写楽と比較してみたのですね？」

「そうです」

「いかがでしたか？」

「むろんどれも文句のない傑作です、世界的名画の定評を得ている作品ばかりですから。けれど『奴江戸兵衛』に比肩《ひけん》し得る絵画は、一枚もなかったと思います」

「へえ。どういう意味でですか？」

教授は意外そうな顔になり、訊《き》いた。

「どれも間違いなく素晴らしい絵ですよ先生、誤解されては困りますが。しかしその素晴らしさは、描写の筆力が、ということです」

「描写の筆力？」

「だって、すべて静止画なんです。スタジオでの写真撮影と同じですよ。昔の写真のように、写真家が三脚の付いた大型カメラを構えて、被写体に向かって、はい行きますよ、一分間じっとしていてくださいって、あれなんです。被写体は、ただじっとしているだけです」

「ああなるほど」

「だから花瓶の花や、籠《かご》の中のリンゴと同じです。でも写楽は違う。静止写真じゃなく、あれは動体の撮影です。動いているものの一瞬の姿を、ぴたっととらえているんです」

「ああ、解《わか》りますわ」

「だから写楽のものには筋肉に溜まった力が感じられるけど、欧州名画群からは、みんな力が抜けています。だからぼくは、きれいだとは思うし、感心もするけど、観ていて興奮はさせられない」

「ふうん、なるほどねえ」

「こっちを巻き込んでくる腕力がない。両者は全然別ものです。欧州の名画群が、被写体が一分間我慢のピンホール・カメラなら、写楽は千分の一秒の高速シャッターを持っているんです」

「はあ」

教授は、口をぽかんと開いた。これは彼女の癖だ。それを観《み》ながら私は続ける。

「だからこうも言える。写楽は、その創作精神がすごく進んでいたんです。二百年進んでいた。あれは人間の動きを一瞬凍りつかせたもので、対象へのアプローチの方法が全然違うんです、欧州の名画群とは」

「写楽以外の浮世絵も、みんな静止画ですわね」

「静止画です」

「似たものはありませんでしたか？　欧州のものに」

「ドガの『踊り子』ですね。あれは近い」

「ああそうか。そうですわね、あれもくるくる動く対象の、一瞬の姿ですわね」

「でも厳密には違います。あれは光と影の、陰影の構図の妙ですから。作家の思いはそこにあって、目が踊り子単体に肉薄してはいない。だからやはり違う、写楽とは」

「ではレンブラントの『夜警』のようなもの？」

「ドガは、ですね？　そう、それに近いと思う、ドガは」

「ではなかったということですね？　写楽に似たものは」

「写楽と、真の意味で比肩し得る傑作。ひとつだけありました、集めた世界遺産的名作群のうちに」

「なんですの?」

「何だと思います?」

「さあ、なんでしょう。絵画ですか?」

「いえ、彫刻でした」

「彫刻……、なんでしょう」

「運慶快慶の仁王像ですよ」

「ああ!」

「あれも、男の筋肉が、最大限力を込めた一瞬の凝固、定着です。日本には、ああした表現の伝統があるのかもしれない」

「連綿と続いている?」

「いや、連綿とは続いていないですね。数少ない天才が、歴史の一瞬一瞬に点的に現れて、ああした仕事をするんです」

「でも佐藤さん、素晴らしいですわ。私、そういう解釈をはじめて聞きました。写楽の魅力というものが、今はじめて理解できました。誰かが言いましたね、写楽はレンブラント、ベラスケスと並んで、世界三大肖像画家の一人だと」

「クルトですね、ユリウス・クルト」

「あれもそうした事情に、写楽の創作の精神に、気づいたからですわね」

「きっとそうだと思います。クルトは、そういう言葉では言っていませんが」

「でも、大変な才能ですわ」

「そう写楽は……」

「いえ、あなたです、佐藤さん」

「え？　よしてください！」

私は急いで手をあげ、ひとつ振ってから言った。

「ぼくは浅学非才《ひさい》、たいした才能は持っていません。自分でよく解っています」

「どうしてですか？　もっとご自身の力に自信を持つべきよ。あなたは非凡な能力をお持ちです」

「非凡な能力？」

言って、私は噴き出すように笑った。

「運勢なら非凡ですよ。こんなにツイてない人間は、なかなか世の中にはいない」

「ちゃかすのが癖なのね」

「言ってくださるのは嬉しいです。それもあなたほどの人が。女房にも言ってやってください」

「では紹介してください」

「ああ! それは勧められないな。ライオンの檻《おり》にご一緒するようなものだ」

「私だってライオンかもしれませんわよ」

聞いて、私はしばし息を呑《の》んだ。

「本当ですか?」

すると今度は教授が唖《あ》然《ぜん》とし、ちょっと身を折り、噴いた。

「随分真剣に驚かれるのね。さあどうかしら。でもちゃかして悲観的になってばかりいると、それが本当になりますわよ。言霊《ことだま》の作用で」

「言霊。日本人でも知らないような言葉、ご存知なんですね。まあ東大教授なんだから当然か。ぼくは落ちるところまで落ちて……」

「佐藤さん、自虐《じぎゃく》を楽しんでらっしゃるみたい」

「忘れたんですか? 雨の聖橋でのこと、あなたに救急車を呼んでもらった時のこと」

言うと教授は、気持ちを落ち着かせるためか、大きくひとつ息を吐き、そして両肩をすとんと落とした。

21

「ともかく、クルトのそうした評価は、定着したわけですね？」

教授は訊き、

「写楽が世界三大肖像画家ですか？　まあ日本では……」

私は苦笑して応《こた》えた。

「ではクルト自身の評価も高いのですね、日本の美術界でも」

「うーん」

私は腕を組んで唸《うな》った。その点は、必ずしもそうではない。

「ぼくは好きですし、評価もします。なんといってもクルトは、写楽再評価の時代を切り拓《ひら》いてくれたんですから。目を開かせた。日本のみならず、世界にです」

「世界に？」

「欧州です。むしろ日本がおまけなんですよ。クルトの研究発表は、欧州のジャポニスムの潮流に応えたものです」

「ああそうか」

「けれど時代がくだって戦後、日本でも写楽研究がさかんになって、クルトの歌舞伎《かぶき》能への知識の浅さとか、誤解が指摘されるようになって、そして彼自身、写楽別人説のはしりのような説をとなえるんですが……」

「写楽別人説とは、どのようなものですか？」

「写楽は、写楽という名前の絵師だった、という単純な説明では納得できない人たちがとなえる説で」

「というと？」

「写楽という名前で活動する以前、写楽は別所ですでに名のある大物絵師だったという考え方です。寛政六年から七年にかけての十カ月間だけ、写楽という変名を用いて役者絵を描いた、そういう主張です」

「何故《なぜ》そのような考え方になるんですか？」

「理由はいろいろとありますが、写楽がたった十カ月の活動で、さっと姿を消すからです。そしてもう二度と戻ってこなかった。これが最大の理由ですね。写楽画は、ブームを巻き起こしたと思うんです、江戸に」

「はい」

「それなら普通、そのまま活動を続けます。得た名声は、誰だって普通手放さないものだし、収入の道がひらければ、最大限活用するものです。ところが彼は、突然消息を絶つんです、江戸の街から」

「ふうん」

「のみならず、作品以外には、存在したという痕跡《こんせき》さえ残していない。さらには、俺が写楽だったと、死ぬまでにただの一度もつぶやいていない。というのは、つぶやいた絵師がどこにもいない。こんなことは普通の人だったらあり得ないことです。これも写楽問題の持つ、大きな謎《なぞ》のひとつなんですが」

「大物であれば……」

「大物であれば、それは姿も消せるでしょう。ほかの場所に名声と、大きな仕事がすでにあるんですから。そっちに戻ればいい」

「そうですわね、だから別人説。でもたとえ大物であっても、自分が一時期写楽で、『奴江戸兵衛《やつこえどべえ》』を描いたって、そのくらいは言いそうですが」

私は深くうなずいた。

「その通りです、その通りなんですよ先生。大物だって言いますよね。だって写楽現象は、春画だったから売れたとか、そういう類《たぐい》のものじゃない、バラしたって別に恥ずかしいことじゃないんです」

「はい」

「だったら、誰が写楽だったにしても、生涯に一度くらいは口に出しそうです。それなのに、歴代の大物絵師にも、無名の絵師にも、自分が写楽であったと告白した者はいない。皆無なんです。口頭でも、書き物でもです」

「ふうん」

「実はこれが写楽の謎の最大のものかもしれない。そして別人説の決定的な弱点でもあるんです、今あなたの言われたことが」

「そうですか」

「だってどんな別人説を立てようが、必ずその難問が、行く手に立ちふさがるんです。これだけ歴史的な傑作をものしたのなら、誰だってちょっとくらい漏らすでしょうから」

「うーん、そうですわね、自己顕示」

「ついちょっとくらいは自慢したいでしょう、それが人間。ところが言っていない。だから別人説は弱いんです。この点から、この考え方は成立不能と言ってもいいかもしれない」

「まあちょっと言いすぎかもしれないが。でもそれだけじゃない、蔦屋《つたや》も、蔦屋の耕書堂に出入りしていた摺師《すりし》、彫師、絵師、作家、食客の一九、誰一人としてこのことに言及していない。これは変ですよ。写楽は誰某《だれそれ》だった、どんな素姓で、どんな風貌《ふうぼう》で、どこで生まれて、どんな性格の人間だった、そうしたこと、ひとつくらいは話してもいいでしょう。ところが、いっさい口にしていないんです、誰も」

「へえ」

「異常なことですよ。いったいこれはどうなっているのか。だから写楽は謎なんです」

「死んだのかしら」

「そう考える人もいます。死んだ、発狂した……。写楽の画調には、眼前の歌舞伎役者に本当に驚いた、というような、子供のようなういういしい感動が感じられます。この点を、知能があまり高くない画家のゆえでは、と考える人もいます。でもそれだって言うでしょう、周囲の者が。もし精神障害の人だったら、かえって言いやすくなりそうです。つき合いがあったそばの人間なら」

「うーん、でも別人説以外でも、それは同じですわね」

「そうですか?」

教授は言い、私はちょっと虚を衝《つ》かれ、うなずきながら腕を組んだ。

「ああそうか。うん、そうですね。〝写楽は写楽〟説でも、周りの者は言いそうですね。どんな人間だったか、どこから来たのか。人となり、風貌、うーん……」

「今までに、日本史上に名高い絵師の人、大勢いますわよね、雪舟とか、狩野《かのう》派」

「そりゃ、星の数ほどいますね。浮世絵師だけでも二千数百人いたと言います」

「その中で、こんなふうに記録が遺《のこ》っていない絵師って、ほかにいるんですか？」

「いません。有名になった人なら、みんな大なり小なり遺っています」

「そうでしょう？　写楽だけ皆無？　どうしてなんでしょうか。どうして蔦屋のみんな、言わないんですか？　だって、会ってるんでしょう？」

「会ってますね、蔦屋なんかは確実に。北斎も、歌麿も、京伝も、一九も、たぶんみんな会っているはずです。しかしそうだな、当人の告白も、蔦屋はじめ、周囲の関係者による噂《うわさ》もないことをもって別人説が成立しないと断じるなら、〝写楽は写楽〟説もまた、成立不能になりかねないか……」

「謎ですわね。でももし写楽作品が売れなかったとしたなら……」

「そうなんです。そう解釈すれば一応の筋は通る。ブームを起こした人間なのに、どうしてみんな無視するのか、何故その当人が告白しないのか。そう考えるからミステリーになるんで、蔦屋の見込み違いで、写楽の絵はぶっコケた、全然売れずじまいだった、となれば、これは話に出すこと自体意味がなくなる。話題にしてもしようがないんで、情報がないことに不自然さはなくなる」

「その可能性はあるんですか？」

「ないですね。さっき述べたように、異版の存在、後世の絵師へのはっきりとした影響、『稗史億説年代記《くさぞうしこじつけねんだいき》』の挿絵に描かれた写楽島、それらに説明がつかなくなる。だいたいですね、写楽作品は一応百四十四点あるんですが、これは確かじゃないんです。もっとあるのかもしれない。見つかって、今に遺《のこ》るものがそれだけあるっていうだけなんです」

「ああ……」

「これだけのおびただしい作品を、写楽はたった十カ月間で描いているんです。一日に一枚というハイペースですよ」

「はい」

「尋常な量じゃない。売れなかったら、蔦屋はこんなに出しませんよ」

「ああ、そうですわね」

「絵師自身もこんな無理はしません。大当たりの大ブームが起こったからこそ、蔦屋もこんなことをさせたんでしょう。儲《もう》かるから」

「なるほど」

言ってから、教授は少し考え込んでいる。そこで私は続ける。

「別人説にもう少し補足すると、写楽は浮世絵史上の異端なんです。スターのブロマイドでない絵だからですが。けれどなによりの型破りは、蔦屋の方なんです。そんな変な絵を、彼は大金かけて、刊行する決心をしたわけですから」

教授はうなずく。

「加えて写楽は無名なんです。これはむろん、蔦屋重三郎という出版人の非凡な才覚を語るわけですが、彼以外の誰であっても、こんな非常識はしなかったと思う。リスクが大きすぎますし、無名絵師に対しての一種の軽視だってあったはずです。蔦屋って人は、今をときめく大プロデューサーでしたから。まして封建の世のことです。でも蔦屋のこの決断については、別人説はよく説明しますね」

「どういうことです？」

「いかに才人蔦屋でも、不安だったはずです。無名の異端児の、型破りの変な絵、役者も庶民も嫌いそうな辛辣《しんらつ》さ。売れない条件が揃《そろ》っている。でももし写楽が、もともと実力派で高名な絵師だったら、彼としても刊行の決心がつきやすかろう、という考え方」

「ああ」

「そのうえ、この刊行は、雲母摺《きらず》りなんですから」

「雲母摺りというのは……」

「一期の大首絵は、背景がみんな銀色なんですが、これは人物の背後、周囲に塗った顔料に、雲母《うんも》の粉が入っているからなんです。いわば豪華版待遇で……」

「つまりお金がかかっているんですね？　デビューに。高価な材料を使ってあげて」

「うん、ま、そうなんですが、口うるさい世界のことで、雲母はそんなに高価な材料じゃないと言う人もいます。雲母は花崗岩《かこうがん》系の鉱物資源ですが、花崗岩は当時も建築の材料に使われているからと。

しかしともかく、豪華な印象ではあったはずで、これは別格的な待遇と言ってもいいでしょう。歌麿級の絵師に対する待遇です。雲母摺りという手法は、歌麿の大首絵で定着するんです。当時なら、一九とか馬琴が絵を描いてきても、蔦屋はこんな好待遇をしたかどうか。寛政六年当時、彼らはまだ駆《か》け出しでしたから」

「新人が雲母摺りでデビューした例というのは、ほかには？」

「むろんありません。これは超人気絵師になった歌麿がはじめてやったことで、それからまだ間がないですから。ここからも写楽は、実は超大物の別名なんじゃないかと」

「なるほど。佐藤さんご自身はどうお考えですか？」

「これに関しては、ぼくもある程度首肯せざるを得ません。海のものとも山のものともつかない、ぽっと出のまったくの新人というのであれば、やはり雲母摺りにはしないと思います、いかに蔦屋でも。ここまでやるからには、何らかの保証は欲しい。やっぱり何かはあったんじゃないかと思います、ぼくも」

「新人なら、刊行自体しないですか？　蔦屋さんは」

「うーん、そこは解《わか》りません。蔦屋ほどの才人なら、あるいはしたかもしれません。これほどの絵なら、彼には価値が解ったでしょうから。でも、二十八点同時刊行というほどのことまではね、どうかな。この頃蔦屋は、発禁本が相次いで、自身も身上《しんしよう》半減の刑に遭ったあとで、経済的には苦境だったんです。大コケしたら夜逃げでしたね」

「ではそこからも、当たったという推測が成りたちますね」

「え？」

「蔦屋さんは、夜逃げはしていないのでしょう？」

「なるほど。してません」

「だから起死回生の一打だったということも言われますわね、写楽の刊行が」

「いや、それはあとで言うことですよ、われわれのような無責任な後世の者が。写楽がここまで歴史的な大物になったからそう思うんで、当時はそんなこと解りゃしません。ただただ英断だったというものですね。通常は二の足踏むでしょう、それが人間です。そこまでの経済的な苦境にありながら、よく決断したものだなあと思います」

「通常は、春画の類なんかで凌《しの》ごうかと考えるでしょうね」

「常識的にはそうですね、その方が安全確実です。冒険はお金ができてからにしようと。そもそも無名の役者まで描かせて、それまで刊行したというのが不可解千万」

「絶対売れないって解っていることですものね、今までのお話を総合すれば」

「そうです。だからますます別人説に惹《ひ》かれるわけです。いかに蔦屋でも、何らかの保証、裏打ちはあったんじゃないかと。彼はこの三年後にはもう死ぬんですから、体だって相当悪かったはず。経済的にも肉体的にも苦境にあって、それで自分の目と信念だけを頼りに、敢然とこれほどの英断をしたっていうのなら、これはもう超人ですよ、格好よすぎる。人の能力超えちゃいます。だからやはり、何か保証となる情報はあったんじゃないかと、ぼくもみんなも考えるんですね」

「でもそのお話、少し変じゃございませんこと？」

教授が、ちょっと笑いながら言った。

「何がですか？」

「だって寛政六年当時、偉い絵師っていうと誰ですか？　当代一の絵師って」

「歌麿……、ですね」

「でしょう？　歌麿ですわね。歌麿が時のナンバーワンなんですよね」

「はい……」

「だったら、歌麿の絵を出せばいいんじゃないですか？　蔦屋は。歌麿はもともと蔦屋にいたんでしょう？」

「ま、そうですね。起死回生の一打というなら、確かに歌麿に頼むでしょうね、春画なんかより。まして辛辣な役者絵なんかよりも。その方がはるかに安全確実だ」

「歌麿が描いても、無名役者の絵ははねるんじゃないですか？　蔦屋は。出さないでおくでしょう」

「うーん、まあ、そうかもしれないな。歌麿は子飼いの絵師だし、気安いから」

「醜女《しこめ》の絵も……」

「はねるかな……。でも歌麿は醜女なんて絶対に描かないですが。あの人は独善的なまでの美学の持ち主で」

「佐藤さんの今のお話だと、写楽って人、歌麿よりもずっと偉い人になりそうですわよ。できた絵を、蔦屋はありがたく押しいただいて、雲母摺りの最高待遇にして、無名役者の絵も、醜女の絵も、みんなみんな、無判断で全部世に出してしまった、そういうお話になります。でしょう？　そうおっしゃいましたわよね？」

「うーん」

言われて私は、噴き出すように苦笑し、頭をかいた。

「そんな例、ほかには……？」

「ありません」

私は断言した。

「そもそも二十八枚も、新人の絵をいちどきに出した例なんてありません」

「そんなすごい絵師が、いったいどこにいるんですか？　時代のトップの歌麿よりも、はるかに偉い絵師なんて」

「うーん」

私は完全に言葉に詰まり、唸《うな》りながら腕組みをした。

「まるで将軍さまですわよ、それとも京のミカドかしら。彼らが絵を描いたとか？」

なるほどと思う。言われてみればもっともで、これまで考えてもいなかった。確かに蔦屋のこの反応はおかしい。というより、常軌を逸している。

22

教授も少し笑いながら、今度はこんなことを言いだした。

「でもさっきの、別人説も、〝写楽は写楽〟説も成立しないというの、面白いですわね、なんだか意味深です」

「意味深？　どういう意味です？」

私はうつむけていた顔をあげ、訊《き》いた。

「写楽は、実際に存在した痕跡《こんせき》はないのでしょう？　江戸に」

「ありませんね、絵があるだけ」

「絵以外、文書の類《たぐい》は？」

「まあ『浮世絵類考』の否定的な記述、十返舎一九の『初登山手習方帖《しょとうざんてならいじょう》』の、ちょっとふざけたふうの記述、そんなものかな……」

「姿を消してのちの足どりもない」

「いっさいないです」

「蔦屋はじめ、誰も彼について話さない。噂《うわさ》もしない。そうなら写楽って、存在しなかったのではないですか？　最初から」

「あっはっは」

聞いて、私は笑った。

「幻なんですわ、最初から」

「亡霊ですか？」

「そうです。肉体なんて持たないんです。だって当代一の歌麿よりも偉いんですわよ。そんなこと、現実にはあり得ませんでしょう？　将軍か京のミカドしか」

「あり得ませんけど、でも、それじゃ困ります」

私は言った。

「あら、どうしてですの？」

「だって作品が遺ってますから、現実に。それも、圧倒的な傑作がです。これは歌麿や北斎をもってしても決して描けない、圧倒的に独自性の高い、大傑作なんです。誰にも描けないんですよ。誰かが代わって描けそうなものなら、あるいは凡作なら、それはまあ、当時の絵師の誰かが描いたんだろう、くらいですませてもいいんですが、写楽以外には誰にも描けない傑作が、現実にここにあるんです。誰の影響も受けていないふうの、独自的な完成。それが確かに存在して、歴史に遺っているんです。幻が描いたじゃすませられないですよ、美術史家としては」

「誰にも描けない？」

「はい」

「ではやっぱり幽霊です」

教授はきっぱりと言い、私はまた笑った。

「幽霊か、神様ですわ」

「幻、幽霊、神様……、はあ……」

写楽も、大変な存在になったものだ。とうとう人間を離脱してしまった。

「いけませんかしら」

「さっきの話を続けたいんですが、もしよろしければ。横道にそれたままですから」

「どうぞ」

教授は、右の手のひらを上に向け、ひろげた。

「クルトは写楽を、阿波《あわ》の能役者、斎藤十郎兵衛だと言いますが、続けて、この斎藤十郎兵衛が、写楽として活動したのちに、歌舞妓堂艶鏡《かぶきどうえんきょう》と名を変えて浮世絵師になったと言ったんです。これは別人説のはしりみたいなもので、艶鏡説は今も彼がただ一人です。でも斎藤十郎兵衛が艶鏡になったことも確認されてはいませんし、艶鏡の絵が写楽に似ているというクルトの意見も、今日フィールドに支持されているとは、ちょっと言いがたいものがあります」

「佐藤さんは、いかがです？」

「ぼくも似ているとは思いません。写楽研究の書は、当初はクルトの『SHARAKU』くらいしかなかったので、斎藤十郎兵衛説もよく支持されたんですが、だんだんに、能役者が歌舞伎の役者を描いたりできるものなのかなとか、そういった疑問が呈されるようになったんです。

能楽というのは江戸当時は武家の式楽で、武士ならば、必須《ひっす》の嗜《たしな》みだったわけです。だから各藩、必ず御抱えの能役者を持っていて、藩士に教えさせています。能というのはだから、武士社会の御指定アトラクションで、クラシックみたいなもの。一方歌舞伎というのはこれは大衆芸能、歌謡曲のようなものです。つまり能楽は、大変に位が高い芸能ですから、はたしてそういうことを能役者がしたものかどうか」

「はい」

「さらに、斎藤何某《なにがし》が絵を描いたという痕跡も、風評もない。一枚の下絵も見つからないうえに、そもそもこの人物が実在したか否《いな》かも不明だった。まあこれはのちに実在が確かめられるのですが。

そもそもこの説が支持された背景には、逆説的ですが、斎藤十郎兵衛の絵が出てきていないから、というところはありますね、私の見るところ。出てきたら、艶鏡みたいに、違うということがはっきりしてしまう。写楽というのはそのくらい特殊なんですよ、誰にも似ていない。そのへんの誰の絵を持ってきても、違う、似てないとすぐ言えるんです。誰の影響もなく、独自に、それもいきなり完成している。そのうえ、他の追随をもまったく許さない。内在している精神が、まるで別物なんです。もう、圧倒的なんですよ、少なくとも初期大首絵は」

見ると、教授はうなずいている。

「そもそもクルトが斎藤十郎兵衛と言ったのは、種本があって、斎藤月岑《さいとうげっしん》の『増補浮世絵類考』という文献からなんです。これは絵師名鑑みたいなものなんですが、もともとは写楽の時代に、大田南畝《おおたなんぽ》という人によって書かれた個人本の『浮世絵類考』が、延々と写し継がれてきたものなんです。

月岑という人は、もう幕末から明治にかけての人なので、写楽についての知識は、われわれとそう変わらなかったはずなんですが、この人の補筆した『増補浮世絵類考』に、写楽は斎藤十郎兵衛で住まいは江戸八丁堀、阿波侯の能役者なりっていう一文があるんです。一方、時代が少し前の写本には、栄松斎長喜《えいしょうさいちょうき》老人から聞いた話として、同じ内容が出てくる。十郎兵衛説です。だから月岑はこれを引き写したのではないかと。

長喜は、写楽と同時代の絵師で、寛政六年の夏に『高島おひさ』という美人画を描いています。この錦絵《にしきえ》のおひさが持つ団扇《うちわ》に、写楽の『四代目松本幸四郎の山谷《さんや》の肴屋五郎兵衛《さかなやごろべえ》』が描かれているんです。ちょっと意味深なことに、この幸四郎は鏡像なんですが。

ともかくそういうことなので、長喜は写楽と面識があったのでは、と考えられたんです。そうならこの情報は信頼できるかと。でもケンブリッジ大にある月岑の自筆原本には長喜の記述はないんです。まあそんなこんなで、クルトの解釈は、今はだんだんに支持されなくなってきているかもしれません」

「ふうん」

「だから、クルトへの敬意を維持するために、今日では彼の歌舞妓堂艶鏡説は、カットして語られることが多いです。斎藤十郎兵衛説までなら安全というようなね」

「そうですか。ちょっと佐藤さん、初歩的な質問をしてもいいですか？」

「なんでしょう」

「今佐藤さんは錦絵とおっしゃいました。これまでのご説明で、錦絵という言葉と、浮世絵という言葉、両方が出てきますが、この両者は、同じものと考えてもよろしいんですか？」

「はい、けっこうです」

「両者に、まったく違いはないのですか？　ではどうしてふたつの言葉が？」

「浮世絵は、まあ総称ですね。錦絵は後から出てきた言葉」

「この言葉の発生は、江戸期ですか？　浮世絵というのは」

「そうです」

「どういう意味でしょうか、浮世とは」

「現代風というような感じでしょうか、当時としては」

「ああそうですか」

「浮世絵という言葉が確認される最古の文献は、十七世紀末に書かれた、井《い》原《はら》西鶴《さいかく》の『好色一代男』です。この書の中の記述に、十二本骨の扇子に浮世絵が描かれていた、とあって、これがこの言葉が文字のかたちで世に現れた最初と考えられています」

「そうですか」

「浮世絵の発生は、さっきも話に出ました明暦の大火の頃です。最初は手描きの、いわゆる肉筆画ですね。続いて木版も出るんですが、初期の頃は墨を使った単色摺《たんしょくず》りでした。墨摺絵《すみずりえ》と呼びます。やがてこれに、赤い顔料で着色した丹絵《たんえ》、紅絵《べにえ》なんてものが登場してきます。続いて墨だけでなく紅と緑など二、三色を木版で摺る紅摺絵《べにずりえ》が登場します。このあたりまでが、浮世絵の初期ですね」

「はい」

「そして明和二年、一七六五年頃に、色鮮やかな、総天然色の摺絵が登場するんです。これを錦絵と呼ぶんですね、みんなびっくりして」

「ああそうですか。色数が多く、鮮やかだったからこの呼び名が生じた」

「そういうことです。当初は、吾妻錦絵《あずまにしきえ》と呼ばれました。そして江戸の名物、特産品にもなっていくんです。江戸の土産として、訪問者にさかんに買われます。寛政の頃に活躍した歌麿も写楽も、ですから錦絵です」

「よく解《わか》りました。地方から江戸に遊びにきた人たちは、江戸できれいな錦絵をお土産に買って……」

「そういうことです」

「家に帰って、壁に貼《は》って……」

「いや、それは違うんです。むろんそうした人もいるでしょうが、錦絵というのは、むしろ週刊誌なんかに近いんです。柳行李《やなぎごうり》にでもしまっておいて、時々出してこう手で持って観賞したんです」

「ああ、離れて観《み》るものではないんですね」

「そうです。近くで観た。だから、小さな文字が余白につらつら書き込まれたものもあります。ともかく錦絵の登場が、いわゆる浮世絵文化の開花を促し、こうした印刷技術の進歩発展によって、下絵師、彫師、摺師の分業体制も整っていきます。この人たちは、腕がどんどん磨かれていって、非常に細かな仕事もするようになります。そして絵だけじゃなく、文字の出版文化の底辺をも支えるようになりますから、時代の重要人物ともなっていきます。このような、彫師、摺師の登場、そして錦絵の登場以降が、浮世絵の中期ですね」

「写楽などは……」

「この時期です。彼らはこの中期に江戸に現れたスターたちです。勝川春章《かつかわしゅんしょう》、北尾重政《きたおしげまさ》、春章はブロマイド的な役者似顔絵の完成者で、大首絵の先駆者とも言われます。そして喜多川歌麿、東洲斎写楽、歌川豊国、彼らの活躍によって、錦絵は全盛期を迎えます」

「最初の人は誰ですか?」

「春信《はるのぶ》です、鈴木春信。明和二年に江戸の俳人たちによって、絵暦交換会というものが催され、流行して、そういう俳人たちの需要に応《こた》えて、鈴木春信の一派が、十色摺りの吾妻錦絵の絵暦を考案するんです。この印刷技術改善を春信らに指導したのが、才人、平賀源内であったといわれています。その時源内はたまたま、春信と同じ町内に住んでいたんです。だから源内は、錦絵誕生の父の一人ともいえます。

多色摺りが可能になった背景には、『見当《けんとう》』と呼ばれる重ね摺りの目印を付ける技術が考案されたことがあります。それと、重ね摺りのためには、複数回の印刷に堪え得る、丈夫で高品質な紙が必要なのですが、これが当時うまく登場してきたということ、これもあります」

「ふうん、そうですか。よく解りました」

教授は言って、軽く私に会釈《えしやく》した。

「錦絵が爆発的に受けたのは、華麗さもさることながら、春信の絵の上手《うま》さ、可憐《かれん》さもあったんです。でも春信の死後、錦絵はどんどん写実的になっていきます。重政は写実的な美人画で人気を博したし、春章はリアルな役者絵で、一時代を築きます。そこに喜多川歌麿が登場して、重政の作風をさらに押し進め、繊細で上品なタッチの美人画、大首絵を完成して世に出し、一世を風靡《ふうび》します。美人画は売れに売れて、あまり人気なので、お上が奢侈《しゃし》や不道徳に流れるなと、規制の横槍《よこやり》なんか入れてきて……」

「松平定信《まつだいらさだのぶ》の寛政の改革ですか？」

「そうです」

「それは春画がはやったということも……？」

「そうです。美人画の隆盛とは、同時にその水面下で、春画の隆盛でもあった。そこで幕府は規制するんですが、その規制が比較的ゆるかった役者絵で、写楽の登場になるんです」

「ふうん、なるほど。春章によって、役者絵はリアルになってきていたわけですね。では写楽登場の必然性もあったのですね」

「まあ、そう言ってもいいでしょうね。写真のなかった時代ですから」

「写楽はその完成者であった、と。では後期は？」

「歌麿の死後、美人画の伝統は渓斎英泉《けいさいえいせん》などが引き継ぎますが、やはり葛飾北斎、歌川広重の登場ですね。北斎の『富嶽《ふがく》三十六景』、広重の『東海道五十三次』、この二人によって名所絵が発達、完成していきます。北斎は、先の勝川春章の弟子なんですが。歌川国貞《くにさだ》の役者絵、歌川国芳の武者絵なども現れます。まあだいたい、こんなところが錦絵の流れですね」

「解りました。北斎は、写楽よりもあとの世代なんですね、後期の人」

「まあそうですね。しかし写楽登場の寛政六年、彼は確か三十五でした。決して駈《か》け出しというわけではありませんが」

「では蔦屋さんが尊敬して、歌麿よりも格が上だと考えたのは、この初期の絵師たちのうちの誰かではありませんか？　たとえば、初期ではないのかもしれないけれど、勝川春章、この人なら絵が来たら、ありがたく押しいただいて、すべて出版する」

「春章はすでに死んでいます。写楽登場よりも二年前にです」

「では鈴木春信は」

「とっくに死んでます、二十年以上前に」

「では北尾重政」

「この人は長寿で、むしろ後期の人に数えられます。写楽の時はまだ生きてますが、どうでしょう。歌麿の方が当時、人気は上になっていましたね」

「そうですか。ではもう一人、初期の大物がいましたわね、『見返り美人図』の人、誰でしたっけ……」

「菱川師宣《ひしかわもろのぶ》ですね、この人は百年前に死んでいます」

「ああそうなんですか」

「どうですか先生、ちょっと場所を変えませんか。ここにあまり長居をしても悪いでしょう」

私は言った。

23

私たちは、すっかり夜の更《ふ》けた神田の街を歩いて路地に分け入り、ラドリオに行った。学生時代から、もう二十年近くもかよっている店だ。

コーヒータイムはすでに終わっていたから、ボックスシートに陣取り、私はまたビール、片桐教授は何かのカクテルを頼んでいた。

「写楽の謎《なぞ》っていうのは、要するに写楽は誰なのか、ということですわね?」

ウェイトレスが去っていくと、教授は私に訊《き》く。

「そういうことです」

うなずき、私は応える。

「けれど今まで述べたような具合に、写楽の正体は皆目不明です。二百年間、誰にも解けない永遠の謎だ。平賀源内という人に可能性を見たんだけど、寛政六年には生存していない。でもね先生」

私は身を乗り出す。

「週刊T、ご覧になったんでしょう？　ぼくを名指ししたバッシング記事」

すると教授は、気の毒そうにうなずく。

「ぼくの『北斎卍《まんじ》研究』を出してくれたS社が、あれを読んで憤慨して、浮世絵同人研究会のバッシングに対抗する本を出そうと息巻いてるんです」

すると教授は、無言になって私を見つめた。どこか危ぶんでいるふうでもある。私は、かすかな意外を感じた。

「このままじゃおさまらないと担当編集者は言うんです。著者のぼくも、出版社も詐《さ》欺師《ぎし》だと、そういう主張を同人研究会会長の友田氏は、これからもねちねちやってくるでしょう、六本木回転ドア訴訟が続く限り。彼らはこんな搦《から》め手で、こちらの陣営に対抗してくるはずです。ぼくの仕事だけをターゲットに」

「友田さんや、浮世絵同人研究会というのは何なのですか?」

「例の回転ドアを製造したミツワ・シャッターの、会長の親戚《しんせき》です」

「ああ」

教授はそれで納得したようだった。

「事故とは全然別の問題なのに、ちょっと信じられませんわね。姑息《こそく》なやり方です」

「しかし、これが現実なんです。実際ぼくは最近、道で嗤《わら》われたりもしますから」

「そうなんですか?」

「ぼくの勘違いかもしれないけれど、ぼくを指差して、陰でくすくすやっている者は見ました。たいして気にはなりませんけどね」

「でも佐藤さんのお顔、みなさんは知らないでしょう?」

「いや、美術専門雑誌にはけっこう出ているんです、顔写真。義父の差し金で。『北斎卍研究』にも、小さい著者写真なら載ってます。今はネットがありますからね、もしかしたらそういう顔写真のコピーが、あちこちに出廻っているのかもしれない」

「まあ……」

「このままでは大変なことになるって、S社の担当編集者が言うんです。回転ドア訴訟は、これから間違いなく社会問題になります」

「なりますわね、子供さんが一人、亡《な》くなっているんですから」

「社会的責任の追及が進めば、その反動で、ぼくは社会から葬《ほうむ》り去られるでしょう」

「そんな、まさか」

「いや、やるでしょう、友田氏は。義父の遣《や》り口が、大上段に振りかぶった遠慮のない正義の糾弾になれば、ビル側、メーカー側に同情する者も出る。彼らもサラリーマンなんですから。設計上の問題点なんて知らされてはいません。また上に改善を要求できる立場にはない、宮仕えの身です。だからマスコミも同情する」

口に出して語れば、目に見える気がした。

「社会の負け組、転落人生の見本みたいに書きたてられる。子供も死に、家庭はがたがた、空中分解。離婚も、いずれ週刊誌に面白おかしく取りあげられる」

「許せませんわね、佐藤さんは被害者なのに」

「続いて今度は、浮世絵同人研究会と、マスコミの被害者だ。だがぼくはいいんです、死のうとしていたくらいですから。でも出版社はそれでは困るんです。だから徹底反撃の狼煙《のろし》をあげると言います」

するると片桐教授の言葉が停まった。ずいぶん沈黙してからこう言った。

「どうやってですか？」

「ですから写楽です」

教授は、また口をきつく閉じる。

「写楽の、画期的な新解釈をぶちあげて世に問いたいと、こう言うんです」

「それは……」

教授は横を向き、冷笑気味の表情を見せた。美人だけに、その表情には妙に迫力があって、私がほとんど威圧感を感じたほどである。

「佐藤さん、さっきおっしゃったじゃありませんか、ご自分で。それはとってもむずかしいことなんだって。今まで誰も成功していないのだと」

「誰もしてません、だからやりたいんです。もし今度こそ成功できたら、それこそこんな姑息な浮世絵同人研究会のいちゃもんなんて、消し飛びます」

カクテルとビールが来た。乾杯しようと、私はジョッキを持ちあげかけたのだが、教授はグラスに触れもしなかった。そして私の顔をじっと見据えたまま、こう言う。

「見てられませんわ、佐藤さん。これでまた失敗したら、今度こそ本当に葬り去られますわよ、社会から」

「いや、失敗はしません。勝算があるんです。今すごいものを手に入れているんです、ぼくは、大阪で」

言ってから、ビールを口に運んだ。すると教授は、私には意味の解《わか》らない言葉をつらつらと口にした。

「何です？」

「フォーチュン・イン、デヴィルズ・アウト」

英語になった。

「ああそうです！　それです」

私は言った。

「佐藤さん、今朝も申しあげましたでしょう？　浮世絵は、あなたにとっては疫病神《やくびょうがみ》です」

「ですから、今度こそ福の神にします。フォーチュン・インですよ。福の神を呼び込んでみせます」

「これ以上転落したいのですか？」

「まだ下がありますかね。ぼくはもう、失うものなんて何もないんです。すべてなくした。躊躇《ちゅうちょ》する理由なんてありませんよ」

「どうして写楽なんてむずかしいものを」

「あんなすごい肉筆画を手にして、どうして追究をやめられます？」

「平賀源内説ですか？　やはり別人説ですわね」

「それは解りません、結論がそうなるかどうか。が、まあ、そうなるでしょうね」

「では源内は、どうして告白しなかったんですか？　死ぬまでに、自分が写楽だと」

「さすがですね先生。あっというまに、写楽論争の要所をマスターされましたね」

「第一、源内は死んでいるんでしょう？　写楽登場の寛政六年までに」

「遺体はなかったんです。杉田玄白は、遺体なしで源内の墓を造っています」

「それは罪人だからです」

「なんらかの方法で牢抜《ろうぬ》けしていたのかもしれない」

「あきれた……」

　そして彼女は、また口をぽかんと開けた。

「先生、その表情とてもいいですね、すごくチャーミングだ。みんなにそう言われませんか？」

「確かに写楽は魔物ですわね佐藤さん、本気でそれ、言ってらっしゃるのね？」

　彼女は真剣な表情で問う。

「本気ですよ、あなたはきれいなうえに、表情が可愛《かわい》い」

「そんなことじゃありません！」

「歌麿がいたら放っておかないでしょうね、錦絵《にしきえ》にしますよ」

「死んだ人が、いったいどうやって『奴江戸兵衛《やっこえどべえ》』を描くんですか？」

「だから、ひそかに生き延びてればいい。そして世を忍ばざるを得ないならば、自分が写楽だったと告白もしないでしょう？　死んだことになっているんだから、バレたらまずい」

「それで週刊Tのバッシング記事に対抗なさるおつもり？」

「はい。いけませんか？」

「相手の思う壺《つぼ》です。北斎の比ではありませんわよ。本当に世間のもの笑いにされてしまいます」

「もうなってます」

言ってから私は少し反省し、言いそえた。

「ああ、まあ失敗したら……、そりゃそうでしょうね、確かに」

「そうしたらどうなさるの？　また聖橋の上から飛びおりますか？」

またそれか、と私は思う。

「そうしたら、もう一度助けてくれますか？」

「お断り」

教授はぴしゃりと言い、私はうなずいてビールを飲んだ。

「別人説って、そんなに魅力があるのね」

「写楽を少しかじるとね、そのあまりの不思議さに、みんなオツムをやられるんです。あなたもおっしゃいましたね、写楽は肉体を持たなかったんじゃないかって。本当にそんな感じです。そうとでも考えないと、説明がつかない。まるで透明人間だ」

教授は、うんざりしたような顔で、何度か無言でうなずいている。

「江戸の街を堂々と闊歩《かっぽ》して、だけど、誰にも姿が見えなかったらしい。誰も見たって言わない、どんな顔かたちだったって誰も言わない。蔦屋重三郎さえ言わない。彼こそ確実に会ってるのに。会って話もしているのにね」

「だから平賀源内の幽霊？」

「ああ、そうですね。まさしく」

「ラインのローレライみたいなものね」

「え？　ああそうですね、岩の上で歌を歌って、船乗りを水に引き込む絶世の美女」

「破滅しますわよ」

「本望です、写楽が相手なら」

「クルトの斎藤十郎兵衛説はどうなったんですか？　阿波《あわ》侯お抱え能役者説は。あれで決定打だったのではないのですか。どうして今さらまた別人説なんです？」

「いえ。あの説は無理な点、不審な点が多いんです。クルトをはじめとする大勢の人、ちょっと勘違いしているんじゃないかとぼくは思うんです」

「勘違い？　どういうこと？」

「ぼくは二冊目を書く用意をしていたので、このあたりはじっくり調べたんです。『浮世絵類考』です。クルトが写楽・斎藤十郎兵衛説の根拠にした、唯一《ゆいいつ》ではないが、最大の文献。そのうちの斎藤月岑による、『増補浮世絵類考』です」

「ええ、はい」

「これは天保十五年、一八四四年に月岑によって写され、若干の情報が加筆されたものです。これに、『写楽、天明寛政年中の人、俗称斎藤十郎兵衛、居江戸八丁堀に住す、阿波侯の能役者なり。号東洲斎』というくだりがあるんです。まずこれで引っかかるのは、写楽を『天明寛政年中（一七八一～一八〇一）の人』、と言っていることです」

「どうしてですか？」

「だって写楽は、寛政六年五月からの十カ月間、江戸に現れただけなんです。そして素姓、生没年がいっさい不明なんです。それなのに、どうして『天明寛政年中の人』

なんて言えるんですか？　写楽が天明年間に絵を描いた記録なんてないですよ」

「ああそうか」

「月岑版『増補浮世絵類考』の前は、天保四年に渓斎英泉が補記を加えた『続浮世絵類考』というものがあって、これの前は、天保元年頃の達摩屋五一《だるまやごいち》の『浮世絵類考』になります。達摩屋という人は日本橋の古書屋だったんですが、達摩屋蔵書であることの史料は、天理大学の図書館に眠っていて、この写本の写楽の項の余白に、奇妙な書込みがあったんです。それが、『写楽は阿州侯の士にて、俗称を斎藤十郎兵衛というよし、栄松斎長喜老人の話なり』だったんです。月岑も、これを見ていた可能性はあります」

「ふうん」

「これでこの斎藤十郎兵衛説が、俄然信憑性《がぜんしんぴょうせい》を帯びたわけです。長喜も、写楽と同時期に、蔦屋から美人画を出しているんです。だから彼は写楽を見知っていて、そうなら写楽と言葉もかわしたに違いない、この情報には信憑性がある、となったんです」

「そうですか」

「写楽が斎藤十郎兵衛だったとただ言われても、斎藤十郎兵衛が蔦屋重三郎と仕事上のつき合いがあったと証明できない限り、信憑性はないです。蔦屋は当時庶民の間でさかんだった小謡《こうたい》の本をたくさん出しています。そして能役者がこれの監修にあたったと言われてはいるんです。が、蔦屋の小謡本の監修者が斎藤十郎兵衛であったという証拠は、長いこと、どこにもなかったわけです。しかしこの書込みによって、十郎兵衛と蔦屋とが、なんとかつながったんです」

「なるほどね」

「達摩屋本の前は文政年間（一八一八～一八三〇）の式亭三馬によるもの、文化年間（一八〇四～一八一八）の医師、加藤曳尾庵《えいびあん》のもの、その前は享和《きょうわ》年間（一八〇一～一八〇四）の山東京伝のもの、そして遡《さかのぼ》って行きつく最原点が、大田南畝なんです。つまり、『浮世絵類考』は、南畝本を延々と書写し、絵師の名前を増やし、そのうえでおのおの自分の調べたこととか、見聞きした情報を書き加えていってる、という性質のものなんです」

「そうですか」

「ところが不思議なことがあるんですよ。南畝版の原本には、だいたい三十名くらいの浮世絵師の名前が載っていて、この時点ではまだ少ないんですが、この中にちゃんと写楽の名前が出ているんです。しかしこの南畝版は、加藤曳尾庵本によれば、寛政のはじめ頃に書かれているんです、西暦で言うと、一七九〇年頃ということになります。そういうことなら、一七九四年の写楽の登場より前になるんです。どうして南畝は、登場前の写楽の名を知っていたんでしょう」

「ふうん」

「まあ南畝版『浮世絵類考』の成立は寛政十二年だという説もありますから、そうなら問題はないんですが。そうしてどうやら式亭三馬写本のあたりから、『写楽号東周斎、江戸八丁堀に住す』という記述が、『浮世絵類考』に加わっているようなのです」

「そうですか」

「そして、文政元年、一八一八年頃書かれたという『諸家《しょか》人名《じんめい》江戸《えど》方角分《ほうがくわけ》』という人名帳が、国立国会図書館に眠っていたんですが、昭和五十一年に、九州大学の中野三敏という助教授が、この文献に『写楽斎という号の人物が、江戸八丁堀の地蔵橋に住んでいた』、という記述があることを発見したんです」

「へえ！」

24

「でも写楽は、写楽斎と名乗ったことは一度もありません」

「え？　そうなのですか？」

片桐教授は驚いて訊《き》く。

「でも私は、写楽は写楽斎とも名乗っていたと、何かで読んだ記憶がありますが」

「それは逆に、この史料からそのように誤解されたんです。一度もありません。よってこれは、たまたま同じ発想の名を持つ別人ではないのか、と疑われるわけです。『しゃらくせい』の駄洒落《だじゃれ》ですね。狂歌人の号によくあるところの、酒上不埒《さけのうえのふらち》だの、大屋裏住《おおやのうらずみ》だのの類《たぐい》です。江戸人らしい洒落です」

「ふうん……、この人も絵師なんですか？」

「そのようです。だから斎藤月岑の言う、天明寛政年中の人というのは、この絵師のことなんじゃないか……」

「でも、たまたま同じ名前の人が……？　そんな偶然が？」

「ですから、偶然じゃないのかもしれない」

「というと?」

「ここから、もしかしたら別の理解が導かれるかもしれません」

「どんな?」

「写楽というのは、そんなに特殊な名前じゃないのかもしれないということです。江戸という町人都市は、判じ絵や洒落、いわばジョークの王国だったわけです。写楽斎なんて名前、寛政当時はあちこちにあった、凡庸な発想の号だったのかもしれないということ。だからあの写楽の名をつけた人、当人か蔦屋か知りませんが、格別ユニークで決まった号を思いついたぞ、というような意識はまったくなかったかもしれません。当時巷《ちまた》ではやっていた、例のアレを一発、程度の気分だったのかもしれない」

「ふうん。そういえば、片山写楽という人もいましたね」

「いました。上方《かみがた》の人です。だから、もしかしたら蔦屋も、この写楽斎の名前を聞き知っていて……、いやそりゃ知ってるでしょうね、江戸一の板元なんだから。江戸中の絵師の名前を耳にしているでしょう。そして蔦屋の方で、真似《まね》したのかもしれない」

「えー、天下の板元で、しかも蔦屋ほどの人が、そんなあまり有名でもない絵師の名前を真似するんですか?」

「有名だったら真似できませんけれどね」

「ああ、まあ……」

「もちろん避けたかったと思いますよ。だけど、どうしても避けられなかったのかもしれない」

「どういうことでしょう」

「今は解《わか》らないんですが、なにかそんな予感がするんです。この名前以外はつけられないというような、特殊な事情があったのかもしれない。写楽と言うならこれだろう、これこそが本当の写楽だろう、みたいな主張気分」

「解りませんわ。そんなことが何か考えられますか？」

「写楽という名前は、もともと写楽斎から斎が取れたものかもしれない。だから写楽斎という洒落が、まず先に江戸の世間におおいに流布《るふ》していたんじゃないか。非常にポピュラーな地口、駄洒落の類として。ぼくはそう思っています。

　ともかく、こんな洒落言葉のはやりなんて、時の経過とともにじき忘れられます。『江戸方角分』に見えたこの八丁堀地蔵橋の無名の写楽斎と、大物の東洲斎写楽とが、代々『浮世絵類考』を写していった式亭三馬や達摩屋五一、渓斎英泉や斎藤月岑といった人たちに、同一人と間違われたのではないか、ということが疑えるんです。だって彼らも、われわれ同様、写楽については何も知らないんですから。そしてこれが、世紀の誤解のスタートになったと」

「世紀の誤解」

「嘉永《かえい》七年、一八五四年に出版された『本八丁堀辺之《の》絵図』という地図を見ると、地蔵橋のたもとに斎藤与《よ》右ヱ《え》門《もん》という人の家があるんです。これは確かに阿波《あわ》侯の能役者の家です、間違いありません。というのは、能役者の斎藤家は、代々十郎兵衛、与右衛門、十郎兵衛、与右衛門と、交互に名前を継ぐ習慣のある家柄なんです。だからこの与右ヱ門は、写楽時代の十郎兵衛の息子と思われます。

そして文政元年、一八一八年頃に書かれた『江戸方角分』には、写楽斎という名前が見えている。

さらに近年になって、埼玉県越谷《こしがや》市の浄土真宗本願寺派、法光寺の過去帳から、八丁堀地蔵橋の斎藤十郎兵衛一族に関する記事が、たくさん見つかったんです。

これらの事実を総合すると、消えた写楽の素姓や行方を調べていた誰か、それは達摩屋五一かもしれませんが、その誰かが八丁堀地蔵橋のたもとに写楽斎という絵師が住んでいることを知って、東洲斎写楽と間違えた。

続いてこのあたりの地図を調べ、地蔵橋のたもとにあった斎藤家を、写楽斎の家だと思ってしまった。そしてこの斎藤家の職業が能役者だったため、写楽斎も能役者だったと思ってしまった。ゆえに東洲斎写楽もまた能役者になってしまった、そういう誤解の経路が疑えるんです」

「ちょっと待ってください、佐藤さん」

教授が言った。

「地蔵橋の周辺には、ほかにも家はたくさんあったんでしょう？　どうして斎藤家だけが写楽斎の候補になるんですか？」

「このあたりは特殊な一帯で、ほかは奉行所勤めのお役人宅ばっかりだったんです」

「ああ……、そうなんですか」

「そして斎藤月岑という人は、江戸神田の町名主だったんです。だからそういう彼なら過去の町内事情にも通じているだろうし、必要ならいくらでも過去の記録があたれるだろうということで、彼の『増補浮世絵類考』の記述が、とりわけ信頼を獲得したんです」

「ふうん……」

「でもこれ、いろいろと疑問点がありましてね、先生。『江戸方角分』に記載されている写楽斎には、この時点ですでに故人を示すマークがついているんです、名前の上に。つまり死んでいるんですよ、『江戸方角分』が書かれた文政元年の時点で、写楽斎は。ところが、先の法光寺の過去帳では、八丁堀地蔵橋の斎藤十郎兵衛は、文政三年に五十八歳で没しているんです。『方角分』の書かれた翌々年です。ということは、文献史料を信頼する限りでは、この二人はあきらかに別人なんですよ」

「なるほど」

「さらにこういうこともあります。阿波侯お抱えの能役者、斎藤十郎兵衛は、寛政十二年、一八〇〇年か、その翌年の享和元年までは、南八丁堀にあった阿波藩の御屋敷の中で暮らしていた、と先の法光寺の過去帳には書かれてあるんです。つまり写楽が現れた寛政六年には、十郎兵衛はまだ八丁堀、地蔵橋のたもとの家には越してきていないんです」

「えー……、そうですか。阿波藩のお屋敷にいては、役者絵は描けませんわね」

「芝居小屋にたびたび行くことも、通油町の耕書堂に下絵を届けることも、ちょっと冒険ですね。彼は、阿波藩から給料をもらっているサラリーマンなんですから。ここからも、この二人が別人である確率は増すように思われます」

「うーん、そうですすわねぇ」

「こういう、はやりの地口も間にはさまった曲折を経て、『写楽・阿波侯の能役者説』は生じたのではないでしょうか。ぼくはそう疑っています。それだけ、写楽については情報がなかったんです。そしてみなが行方を知りたがった。

斎藤十郎兵衛の周辺に一枚の下絵も見つからず、絵を描いていたという風評もないのは当然で、彼は浮世絵描きなどとはなんの関係もない人物ではなかったかと、ぼくは考えてるんです。だからぼくは、写楽候補には、斎藤十郎兵衛とは別の人物を見つけなくてはいけないというふうに……」

「ちょっと待ってください、佐藤さん」

教授がまた口をはさんできた。

「はい、何でしょう」

「それだけではまだ、斎藤十郎兵衛説は捨てきれないように思います」

「何故《なぜ》ですか？」

「栄松斎長喜老人です。『江戸方角分』の方の事情は解りましたが、長喜老人は何故、写楽は阿波侯の能役者だと言ったのですか？　達摩屋五一に」

「阿波侯ではなく、老人は『阿波の十郎兵衛だ』と言ったのではと、ぼくは想像しているんです」

「はい？ どういう意味ですか？ どう違うんです？」

「長喜は、写楽に会ったこともなく、彼の素姓も人となりも、全然何も知らなかったのではないか、と」

「はい、するとどうなるのですか？ でも長喜老人は、五一さんに嘘《うそ》を言う必要はないですわよね？」

「ないです。達摩屋本は一八三〇年頃です、書かれたのが。その十年前には式亭三馬本があって、これにすでに三馬が、『東周斎、江戸八丁堀に住す』、と書いています。だからそれを読んだ五一かその仲間が、八丁堀周辺をあたって写楽の痕跡《こんせき》を調査し、斎藤家というものの存在を突き止めてきたんじゃないでしょうか。この斎藤の家が怪しいぞというふうに」

「その時に会えばよかったですわね、写楽斎に、直接」

「もう死んでますから、地蔵橋の写楽斎は。一八一八年の時点で」

「ああそうか」

「そこで五一が長喜老人を訪ね、栄松斎さん、蔦屋の東洲斎写楽は、阿波の斎藤何某《なにがし》という能役者ではなかったんですか？ と尋ねたのでは、と想像してるんです」

「はい。きっとそうでしょうね」

「五一としては、長喜は当然耕書堂で写楽と会ったこともあり、人となりもよく知っていると思っていたでしょう。自作のおひさの絵の中で、写楽作品を団扇《うちわ》に描いて、彼女の手に持たせているくらいですから。ですがこの時点で、彼はもう老人です……」

「長喜は何年の生まれなんですか？」

「彼の生没年はよく解っていないんです。しかし達摩屋本の時点で、おそらく七十歳くらいではと思われます。認知症も進んでいたかもしれない。五一ときちんと会話ができたかどうかも不明です」

「はあ、それで？」

「で、老人は、自分はよく知らないものだから、うるさがって、『阿波の十郎兵衛よ！』と言ったかもしれないと、ぼくは想像してるんです」

「え？　それはどういう意味ですか？」

「これはですね、当時大ヒットして、ロングラン中だった人形浄瑠璃《じょうるり》があるんです。『傾城阿波《けいせいあわ》の鳴門《なると》』というんですが。この中に、非常に有名な台詞《せりふ》があるんです。父母を訪ねて旅をしている娘に向かって、ある女房が問いかける言葉、そして娘が答える言葉です。

『してその親たちの名はなんというぞいの？』、『あいー、父様《ととさま》の名は十郎兵衛、母様《かかさま》

は お弓と申します』」

「ああ、聞いたことがあります」

「でしょう？　長く外国に暮らしてきた方でもご存知だ。まして文政から天保当時、この台詞はもう江戸の庶民なら誰もが知っている、一種の流行語にまでなっていたんです。阿波だ、徳島だと問われれば、十郎兵衛、というのは、これは誰でもすぐ口を衝《つ》いて出る、定番の返し言葉のようなものだったんです。ぼくは長喜老人が、ジョークのつもりで五一にこう返したのでは、と想像してるんです」

するとと少し沈黙が続いた。かなり経《た》ってから、教授は言う。

「それを五一さんが真に受けたと……」

「写楽と面識があった人と、五一は長喜のことを思っていますから」

「うーん……」

「そして実際この斎藤何某は、十郎兵衛という名前なんですから」

「はあ……」

「ああやっぱりと思ったでしょうね、五一としては」

「すごい偶然。それ、本当なんでしょうか。なんだか巧みに説得されたような……」

「でもどこにも無理はないでしょう？　ぼくは史料の伝えるところをねじ曲げてはい

ません」

「斎藤十郎兵衛と写楽斎とは、死んだ年が違っているのですね？」

「史料を信頼するならば」

「そして写楽は、写楽斎と名乗ったことは一度もない」

「ありません」

「写楽斎も斎藤十郎兵衛も、阿波も八丁堀も、最初から全然見当違いの場所をみんなうろうろしていたと、そういうことになりますか？」

「そうなりますね」

「それらは、東洲斎写楽とは最初からまったく無関係と」

「はい」

「確かにそこまでうかがえば、阿波の能役者説に固執する気持ちは、薄らぎますわね……」

溜《た》め息とともに彼女は言い、

「でしょう？」

と私はもう一度言った。

「ああ、もうひとつ思い出しました。もうひとつありましたわね。『浮世絵類考』には、写楽は葛飾北斎だと書かれていたということ、聞いたことがありますが」

「ああ、『隅田川両岸一覧』の作者、俗名金次、あれですね？」

「そうです、それです。それはどうなんですか？」

「それは文政四年、一八二一年の風山本などに書かれている記述です。『写楽、東洲斎と号す。俗名金次。是《これ》また歌舞伎役者の似顔絵を写せしが、あまりに真《まこと》を画《か》かんとてあらぬさまにかきなせしゆゑ、長く世に行はれずして一両年にて止めたり、隅田川両岸一覧の作者にて、やげん堀不動前通りに住す』、というあれ」

「はいそうです」

「これは北斎を示すと一般に言われ、この記述は写し間違いだとか、偶然まぎれ込んだのだとかいう見方が定着していますが、北斎が金次と名乗った記録を、ぼくは知りません。それに、北斎の『隅田川両岸一覧』は、正確には『絵本隅田川両岸一覧』というんです。単に『隅田川両岸一覧』という作品もまた別所にあって、この作者は鶴《つる》岡《おか》蘆《ろ》水《すい》という人なんです。ぼくは、まぎれ込んだのならこっちの人のことじゃないかと思っているんですが……。

しかし北斎は、いろんな名前を気軽にぽんぽん名乗ってしまう人なんで、あるいはね。風山本は、北斎のことを言いたかったのかもしれません。確かに写楽作の後期は、北斎の感じはありますから。でもこれはもう、解《わか》りませんね」
私は言った。

江戸編 I

歌川広重『東都名所高輪廿六夜待遊興之図』〔太田記念美術館〕

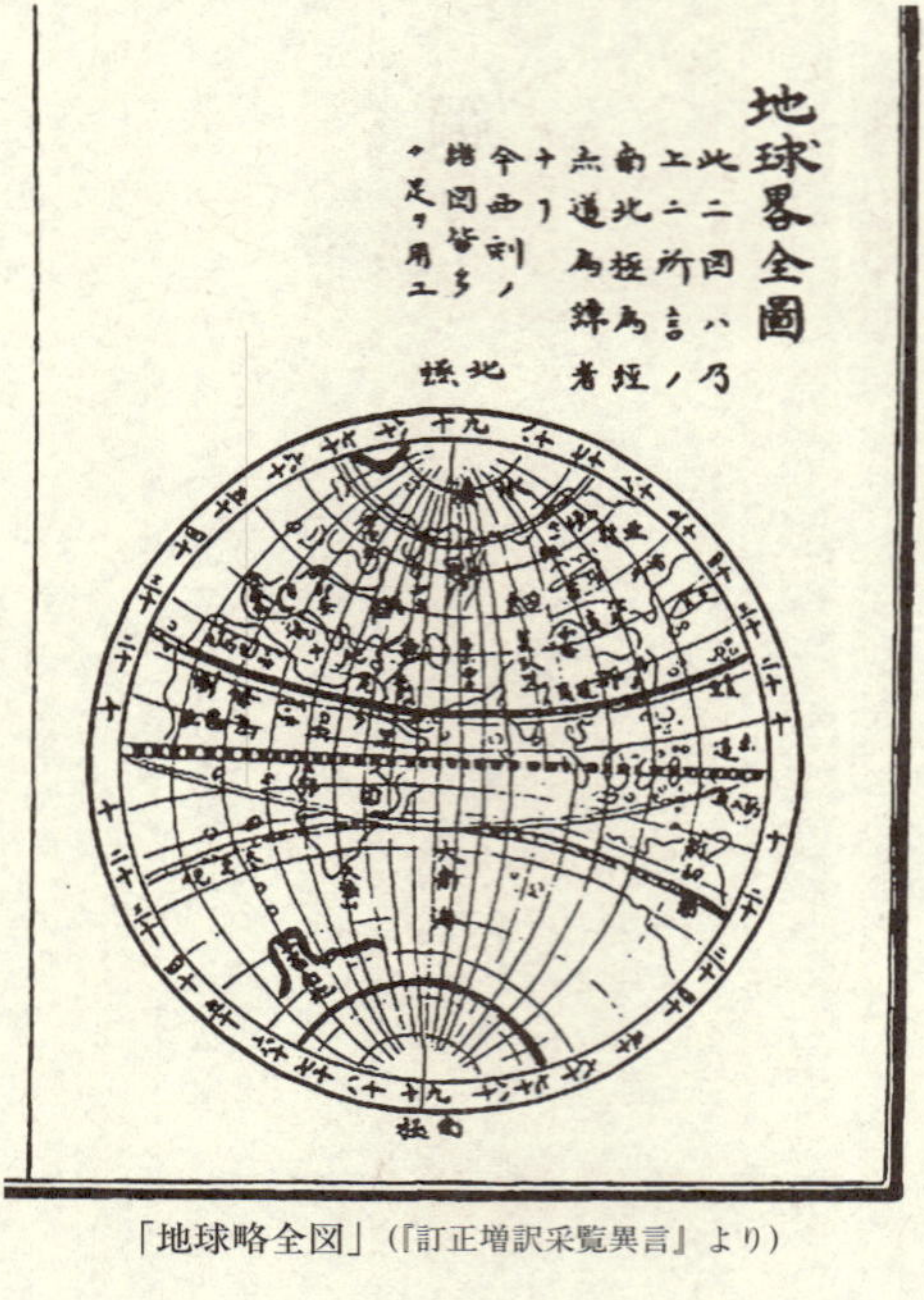

「地球略全図」(『訂正増訳采覧異言』より)

イ

蔦屋重三郎《つたやじゅうざぶろう》は、城が望める神田三河町のはずれの草の中に、ぽつねんと一人、箱提灯《はこぢょうちん》をぶら下げて立っていた。明暦《めいれき》の大火の跡にできた、火除《ひよ》け地の草原だった。もう八つ半（午前三時）にもなる。月を待っているのだが、東の空にはまだ二十六夜の月は昇ってこない。だから足もとの草むらは漆黒の闇《やみ》だ。深い草の内にはしきりに虫の声が聞こえ、町の明かりも届いてはこない。

右手には城が黒々と見える。徳川様のあのお城も、明暦の大火で天守閣を失った。もう戦もないし、再建はないだろうとみな噂《うわさ》している。それからも江戸には大火事が頻々とあって、だから類焼はもう二度とごめんだとばかりに、お上は焼け跡にこの火除け地を造った。

火事はひどいことだ。いつも大勢の人が死ぬ。特に女子供に年寄りだ。だが出版人蔦屋は、そういう大火事から出発した。蔦屋が今あるのは、メイワクの大火事があったればこそ、というところがある。

振袖《ふりそで》火事からずっと時代がくだった明和八（一七七一）年と九年に、やっぱり江戸に大火事があった。八年の二月に日本橋から出火、この時は蔵前《くらまえ》まで延焼した。その騒ぎもおさまらない四月には、今度は吉原《よしわら》の茶屋から火が出て廓内《くるわない》を全焼、ために吉原は、今戸、橋場、東両国といったあちこちに仮宅《かりたく》を出し、市中に散って半年ほども仮営業をした。

花魁《おいらん》たちが戻り、本拠地吉原での本格営業がそろそろ軌道に乗りかけた矢先の翌年二月、またしても目黒行人坂《ぎょうにんざか》から起こった猛火が二日にわたって江戸中を舐《な》めつくし、新築吉原を再度全焼させてしまった。おまけにその夏は冷夏で、秋には風水害が続き、全国的に凶作。踏んだり蹴《け》ったりの年巡りとなって、メイワクな年と民を嘆かせた。そこで十一月にお上までが御幣《ごへい》を担《かつ》いで年号を安永と変更した。

重三郎が吉原大門前の引き手茶屋、蔦屋次郎兵衛の店先を借りて書店業を開始したのはこの火事の後で、再び出した方々の仮宅から、花魁たちがぼちぼち戻ってきはじめる時期にあたった。重三郎はここで「吉原細見《よしわらさいけん》」を売った。大門前という土地柄を考えたら当然のことである。

新たな吉原は大いに人を集め、経営はみるみる軌道に乗った。何年も息抜きの場所を持たず、夢のお預けを食らった気分でいた庶民だから、吉原再建を渇望《かつぼう》するようにもなっていて、蔦屋の売る「細見」は、羽根が生えたように売れた。吉原の焼失、分散という大事件がなければ、これほどの売れゆきはなかった。

けれども「吉原細見」は、この時期はまだ鱗形屋《うろこがたや》が刊行していて、重三郎の耕書堂は単に取次所、小売りにすぎなかった。けれどもそうした中で重三郎は、安永四（一七七五）年版の「吉原細見」のため、当時文化人の先頭を走る観のあった平賀源内《ひらがげんない》に頼み込んで、序文を書いてもらうことに成功した。これは旧知の大田南畝《おおたなんぽ》の仲立ちによるものであったが、これでまた「細見」は一般の話題をさらって、売れゆきは鱗形屋や重三郎も予想していなかったほどのものになった。

自信をつけた重三郎は、続いて「一目千本花《ひとめせんぼんはな》すまひ」、「急戯花之名寄《にわかはなのなよせ》」といった絵入りの吉原評判記を世に出し、これにあわせて「現金安売りばなし」という江戸笑話集も刊行した。これは多く吉原内で取材した話で、こうしたものは庶民の好みに合ったから、またしても大いに受けた。

そうこうしていたら、恋川春町《こいかわはるまち》の「金々先生栄花夢《きんきんせんせいえいがのゆめ》」で大当たりをとって、順風満帆に見えた鱗形屋の手代、徳兵衛が、大坂の柏原屋与左衛門らの合作だった「早引節用集」という本を、なんと盗作発行した。これが摘発され、徳兵衛は家財没収の上に江戸十里四方追放という刑に処されてしまった。

主《あるじ》の鱗形屋孫兵衛も、監督不行き届きで罰金二十貫文となってしまい、この予想外の事態に、「吉原細見」の奥付には、当分の間鱗形屋の名前は出しにくい事態に陥った。そこで蔦屋に、板元を引き受けてくれないかと話が来た。棚からボタ餅《もち》のような話で、そんなことなどまるで考えてもいなかった重三郎だから、まだ地本《じほん》（上方《かみがた》でなく、江戸で刊行された本）問屋の資格さえ取ってはいなかったのだが、これは願ってもない話だった。

鱗形屋はのちに立ち直り、板元となった蔦屋耕書堂の、いったんは競争相手にもなっていくのだが、次第に勢いを失い、店をたたんでしまう。そうしたら、ここの専属のようにして書いていた恋川春町も、朋誠堂喜三二《ほうせいどうきさんじ》も、行くところがないものだから耕書堂に移ってきた。鱗形屋から商売のやり方を学び、さらには売れっ子作家まで譲り受けたかたちになった重三郎の耕書堂は、まことに幸運であった。

加えて先を読むことに敏であり、人懐《ひとなつ》こい性格の重三郎は、文化人の人脈を作ることが得意で、時代の先頭にいる戯作者《げさくしゃ》や狂歌師、絵師、またこれから先頭に立ちそうな人材をいち早く見抜いて取り込み、みるみる先端の才たちの親睦《しんぼく》の集いを作りあげた。華の吉原を裏の裏まで知りつくす地の利も、これにうまく作用した。

吉原で生まれ育った重三郎は、江戸の大衆の求めるものもまた知りつくしていた。

だから耕書堂が世に出す洒落本《しゃれぼん》や狂歌本は次々に当たり、とりわけ朋誠堂喜三二の黄表紙は大当たりして一世を風靡《ふうび》した。耕書堂はこうしてたちまち江戸随一の板元にのしあがり、開業わずか十年で、日本橋通油町《とおりあぶらちょう》という、一流板元がひしめく檜舞台《ひのきぶたい》への進出をはたした。とんとん拍子の出世であった。

草の中できびすを返し、重三郎は町の方に向かって戻った。町は今しもどんちゃん騒ぎが進行中で、左手の武家地が暗く、ひっそりとしているのと対照的に、三河町から鍛冶町《かじちょう》にかけての町衆の住む一帯は、縁日のごときありさまだ。町屋の軒先にはずらりと提灯が並んでさがり、これを煌々《こうこう》とさせた上でみな大騒ぎをしている。泥酔《でいすい》してがなりたて、うろうろ歩き廻って、朝まで騒ぐつもりだ。今宵《こよい》の二十六夜《にじゅうろくや》待《まち》は、庶民にとって特別なものになっている。

「おう、待たせたな」

やかましい往来に出てくると、重三郎は祠《ほこら》の陰で待っていた女房のお糸《いと》と、娘のお由《よし》に向かって言った。

「やかましくって、虫の声も聞こえやしねえぜ」

見ると女房のお糸は、通りかかった若い衆二人とご老人に、揃《そろ》って丁重に頭を下げられているところだ。観世音菩薩《かんぜおんぼさつ》の扮装《ふんそう》をしているからだ。

「二十六夜待」というのは、十五夜や十三夜のお月見とは違って、この遅い月の出とともに、後光の射《さ》した仏様たちが、細く欠けた月の舟に乗って現れるという特別の夜だ。しかも阿弥陀如来《あみだにょらい》、観世音菩薩、勢至《せいし》菩薩というご三尊が、もったいなくも並んで姿を現すというありがたい晩である。

阿弥陀如来は西方極楽浄土すべての教主であり、観世音菩薩は庶民の声を聞き、内に抱く願いを見抜いてくださる。勢至菩薩は智恵《ちえ》の光明で、この世のいっさいを照らして、人々を救う存在だ。こういうご三尊が、月の舟の上で一堂に会するのだから、誰もみな見逃さない。今宵の月に願をかけたら、どんな願いごとも成就《じょうじゅ》するといわれる。だからどんなに眠くとも、大人も子供もみな起き、月の出を待つ。今宵の月を目にしたら、その一年間は、必ず大きなご利益《りやく》がある。

だからこのお月見は、別名「ご利益様」とも言う。「六夜」とか、「六夜様」と呼ぶ者もいる。越前《えちぜん》、越後《えちご》の方ではそう呼びならわすらしい。

しかし十五夜や十三夜なら、日没頃から月は見えていて、観賞に具合がよいが、八つ半ともなれば、なかなか起きてはいられない。そこで洒落者揃《ぞろ》いの江戸人は、うまい趣向を考えだした。各人がいろんな扮装をして往来に繰り出し、互いにそれを眺めて笑い合い、ふざけ合って眠気を払おうというわけである。この扮装を「俄茶番《にわかちゃばん》」と称する。

そして今宵のひと晩だけは、どんな無礼講も許される。武士がまじってもよい。この頃には泰平の世が進んで、くだけた侍のうちには戯作や狂歌をよくするようになった者もいて、重三郎はこうした侍とのつき合いも多い。売れっ子の戯作者、恋川春町も、朋誠堂喜三二も、れっきとした武士である。ともあれ重三郎の女房のお糸は、それで今宵、観世音菩薩の扮装をしているのだった。

若い衆が去ったら、お糸が言った。

「あれおまえさん、あそこ、京伝《きようでん》先生が来たョ」

見ると、提灯も持たない人影が、ふらふらとおぼつかない足取りで、こっちに向かって近寄ってきていた。

「おう唐丸《からまる》さん、来たぜ、待たせたかい？」

京伝は言った。提灯明かりだけの往来だが、なにぶん数が多いから、京伝の顔が真っ赤なのも見てとれる。

「待ったぜ先生、おうこいつあだいぶんいいご機嫌みたいだなあ。赤鬼さんが里におりてきたのかと思ったぜ。提灯はどうしたい。明かりなしでの夜歩きはご法度《はつと》だぜ」

京伝は、杖《つえ》は持っていたが、提灯は持っていなかった。

「提灯なんぞ要るもんかい。この明かりだ、真昼間と変わりゃしない」

「豪儀なもんだな、どうでいこの太っ腹はよ」

「もうなんだ、明神さんからこっち、どんどんよそさんのお座敷上がりこんでな、一夜芸者の太鼓持ちよ」

「天下の京伝先生がかい」

「解《わか》りゃしねぇよ、どうせみな酔っ払いだ。片っ端からちょんがれ節聞かせてやったぜ。そしたらもう、大うけの拍手喝采《かっさい》、飲めや食えやの催促でなぁ、腹がくちた」

「いい気なもんだな。なんでぇそのちょんがれ、てぇのは」

「何だ唐丸、おめえさん、ちょんがれ知らねぇのかい」

「知らねぇな」

「耳聡《みみざと》いおめえさんらしくもねぇな、どうしたい」

「そもそもなんでぇ先生のその扮装はよ。なんだ？　山伏か？」

山東《さんとう》京伝は、小さな烏帽子《えぼし》みたようなものをかぶり、白い着物に錫杖《しゃくじょう》をついて、首からは法螺貝《ほらがい》をぶら下げている。そして右手に持っているものは、どうやら小型の木《もく》魚《ぎょ》らしい。

「ああうるせえな！　こいつはたまんねぇ。もう夜が明けるってぇのにな、この騒ぎはどうでぇ。お江戸中の貧乏人がみんな往来に出てきてやがら。大声出さなきゃあおめえさんの声も聞こえやしねぇ」

京伝は、自分が今やってきた後方を、ぐるりぐるりと見廻しながら言った。

「おめえさんな、唐丸さんよ、なんで今宵の二十六夜待が、今夜に限ってこれほどの縁日騒ぎになっているか解るだろ」

京伝が言い、重三郎はうなずく。

「当たり前だ。松平《まつだいら》様のお役御免よ。ほんのさきおとついのことだあな」

重三郎がそう言ったら、京伝は錫杖を肩に預け、懐《ふところ》からやおら棒を取り出して、ぽくぽくと木魚を叩《たた》きだした。

「おい、なんでぇそりゃ。山伏か坊主《ぼうず》かどっちかにしろい」

京伝はかまわず、木魚に節をつけて歌いだした。

「心が付かねぇ、義理も冥加《みょうが》もさっぱり知らずに倹約倹約。地上の見聞厳しくやめさせ、自分一人がどっさり召し上げ、天下の京伝手鎖ふた月、蔦ぁーの唐丸身上《しんしょう》半減……」

重三郎はあわてて手を伸ばし、大声でわめく京伝の口をふさぐ真似《まね》をした。

「おい先生、解った、解った解った、先生、もういい、やめろ！」

歌をやめると京伝は、今度は法螺貝を口にあてててぷうと吹き鳴らした。

「うわ、やかましい。おい京伝先生、こりゃまた手鎖だ」

「なんでぇなんでぇ」

京伝は不服そうに言った。

「改革とやらはおしまいだ。行儀のやせ我慢はおひらき。そんならそう言って、何が悪いんでぃ。今夜はそのお祝いだろうが！」

「ああ、これからは万事茶にしなくっちゃなあ」

「そうだろが。万事洒落で生きねば江戸っ子じゃねぇ！」

「しかしおめえさん、そんな口上ひっさげて、神田じゅうをふれて廻ったのかい」

重三郎はあきれて訊《き》いた。

「あたぼうよ！　松平の定信《さだのぶ》さんはもういねぇんだ、心配するなってんだ」

ろれつの廻らない声で、京伝はわめく。

「先生、酒飲むと強気だね」

「そいで何の文句がある！」

「先生、ここはそりゃ町衆の地区だが、お武家さんの一角が目と鼻の先なんだ、いつ耳に入るか知れたもんじゃねぇ。忠義面《ちゅうぎづら》の自身番もいる」

「なんでぇ唐丸、おめさん、こんにゃくの木登りかい！」

重三郎は一瞬言葉に詰まった。そして言う。

「こんにゃく？　なんだそりゃ、どういう意味でぇ」

「ぶるぶる震えがあがってるってね！」

そういう大声が聞こえたから、重三郎は闇《やみ》をすかしてみた。提灯《ちょうちん》をさげて、絵師の春朗《しゅんろう》が近づいてきていた。

「なんでぇ春朗さんか。おう、唐変木のお兄《あに》いさんも。上方から帰ったかい。なんでぇ、なんでぇ、おめえさん方のそのいでたちは！」

「みなさんお早いお着きで。見りゃ解るでしょう、蔦重の旦那《だんな》。全身緑でさ、頭にゃこの通り、皿が載ってるんでぃ」

「河童《かっぱ》か」

「ご名答。図星に入りましたね」

「唐変木の旦那のは？　顔真っ黒だな、おめえ、うちのへっついの煤《すす》塗ったな」

「木霊《こだま》。箱根のお山の」

「うん？　なんでぇそりゃ、どういう趣向だ？」

「うん？　なんでぇそりゃ、どういう趣向だ？」

「ああん？」

「ああん？」

「ああそういうことかい」

「ああそういうことだ」

「なんだ？　ちょっと変わったな木霊。鸚鵡《おうむ》返しなら、返答変えちゃあいけねぇよ。あれだ、山の妖怪《ようかい》だな、それ。箱根のお山に住んでいるっていう」

「鸚鵡返しなら返答変えちゃあいけねぇ、山の妖怪で、ええと……」

「もういい、解った解った、とにかく木霊だな、向かいのお山で声返す。すっかり承知したぜ。しかし、おい待て、ちょっと待て。こんにゃくの木登りだあ？　てやんでぇべらぼうめ！　見損なってもらっちゃあ困る、おいらはぶるってなんざいねぇぜ！」

「どうだかな」

「それにだ京伝の旦那。身上半減の刑だ？　変なこと言いふらさねぇでくれよ、世間さま惑わしちゃあいけねぇ。おいらあ身上半減の刑なんてぇありがたいもな、これっぽっちもいただいちゃいねぇぜ。ただの不埒《ふらち》の重過料だあな、間違えてもらっちゃあいけねぇ。通油町の蔦屋は、これこの通り、意気軒昂《けんこう》だ！」

と啖呵《たんか》をきってから、

「ちょっと足は引きずるけどな」

と小声で付け加えた。

ロ

「それ見ろ、それが落ち目の風ってぇもんで。飛ぶ鳥落とした蔦重も、このところはちぃと精彩を欠いておるな」

京伝は言った。

「おい先生、つべこべ言ってねぇで、その錫杖をちょいと貸しとくれ。まああれこれ言ってもだ、これでおいらも今年は四十と五つだ。このところ、ちょいといけねぇや。足のやつが脱藩逃亡、主《あるじ》の言うことをちっとも聞きやがらねぇ。杖がないと、しんどくっていけねぇや。このさすり仏にちょいと願かけ、拝んどこう。おいおめえ、ちょいとこの提灯持っとくれ」

女房に箱提灯を持たせると、重三郎は祠《ほこら》の方を向いて手を合わせ、頭を下げた。

「ちょいと蔦重さん、そいつはさすり仏じゃないよ」

春朗《しゅんろう》が言った。

「ただの地蔵だ」

「なあに、おいらがさすり仏と思やあさすり仏よ」

言って重三郎は、祠の中の地蔵尊に手を伸ばし、自分が痛かったり、しんどかったりしている膝《ひざ》や背中、腰などをするすると撫《な》でた。

「来年は二十六夜待のご三尊、拝めねぇといけねぇ。江戸名物、三度のお月見ができなくなっちゃあ江戸っ子じゃねぇ。おいら来年は、いっそ車の付いた箱に乗るぜ、そんなら歩かなくっていいや。だからおめえさん方、どうぞそいつを引いてやっておくんなさい」

「やなこった」

春朗が言った。

「おい、冷てぇな河童の旦那、箱根の木霊も」

「ところで旦那のその扮装《ふんそう》はなんですかい、見馴《みな》れねぇもんだが」

唐変木と呼ばれていた、重田貞一《しげたさだかず》が言った。重田ももとは武士である。

「おう木霊の旦那、いいこと訊いてくれたな。聞いて驚くなよ、こりゃあな、唐天竺《からてんじく》に棲《す》むという血吸い侍よ」

「血吸い侍？」

「おうよ、人の生き血を吸って生きてるのよ、知ってるか？　おめえさん方」

全員が揃《そろ》って首を横に振った。

「知らねえ」

「こうな、黒繻子《くろじゆす》の襟をな、黒塀みたよにおっ立てるのよ。そいでな、若い女に食らいついてな、殺して生き血を吸う」

「あれ、やめとくれよ、気色が悪いね」

女房のお糸が言った。

「な、なんでぇ、予想もしねぇとっから声がかかるじゃねぇか」

「おまえさん、それ、そんなもんなのかい？」

「おうよ、はじめて知ったかい」

「気色が悪いよ。どこでお聞きだえ、そんな話」

「心配するな、おめえみたいなトウが立ったのにゃあ食らいつかねぇ」

「悪うござんした」

「食らうのはなあ……」

「難波屋《なにわや》おきたか、高島屋おひさかってね」

春朗が言った。

「そ、ぴちぴちした若いの。よっく解ってるじゃねぇか葛飾《かつしか》の春朗さん。小股《こまた》の切れあがった、肌がぴんと張ったよう……」

「おまえさんたちが、そんな能天気なことばっかり言ってるから、江戸中が水茶屋だらけになっちまうんだよぉ。そいでもって、その水茶屋がみいんな看板娘を置こうとしてるんだからね。難波屋なんざ、店の前が黒山の人だかりで、小娘の顔なんざ全然見えもしないのにさ、どうしてみんな行くんだろ。解んないねぇ」

「そいつがせつない男の性《さが》ってもんで……。なあ唐変木」

「そのおかげで、歌麿《うたまろ》さんの美人画が売れるんでござんしょう」

貞一は言った。

「どうにも治らねぇ病。そうよ、いいのがいたら、また歌麿さんに大首《おおくび》描いてもらってひと儲《もう》けだぁ」

「歌麿さん、引き抜きにあっているんじゃないのかえ」

「なあに、この蔦屋が頼み込みゃ、描いてくれるさ歌麿さんは」

「唐天竺ってこたあないだろ旦那」

京伝が言った。

「オランダ国あたりのもんじゃないか？　その血吸い侍」

「そうかもしんねぇな。なんせおいら、蘭学者《らんがくしゃ》の先生に聞いてきたんだから」

「誰だいその蘭癖《らんぺき》の先生て」

「三十間堀の……」

「ああ芝蘭堂の先生か」

「おいら以上の蘭癖。司馬江漢《しばこうかん》先生の世界図も、また見してもらった。おいらたちの国や、ちっちぇえな。東の端っこだ」

「そんなにちいせぇかい？」

「ちいせぇちいせぇ、こーんな、鼻くそみたいなちっちゃな島よ。知らねえのはそん中に住んでるやつらだけ。今年か、来年の閏《うるう》十一月の十一日にゃあな、オランダ正月をやりたいんだと、先生は」

「なんで十一月に正月だ⁉」

京伝が目をむいて言った。

「来年は閏十一月の十一日が唐天竺の正月元日なんだと」

「冗談じゃやねぇ。十一月に正月が来ちゃ、世も末よ！」

「蔦重の旦那、そりゃ唐天竺じゃない、それこそはオランダ国よ」

　重田貞一が言った。

「オランダでも唐天竺でもいいじゃねぇか、どっちにしても十一月にゃ正月はこねぇよ。そいじゃ何か？　十一月に晴れ着着て、雑煮食って、一月にゃ桜見て花見か、飛鳥《あすか》のお山で」

「いや、そうはならねぇだろ」

「花見と凧揚《たこあ》げが一緒か？　風邪ひいちまわ」

「それにしても遅いな、今宵《こよい》の月の出は」

　春朗が言う。

「そりゃ、今年で一番遅い月の出だあな、十五夜のようにゃいかねぇよ」

　重三郎が言った。

「十五夜の月なら宵の口から見えてらあな」

「丑三《うしみ》つまで待つからご利益《りやく》がある」

「でももうそろそろ丑三つだぜ。眠気覚ましにちょいとぶらつくか」

　重三郎が言い、それで六人はぶらぶら歩きだした。

　深夜の町は大変な賑《にぎ》わいだ。その半数がとこが顔に白粉《おしろい》を塗り、扮装を凝らしている。恐ろしげな赤や青の鬼も大勢いて、神田が得体の知れない魔境と化している。往来の真ん中で、子供らが輪になって盆踊りを踊っている。通行人が遠巻きになってこれを眺めている。

「親孝行でござい、親孝行」

声がしたのでそっちを見ると、若いもんが老婆《ろうば》を背負っている。

「おう親孝行だな、えれぇえれぇ」

重三郎が言うと、若いのはてくてくついてくる。そして老婆を背負ったまま、いきなりくるりとトンボを切った。周りの者らが驚いて手を打つ。

これは背負われた婆《ばばあ》が芸人で、一人でやっている芸だ。背負っていると見える前方の若者は、造りものの人形で、腹の前にくっつけているだけなのだ。

重三郎は懐《ふところ》から銭差しを出し、下から三つ四つ四文銭を引き抜いて芸人に渡した。

伽羅《きゃら》の油を売っている店の縁先に寄った。子供が回り灯籠《どうろう》を、不思議そうにじっと見ている。奥の座敷では、老婆がしかめっ面《つら》をして、息子に肩をもまれている。飴売《あめう》りの男が、それらに声をかけていく。日暮れ時ならあたり前の光景だが、それが今夜だけは、朝も近い丑三つ時に見られるのだ。

願かけ坊主《ぼうず》の集団が、あちこちの軒先で拝んで廻っている。しかし笠《かさ》をかぶって袈《け》裟《さ》を着た俄《にわか》坊主が大勢いるから、どれが本物か解《わか》らない。俄《にわか》茶番は年々凝ってくる。孫悟空《そんごくう》や忍者集団などはまあよいとして、危なそうなのは、長剣物干し竿《ざお》を背負った佐々木小次郎らしいのや、賤《しず》ヶ岳《たけ》の七本槍《しちほんやり》らしいのがうろついていることだ。本当に武士ならいいが、あれが町衆の扮装なら、いずれお咎《とが》めがくだるだろう。

武家の出の春町《はるまち》が、以前重三郎に助言をくれたことがある。狂歌本に自分の姿を絵に描かせて出すのはやめたがよいと。お武家は洒落《しゃれ》が解らない。お武家の四角四面の行儀の発想は、やきもちと紙一重で、そのあたりのことは、お武家自身が一番よく知る。

目立ちたがりの何がいけねぇんでぇとその時は思ったが、四十の坂を越えてきて、重三郎にもその辺のことがだんだんに解るようになった。

「おおっ！」

というどよめきが周囲からあがった。

「出たぞ、出たぞ、ご三尊様だ！」

誰かが叫び、それで重三郎たちも背後の月を振り返った。

天地がひっくり返るほど騒々しかった夜更《よふ》けの往来が、その声を契機に、瞬時にして静まる。地獄の釜《かま》の中のようだったのが、一瞬にして、水を打ったように静まり返ったさまは異様だ。

東の空に黒い盆のようなものの切れ端が、わずかに顔を出していた。しもた屋の屋根の上だ。それが見ているうちにみるみるせりあがってくる。息を詰めて見ている大勢の前に、どんどん顔を出していく。大きな黒い月だ。

これは月の暗い部分だ。いつもなら見えないはずのところが、今宵は妙によく見える。その不思議が、みなを敬虔《けいけん》な気持ちにさせている。

暗い月は、どんどんせりあがって、上空にと向かっていく。

「おお、見えた！　ご三尊様だ！」

誰かが叫ぶと、念仏を低く唱える声が聞こえた。たちまちこれに和する念仏があちらこちらで起こり、低い声のよどみがあたりを支配する。

暗い月の表面に、確かに立ち姿らしい影がぼんやりと見えていた。

「阿弥陀《あみだ》様だ、あれが阿弥陀様だ！」

誰かが言う。言われてみれば確かに、中央にほっそりと暗い影が立つ。

「そのうしろが観音様だ」

右の背後に小さく、なにやらこけしに似た像が立った。

「左が勢至《せいし》様だぞ、ありがてぇこった！」

横を見れば、さっきまでふざけていた京伝も春朗も貞一も、じっと頭を垂れ、両手を合わせている。

頭に皿を載せた河童《かっぱ》と、顔を黒く塗った箱根の木霊《こだま》が、神妙な顔で月を拝んでいるのも妙な図だ。

その背後に立つお糸もむろんだ。お由もまた、小さい手を合わせて拝んでいる。江戸の者は、この二十六夜待のご三尊様だけは、みな固く信じているのだ。

そういう重三郎もまた、しばらく月の上のご三尊様を見つめてから、しっかりと目を閉じ、両手を合わせて拝んだ。

そっと目をあけて見れば、神田三河町から鍛冶町にかけ、往来をびっしりと埋めたおびただしい数の人間たちが、みな月に向かって頭を垂れ、真剣な顔つきで願をかけている。陽気に騒いでいる江戸者だが、みな内心に不安を抱えているのだ。

「おおっ！」

どよめきが起こる。どよめきは波のように広がっていって、まるで地鳴りのように低く江戸八百八町を揺する。

ご三尊の下方に、燭光《しょっこう》に似た黄色い揺らめきが起こっていた。それは一瞬、澄んだ深夜の空気の内で、本当に蠟燭《ろうそく》の炎の揺らめきに見えた。

おお、とまたどよめく。今度は娘か子供のあげる歓声も混じった。しずしずと、今舟が昇ってきた。ご三尊を乗せて空を行く、輝く金色の舟だ。

二十六夜の月の光る金の鎌《かま》は、今宵左下方にある。それがご三尊の姿に遅れて、今地平から姿を現した。光る舟とご三尊だ、重三郎もまたそう思った。それで自分一代で興《おこ》し、ここまでにした耕書堂の将来と、不安を抱えた自分の健康を、いっとき真剣になって、心から祈願した。

あんまりとんとん拍子にいったから、そのゆり戻しが今来ている。さっきは強がったけれども、京伝に言われるまでもない、どうもこのところの自分の仕事は、ひところのツキがない。出版人としての自分の眼力が衰えたとは思わないのだが。頼りにしていた者たちが次々に逝《ゆ》く。それに自分の気持ちがやられているのか、それとも体調不良のせいか、どうも気持ちが沈む。

皮切りは、春信とともに錦絵《にしきえ》世界を拓《ひら》き、重三郎の「吉原細見《よしわらさいけん》」に序文も書いてくれた平賀源内先生が、米屋の九五郎を殺した廉《かど》で捕縛、獄死したことだ。あれがそもそものけちのつきはじめだった。

「金々先生栄花夢《きんきんせんせいえいがのゆめ》」という傑作で、黄表紙の世界を拓いてくれた恋川春町が、松平定信の出版取締令下、呼び出しを受け、これに応じずに死んだ。一応病死となっているが、自死かもしれない。板元ながら身分違いの重三郎には、真相はとうとう知らされずじまいだった。

　その黄表紙を庶民の娯楽の王道に押し上げた人気作家の朋誠堂喜三二も、定信の呼び出しを受け、さらにその命を受けた秋田佐竹藩主にこっぴどく叱責《しっせき》されて、黄表紙の執筆から手を引いてしまった。重三郎が鱗形屋《うろこがたや》から譲り受けた財産は、このようにして、定信にことごとくつぶされた。

　さらには遊廓《ゆうかく》を題材にした山東京伝の洒落本「娼妓絹籭《しょうぎきぬぶるい》」、「仕懸文庫《しかけぶんこ》」、「青楼昼之《せいろうひるの》世界錦之裏《せかいにしきのうら》」が、やはり改革とやらで摘発を受け、京伝は手鎖五十日、重三郎の方は「放埒《ほうらつ》の読本売買致し候《そうろう》段、不埒《ふらち》」とやらで、「右の本絶板のうえ身上《しんしょう》に応じ重過料」の罪に問われて罰金三十両だった。こういうことだから、定信のお役御免がどれほどの朗報であったかは、言葉では表しがたいものがある。

　本の刊行はそんなようで壊滅状態だったが、錦絵の方はそれなりに順調にやってきていた。取締令下で錦絵の華美と価格高騰《こうとう》は抑えられていたから、色数と板木の枚数を抑えた大首絵で、浅草観音境内の水茶屋の看板娘、難波屋おきた、両国薬研堀《やげんぼり》の煎《せん》餅屋《べいや》の娘、高島屋おひさ、吉原の芸者、富本豊雛《とよひな》という、巷《ちまた》で評判の三美人を歌麿に描かせたら、これが大当たりした。

これで絵師歌麿の名は江戸中に鳴りひびき、四十数軒の板元が、こぞって歌麿に仕事を依頼してくるほどになった。それで歌麿も今、蔦屋から離れかかっている。

どんどんと、音が聞こえた。遠くで大筒を撃つような音だった。おお、とまた声があがる。花火が打ちあげられていた。両国橋の方らしい。しもた屋の瓦《かわら》の上に、小さな火の花がふたつみっつと開いた。

八

「ああ、ありがてぇありがてぇ」

山東京伝は言った。まだ手を合わせ、拝んだ姿勢のままだ。

重三郎が目を開いてみたら、ご三尊様と月の舟は、暗い空の、かなり上の方まであがっていた。もうしもた屋の瓦からはかなり離れた。それで、水を打ったようだった神田の往来が、恐る恐るのように、ざわめきを復活させつつある。

京伝がぽんとひとつ手を打ってから目を開け、こう言った。

「ありがとうござんす……、と」

「蟻《あり》が十《とお》なら芋虫ゃ二十《はたち》！」

　重三郎は、威勢よく野次を飛ばした。

「おう唐丸さん、元気が戻ったかい」

　京伝は訊《き》く。

「戻った」

「今宵《こよい》の御三尊様、月の舟にゃ乗ってらっしゃらねぇんだな」

　貞一《さだかず》が言う。

「お舟は横に立ってらあ」

「お舟は飽いたんでござんしょう」

　春朗が言った。

「今宵はもうお舟をおりたんでさ」

「あんた、今何願かけた」

　京伝が重三郎に尋ねる。

「そりゃなんだ、まあおおよそ、おめえさん方が考えてる通りのこった」

「改革騒ぎで傾いた耕書堂の軒を、ひとつもとに戻してやっておくんなさいと、そうかい？」

「まあそんなとこだ。先生が書いてくださりゃあそれでいいんだがな、戯作者払底《げさくしゃふってい》のご時世だ」

「三年の正月は地獄よ。『娼妓絹籭《しょうぎきぬぶるい》』、『仕懸文庫』、『錦之裏《にしきのうら》』、立て続けに発禁、絶板だ」

「袋に『教訓読本』と書いといたんだがなあ、吉原にうつつを抜かしちゃいけねぇよと」

「そう書いたのが、かえっていけなかったな」

「一番目立っていた者を生贄《いけにえ》にしたんでござんしょう。地本問屋仲間の二人は追放だ」

貞一が言う。

「以来、面白い洒落本は出ませんな。みな軒並み自粛に入っちまった」

「戯作師はみんな尻《しり》に帆かけてトンズラよ。だが水は清ければいいてぇもんじゃない、あんまり澄んだら魚は棲《す》めねぇ」

重三郎が言う。

「加えて芝居がいけねぇや。去年の正月の中村座は大の不入りだあ。今、帳元、金主の間でもめてるらしいや。あのぶんじゃ今年のうちに休業だろ」

「市村座もいけません」

「市村はハナから左前だ。天明時分からいけねぇや。森田座もおんなじ、三座はもう駄目だな」

「お江戸に歌舞伎《かぶき》はもうなくなっちまいますね」

「それよ。そうなら錦絵がいけねぇ。役者絵が駄目だ。板元としちゃ出すものがねぇ」

「美人画か」

「そしたら歌麿さんがよその板元と大忙しだ、春朗《しゅんろう》さん、ひとつ頼んますぜ」

「あっしは美人画はちょいと……」

「これだ」

「さすがの唐丸も、今度ばかりはお手上げか」

「だが老中さんがいなくなったんだ、これで改革も頓挫《とんざ》……」

「あめぇ！　あめぇぜ唐丸。お取締令は残るんだ、もう田沼《たぬま》さんの時代にゃ戻れねぇよ。改革ってのはなあ、必ず誰かが引き継ぐんだ。今度のお役御免も、別にお取締りがすぎたからじゃねぇ、将軍様と対立したからだろ？　別のお堅い老中様のおでましだ、間違いねぇよ」

　京伝は言う。

「商売替えするほかねぇかな……」

重三郎が、ちょっと肩を落として言った。

「小腹がすいたぜ、何ぞ食おうか」

京伝が言って周囲を見廻す。沿道には、振り売りの屋台がずらりと並ぶ。たいていのものは周囲に人が群れているが、そうでないひまな屋台は、しきりに大声をあげて客を呼んでいる。しかしその声も、雑踏にかき消える。

寿司《すし》、天麩羅《てんぷら》、二八《にはち》の蕎麦《そば》、団子にいなり寿司、何でもある。二十六夜待《にじゆうろくやまち》の今宵は、彼らのかき入れ時なのだ。この人出で、あっという間に品切れ、さっさと屋台を担《かつ》いで引き揚げる者もある。

「冗談じゃあねぇ。こんな刻限にもの食っちゃ、腹あ下しちまうぜ」

重三郎は言った。

「衰えたな唐丸。ともかくだ、そいじゃあ芋虫がどうしたなんぞと、罰当たりのことを言っちゃあなんめい。相手はご三尊だ、なあ春朗さん」

「そうだなあ、仏さん相手に茶は通用しねぇ」

「てやんでぇ。やあれ拝んだ、日本橋に引き揚げとするか！」

重三郎は大声で言い、ごった返す往来を、東に向かって歩きだす。みなぞろぞろとしたがうが、京伝は言う。

「唐丸、おめえさん、徳島の天気だね」

「おうそうよ。おいら、阿波《あわ》が照ってらあ」

「そんじゃ、水茶屋でもどうだい。おいらあ茶が飲みてぇや、酒はもういい」

「水茶屋なら通旅籠町《とおりはたごちょう》か長谷川町よ、いい店教えるぜ」

「美人の看板娘でも入ったか」

「そういうんじゃねぇ、そういうのはもう飽いたぜ、今別の趣向を教える。おめえさん方、今宵のお月さん、なんだか知ってるか?」

重三郎が言いだす。

「なんだ? なんだか知ってるかって蔦重さん、藪《やぶ》から棒に。そりゃ二十六夜のご三尊さんだ」

春朗が言う。

「これだからいけねぇ、おめえさん方、東の隅っこの島国根性が抜けねぇ」

「島国って蔦重さん、それとご三尊さんと、どういう関係があるんですかい?」

貞一が言った。

「そうだよぉおまえさん、あんなにはっきり暗いとこも見えていたんだよ。普段の三日月なら見えないんだから、暗いとこは。仏様のご利益《りやく》だよ」

うしろをついてきていたお糸も不平げに言った。

「そりゃあな、ご利益のせいじゃなくって、地球照りのせいだ」

重三郎は言った。

「地球照り⁉」

子供を除いて四人が声を揃《そろ》えた。往来はもうすっかりざわめきを取り戻し、大声をたてるのも気がねがなくなった。

「そうよ。よっく憶《おぼ》えておくがいいぜ。ご利益なんてぇこと言ってるのはおいらたちばっかり、世界は進んでいる。おいらあ、蘭学者《らんがくしゃ》の先生にちゃあんと教えてもらってきたんだ。三十間堀の先生はな、お上の天文方とも懇意でらっしゃる。これからはな、学問よ、庶民もな」

「学問は解《わか》ったが、地球照りとはなんだ？」

京伝が訊いた。

「先生、みんなもだ、江漢《こうかん》先生の世界図は見たかい？」

「おいらは蘭癖《らんぺき》じゃやねぇから」

春朗が言った。

「それがいけねぇ。学問を蘭癖なんぞと言っちゃあいけねぇ。蘭学の禁なんぞと悠長なこと言ってちゃあな、世界に遅れるんだ。みんな、『解体新書』は見たかい」

みな首を横にふる。

「見た方いい、ありゃあたいしたもんよ。元本の蘭学の、えーと、ターヘルなんとかはな、そりゃあたいしたもんだぜ、五臓六腑《ろっぷ》がびっしり正確よ。これからは蘭学だ。なんでもかでも蘭学で行くことになるぜ。まあ見てな、蘭学が世界を変える。おいらたちのこの頭はな、駄洒落《だじゃれ》考えるためにあるんじゃやねぇ、学問するためにある」

重三郎は持論を言った。

「おいらあ見たぜ、江漢先生の世界図」

京伝が言った。

「こんなだんだらによ、陸と海があってよ、なんだか嘘臭《うそくせ》ぇもんだぜ」

「嘘じゃあねぇ、嘘じゃあねぇよ京伝先生。あれも『解体新書』とおんなじで、元本があるんだ、蘭学の本だ。おいらは平賀の源内先生にも薫陶《くんとう》受けたんだ。源内先生はな、ああした世界の陸地の格好、庶民のみんなにも知らしめねぇとな、この島国は遅れた民になっちまうからよ、壺《つぼ》や皿にあの図を描いて、唐三彩みたような具合にだな、うわ薬かけてな、焼いて売ろうかと言ってらした。源内焼きだあな」

「誰に売るんだ？　誰が買う？　水茶屋か、旅籠か」

「唐天竺《からてんじく》だあな。紅毛人に売るのよ」

重三郎は言った。

京伝が驚いて目をむいた。

「また唐天竺かい唐丸さん。おめえさんは、なんでもかでも唐天竺でいけねぇや」

「あの世界図はな、平らな紙に描いてあった」

「当たり前だろ、平らでない紙がどこにある」

「こいつを見ろや」

重三郎は立ち停まり、腰から印籠《いんろう》をはずして高く掲げた。重三郎が立ち停まるものだから、みなも立ち停まった。

「印籠かい」

「そうじゃねえ、こっちの根付《ねつけ》の方だ」

言って重三郎は左手で根付を掲げ、右手で提灯《ちょうちん》の火を掲げて近づけた。それでみなも手にした提灯を掲げ、重三郎の手もとに近寄せた。紐《ひも》の先に、小さな象牙《ぞうげ》細工の玉がぶら下がってゆらゆらしている。

「どうでぃ、変わった根付だろ？　地球だ」

重三郎は言った。言われたみなは、顔を見合わせている。

「地球はな、こういうような手ん鞠《まり》だ、手ん鞠の格好してる。球になってんだ、これに地面がくっついてる。だから地球という。地面の球だ。

よく見な、この鞠の格好した象牙のな、表面に世界図が彫り込んであるんだ。江漢先生の世界図の通りにな。長谷川町の根付師に彫らせたんだ、だあから確かなもんよ。地球てぇのは、だからこの通りの模様してな、お空にぽっかり浮かんでるのよ」

「蔦重さん、そいじゃ何かい？」

春朗が言いだす。

「なんでぇ」

「海もこの鞠の表面にあるんで？」

「おうよ」

重三郎は太っ腹で請けあった。

「冗談じゃねぇ！」

京伝が言った。そして根付に人差し指を伸ばす。

「こーんな鞠の上に水があっちゃあおめえ、ここんとこの、鞠の底にも海があるんだろ？　水がざあざあ落っこっちまうじゃねぇかよ、下に、なあ」

言われて、みなはげらげら笑った。

「そうはならねぇんだ」

重三郎は言う。それでみなは、ちょっとばかし笑いを引っ込めた。

「ここんとこな、鞠の下はおめえ、寒いんだ。えっれぇ寒くてよ、だから海は凍っちまってんだ、かちんかちんによ。だから落ちねぇ」

「んじゃ、凍ってねぇとこはどうなんだよ！」

京伝は口をとがらせて言いつのる。みなはうなずき合い、またげらげら笑いだす。お糸も笑っている。

「ここいらへんはよ。この横っちょのとこはどうでぃ。こーんな広い海があるんだ、右にも左にもよ。ここは凍っちゃいねぇんだろ？」

指差して問われ、重三郎はぐっと言葉に詰まった。

「ほら、どうなんでぇ唐丸」

京伝は勝ち誇って言った。

「さあどうだ。どうでぃ、どうでぃ」

これに合わせて、どうでぃ、どうでぃの唱和になった。

「とにかくだ……」

重三郎は言った。

「落ちねぇんだ」

「なんでだ？」

京伝は、目を丸くして訊《き》く。

「とにかく落ちねぇ」

重三郎は強引に言う。

「月のご三尊様が揃って両手で押してるんで？　こうやってよ」

貞一が言って、体を前傾にして、手で押す真似《まね》をした。

「ああまあ、そんなとこだ。ともかく落ちねぇ。そいでな、地球はこうある。お月さんはこっちよ。そいでな……、おいちょっと持ってろ、この箱提灯」

提灯をお糸に持たせせた。

「そいでだ、こういうところにいる地球にお天道様《てんとさま》の光が当たる。な？　当たる。だから地球は、お天道様の光照り返してよ、おおまぶしい！」

「誰が？　誰がまぶしいんでぇ」

京伝がもっともなことを問い、みなまた噴き出す。

「ご三尊様だろ」

　また貞一が言った。

「そのまぶしい光がな、今あのお月様、照らしてるのよ。だからな、ああいうふうに、いっつもは暗いところが明るく見えてる。おいらたちの地球が照らしているからよ」

　言って重三郎は手を伸べて、女房から提灯を取り戻した。

「それが地球照り」

　言っておいて、またすたすた歩きだす。

「おいおい」

　京伝がついていきながら、うんざりしたように言った。

「夢みてぇなこと言ってくれちゃってよ、唐丸。なにか？　そりゃあ新しい洒落本のネタか。おいらあ信じねぇぞ。ペテンだ、嘘だ、嘘八百よ」

「信じねぇのはそっちの勝手だ。おめえさん方はどうでぃ、おいらの今の話」

　重三郎は、貞一や春朗を振り向いて尋ねた。

「ええ？　どうでぃ河童《かっぱ》の旦那方《だんな》」

「でも、そいじゃああのお姿はどうなんですかい、蔦重《つたじゅう》の旦那」

　貞一が、高くなった月を指差して訊く。

「お月様の上に、お姿が見えてますぜ、ほら、あんなふうに、はっきり」

「ありゃあなおめえ、お月さんの模様よ。ハナっからくっついてらあな」

「ご三尊じゃねぇと？」

「ただの模様。その証拠によ、明日の晩も、あさっての晩も見てみろぃ、やっぱしおんなじ姿が見えるから。変わりゃしねぇよ」

「明日の晩。また八つ半にですかい？」

「そうよ」

「やなこったい」

「そういうふうに、だあれも見ねぇから解らねぇだけよ。今の月の出、遅いからな。ご三尊様のお姿はな、毎晩見えてるのよ、おんなじ格好で」

「そうかなあ……」

貞一が不平そうに言う。

「お、信じねぇならおめえ、この先の水茶屋、おごらねぇからな」

重三郎は言う。

「あ、きたねぇ」

「北がなけりゃあニッポン三角！」

重三郎は芝居がかって言った。

現代編 II

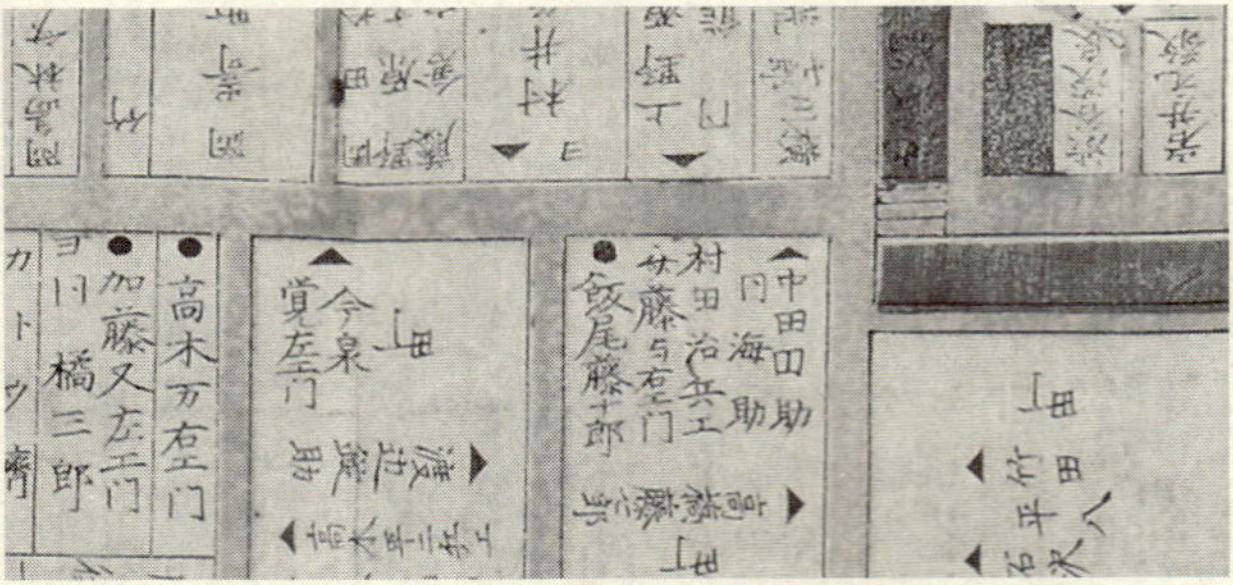

近吾堂版『本八丁堀辺之絵図』(1854年)〔港区立港郷土資料館〕
中央、村田・飯尾の両氏に挟まれ、斎藤与右衛門の名が示されている。

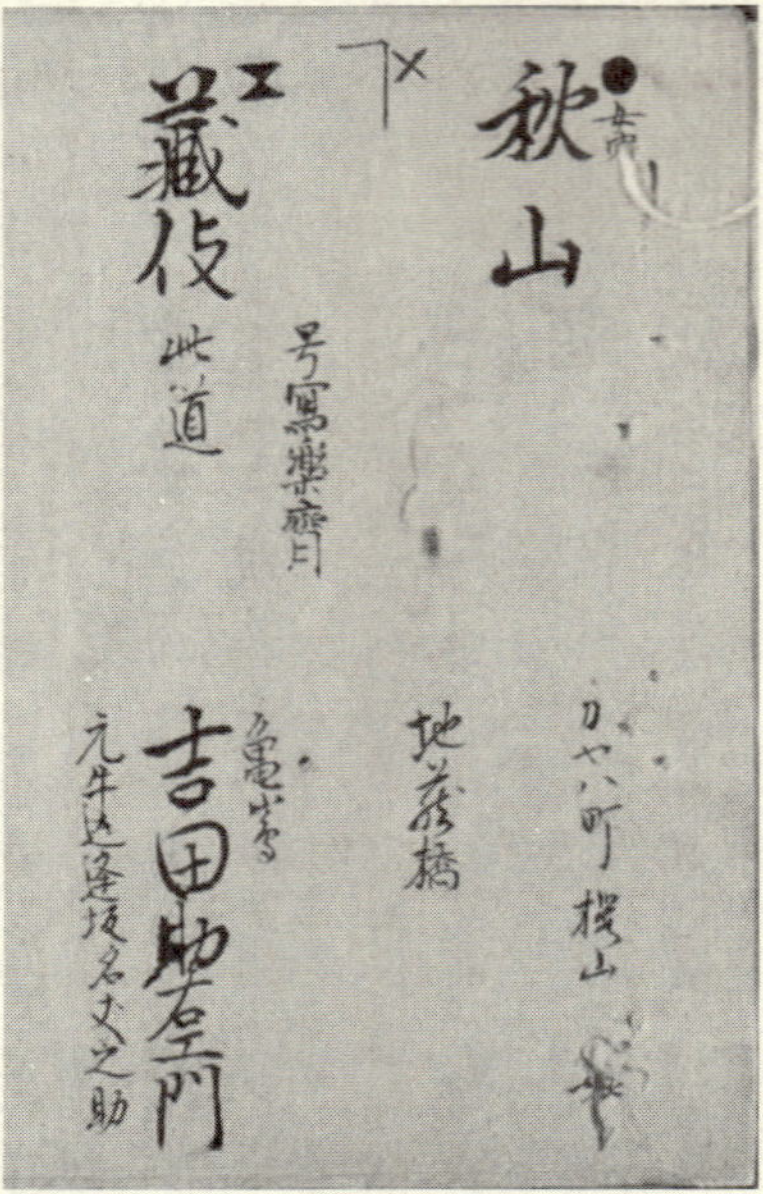

『諸家人名江戸方角分』〔国立国会図書館〕
中央に「号写楽斎」。〔×〕は浮世絵師を、〔┐〕は故人を意味する。

25

私はすずらん通りから左手に折れ、路地に分け入った。陽が落ちたばかりで、気づかないうちに霧雨が舞いはじめていた。私はこの日も傘を持っていなかったから、軒伝いに歩き、行灯《あんどん》看板や自転車を早足でよけながら、路地から路地と伝って、「人魚のため息」という会員制のバーへ向かっていた。

S社の常世田《とこよだ》が、ここでミーティングをやろうと私に言ったのだ。何か収穫があるようなことを言う。「人魚のため息」というのは、彼がよく使っている店で、私も常世田に連れられて何度か行った。二階にちょっとした座敷があり、小人数の集まりのような時には重宝する。女将《おかみ》もそういう時、使用料がどうのと言うような女ではなかった。

女将は名を彩子《あやこ》というのだが、彼女もまたちょっとした江戸の研究家で、そうした内容の集まりなら歓迎してくれた。江戸後期の浮世絵師、歌川広重《うたがわひろしげ》が好んでよく食べていた料理を彼女が再現してくれるから、それを食べながら、江戸や写楽関連の打ち合わせをやろうと常世田は言ってきた。

店に着き、ガラス戸を引き開けると、カウンター席に男の客が二人ばかりかけていて、カウンターの中には、私の知らない娘が二人並んでいた。私に会釈《えしゃく》してくるから、私も頭を下げた。後ろ手にガラス戸を閉めると、まるでそれが合図だったように、急に雨の音がしはじめた。

「あら佐藤さん、お久し振り」

とカウンターの外にいた彩子が私に言った。それから私の背後に来てガラス戸を少し開け、

「急に雨脚強くなって。まあ、ラッキーでしたわね」

と言った。それから、常世田さんはもう上にいらしてますと言った。このところの私は、ラッキーでしたなどと言われることがないから、ずいぶんと妙な感じがした。

二階の小部屋は、なじみ客たちのうちの教授や商社マンが、助手や部下を集めて勉強会をやる。編集者の常世田も、学者さんの本を出す時など、よくそういうかたちでここを使わせてもらうらしく、今回はこの企画が始まったから、さっそくここを利用することを思いついて、女将と話を決めたのであろう。

私は靴を脱ぎ、カウンター席の背後についた狭い階段を、ゆっくりとあがった。常

世田は和室に一人でいて、座卓についてビールを飲んでいた。

「ああこりゃ佐藤さん、お先にやってます」

と彼は、やや赤い顔をして言った。かたわらの畳に、黒い革鞄《かわかばん》を置いている。

「あ、どうも」

と私は言ってから、座卓のぐるりに並んだ座布団《ざぶとん》にはまだすわらずに、窓のところに行って立ち、路地を見おろした。

二階にあがってきたら、雨がまた一段と強くなった。暗い路地のコンクリートを、雨がしきりに叩《たた》く。濡《ぬ》れて黒ずんだ路面でしぶきが跳ねはじめるのが、街灯や、向かいの一膳《いちぜん》飯屋から漏れる明かりで白く見えるのだ。

店の並びにはパチンコ屋もあり、ここからの明かりも暗い路面に射《さ》している。ガラス窓の外にある金属の手すりにも、しぶきになった雨がかかりはじめた。どこからなのかは不明だが、すぐまぢかで、ぴちゃぴちゃと水の跳ねる音もしはじめる。

「お、雨が強くなりましたね」

言って常世田も立ちあがり、私の横にきた。雨の音で、彼も少し大声になる。

雨が叩く暗い路面を、並んで見おろした。

「急に強くなったな。佐藤さん、ラッキーでしたね。濡れなかったでしょう」

彼も言い、私は声には出さず、黙ってうなずいた。

「体はもう？」

常世田が訊《き》くのでまたうなずく。もうかなり楽になった。風邪の症状が和らいだ。

「なんかこうしてると、ここ、神田に思えないな。熱海か、信州の温泉街にでもいるみたいだ」

私もそう思う。雨など降れば特にそうだ。この二階からの眺めは気に入っている。こんな日暮れ時が特にいい。

「例の六本木の回転ドアの、東大の先生もいらっしゃるとか？」

「来るようなこと、言ってたな。浮世絵や江戸に興味があるそうなので」

「ふうん」

と常世田は気がなさそうに言って窓際《まどぎわ》を離れ、自分の座布団の上に戻った。ややふとり肉《じし》の彼は、よっこらしょと言って、大儀そうにあぐらをかく。

雨の勢いがやや弱まり、すると路地を、白い傘がやってくるのが見えた。それだけで私には、それが片桐《かたぎり》教授だと解《わか》った。顔も体も大半傘に隠れているのに、どうして解るのだろうと思う。何がいったいほかと違うのだろうと考えた。

窓際を離れ、私は座卓の方に行った。そして、常世田の向かいに腰をおろした。

「佐藤さん、どうぞ、上座に」

常世田は言った。

「いや、ここでいいです。教授に空けておきます」

私は言った。

「あ、そうですか？」

常世田が言っていると、入口のガラス戸が開いたらしい音がする。そして女将の声がしている。驚いているふうだ。それはそうだろうと思う。東大工学部の教授とだけ聞いていて彼女と顔を合わせ、驚かない者はいない。急ぎ気味に階段を上がってくる音。女将の方らしい。そして顔を出して、仰天したような高い声を出した。

「あの、先生がお見えで、先生が！」

彩子はどちらかと言えば落ち着いた方の女だったから、こんな取り乱した声を私ははじめて聞く。

「遅くなりました」

という高い声が続いて、忍び足で階段をあがってきていたらしい、レインコートを着たままの教授が、女将の背後に現れた。

その時のほうけたような常世田の顔は、見ものだった。口をぽかんとあけ、唖然《あぜん》として、眼鏡が鼻をずり落ちるにまかせていた。

教授はレインコートを脱いでたたみ、女将がそれを預かった。教授が彼の前に廻ってきて、しかし私が上座をしめしたものだからそっちに移動して、座布団の上に膝《ひざ》をついてから、

「S社の常世田と申します」

とようやく焦《あせ》ったふうに言った。それから黒鞄を開いてうえに顔を伏せ、猛然と中をまさぐっていた。名刺を出そうとしているらしいが、それにえらく時間がかかった。

「片桐と申します」

と言って、教授も名刺を出した。

「あの、お名前は常々……、六本木の回転ドアの事故をお調べとか……」

「はい」

「いや、女性とは……。お会いしたいものとですね、常々思っておりました」

とさっきの気のなさそうなそぶりから判断すれば、あきらかな嘘《うそ》を言った。

「じゃ、お料理お運びしてよろしいかしら、用意できてますから。簡単な湯豆腐なんですけど……」

彩子が言い、われわれはそろってうなずいた。

「素敵なお部屋ですわね」

彩子が階下に消えると、片桐教授は言った。壁際に置かれたガラスの塡《は》まった手文庫とか、ちょっとした茶棚、壁に下がる小さな掛け軸などを珍しげに眺めている。それらはすべて時代物で、この部屋自体が骨董品《こっとうひん》屋の離れのようである。

「江戸に来たみたいですわね」

私はうなずく。そして、

「まったくそうです。タイムスリップです」

と言った。

「ちょっと、色街の風情《ふぜい》を連想しますわね」

と教授が笑って言ったから、うつむいていた私と常世田が、そろって顔をあげた。

常世田は目を丸くしている。

「こんな感じなんでしょう？　そういうの」

「らしいですね。きっとそうでしょう」

私は言った。

「こういう感じ、好きですわ。畳ってなんだかなまめかしくて」

「え？　はあ」

どう反応してよいか解らず、私は言った。

女の子をしたがえて彩子が現れ、まずビールを運んできた。またすぐに引き返していく。女の子が膝を折って、みなの前にコップを配り、ビールを注いでいる間に、もう一人の女の子と一緒に彩子が、料理を運んで戻ってきた。

卓の上に、無数の椀《わん》や小鉢を並べ終えてから、彩子は説明を始める。鯛《たい》を塩焼きにしてから鍋《なべ》に入れ、煮えたところに豆腐を入れた湯豆腐。それから赤貝の三杯酢の小鉢。ひらめの刺身、ニシンの煮しめ、さよりのお吸い物。あっさりした趣向のものだった。

広重の好物は、私も知っている。食道楽の広重は、晩年こうした料理を好み、こうしたもので日本酒をやりながら、人をもてなすのが好きな好人物だったと言われている。広重の好む献立は、彼の養女だったお辰という女性が、「覚書」として書き遺《のこ》している。

ついてきた女の子二人のうち一人が残り、一人は下の客のお相手におりていった。

まずは写楽プロジェクトの成功を祈って乾杯した。それからやおら箸《はし》を割り、湯豆腐をつついた。

「おお、これはうまい！」

と常世田が言った。

「しっかり味がついてるな」

「そうでしょう?」

と彩子が言う。

「湯豆腐って、たいていお豆腐と昆布だけ、お魚入れるなら鱈《たら》でしょう。あと葱《ねぎ》入れたり。焼いた鯛を入れるのってはじめてですけど、すごいですわね、この発想」

「うん、おいしいな」

私も言った。

「理にかなっているんです、やってみると。鯛って脂《あぶら》が多いんですけど、一度焼くことでそれが抜けるんです」

「この赤貝もおいしいですわ。ニシンもいいお味、甘辛くって」

教授が言う。

「ありがとうございます」

彩子は言った。

「この子、今うちでアルバイトしてます、幸枝《さちえ》っていいます。やはり江戸なんかが好きで、お勉強してます。教えてやってください」

彩子が残っていた方の女の子を、われわれに紹介した。

「よろしくお願いしまーす」

と彼女は、注ごうとして手に持っていたビール瓶を一度置き、頭をさげた。

「あ、そう。さっちゃん、江戸のどのへん？　好きなのは」

口を動かしながら常世田が訊く。もうかなり親しいらしい。

「はい、全般ですけどぉ、浮世絵とか。広重さん、北斎さん」

「風景画が好き？」

「あ、はいー」

「広重さん、いつもこんな旨《うま》いもの食べてたのなら、儲《もう》かってたんですかね」

常世田が私の方を向いて問う。

「まあ『名所江戸百景』、当たりましたからね、『東海道五十三次』も。でも風景画は、基本的に安いんです、美人画なんかと較《くら》べると。広重は別格ではありますが、やはりほかの風景絵師と同じく、絵は買取なんです、印税払いじゃない」

「あ、そうですか」

「そうです。だから当たっても絵師は関係ないし、版権がすっかり板元に移るから、勝手に色を変えて摺《す》られたりしているんです」

「ええ？　そうなんですか？」

「そうなんです。『近江八景之内比良暮雪《おうみはっけいのうちひらぼせつ》』なんかは、墨と藍《あい》だけで広重は、雪の寂《せき》寥感《りょうかん》を表現するんですが、板元がのちにこの絵に、紅や緑や黄色なんかを勝手に入れて、摺っています」

「どうしてそんなことを？」

「やはり派手目にした方が、客の目を引いて、売れるからでしょう」

「ふうん。板元としては、考えさせられる話だなあ」

せかせかと箸を操りながら、常世田が言う。

「有名な、東海道五十三次の日本橋の絵、あるでしょう」

「ありますね、七つ発《だ》ちの。日本橋を向こうから奴《やっこ》さんが渡ってきている」

「そう。あれも別の絵柄があるんです。橋の手前に人がごった返している絵柄」

「ええ？　また、どうして？」

「あの構図、ちょっと寂しいからでしょう。華のお江戸の中心地という感じがしない」

「でも早朝のことですからねぇ」

「それでも江戸の喧騒《けんそう》を描き込んだ方が、売れそうだということでしょうね」

「そうです。それで広重が、手前に人を大勢描き加えた異版が残っています」

「ふうん」

「風景絵師というのは、そのくらい立場が弱いんです」

「なるほど」

「浮世絵というのは、そういうものなんですか？」

片桐教授が、横あいから訊《き》いてきた。

「そういうというのは？」

「当たった絵でも、世に流布《るふ》したものは、一種類とは限らないのですね？」

「限りません。細部が変わったもの、色が変わっているもの、お江戸日本橋みたいに、構図や絵柄自体が全然違うものもある。当時は絵師の権利意識が希薄ですから。だから、絵師が誰かの絵を裏返しにして写して、背景に流用したのではと、そう疑える作さえある」

「ふうん。そこに何かヒントがありそうですわね」

「ヒント？　何のですか？」

「写楽現象のです」

「板元の判断……？」

教授は言った。

26

「広重さん、それで怒らなかったんですか？」

彩子が訊いた。

「そういうもんだって、あきらめてたのかしら、江戸時代のことだし」

「いや、怒ってますね」

私は言った。

「え？　そうですか？」

常世田が、こちらを向いて言った。

「手紙か何かですか？　遺《のこ》ってます？　そういうの」

「いや、それはないんですが」

「広重って、那須《なす》ミネって人の書付が遺ってますよね」

「ありますね、広重の京橋の家に出入りしていた、仲間の絵師の娘の」

「そうそう。それによれば、広重さんは口数は少ないが、いつもにこにこして、好々爺《こうこうや》でって……」

「そうありますね。でも五十五の時の、『飛鳥山《あすかやま》花見の図』っていう版下絵があるんですが、これに、『江戸名所筆納《ふでおさめ》』って書かれています」

「ほう、つまり江戸名所はもう描かないって」

「そうです。風景版画はもうこれでやめるって宣言。人気のある頃ですからね、気分を害したゆえの断筆宣言とも取れます。それで天童藩のために、肉筆画を大量に描くんですね」

「天童、山形の？」

「そうです。いや、これはもしかしたら天童藩の依頼が先だったかもしれません。だからもう版画は筆納めだと、自信もってそう言ったのかもしれませんが」

「大量にって、どのくらいですか？」

「二百幅だと言います。天童藩が、領民に褒美《ほうび》として与えるための掛け軸です。この大量の絵の発注を、広重が受けたんです」

「広重の名声、天童まで届いてたんだ」

「そうです、有名でした。肉筆画は版画の下絵よりも画料が高くて、格上の仕事なんです。版下絵で成功して肉筆画へ、というのは当時の絵師の成功のひとつのパターンで。だから広重は、もうすっかり肉筆画家になってしまうつもりだったかもしれませんね、この時は」

「まあ肉筆画なら、板元に勝手に色変えられたりはしませんからね」

「そうです。そういうことに、相当うんざりしていたと思う」

「広重さん、何歳で死んでましたっけ？」

「六十二じゃなかったかな」

「じゃもう晩年だな。それじゃ、あとはもう肉筆画？　もう版画の下絵は描かなかったんですか？」

「いや、六十歳からまた『名所江戸百景』を描きだします。でもこれは時代が騒然とした頃で、黒船は来る、それで品川の花見の名所の、御殿山が削られてお台場になったり、安政の大地震とか、安政の大風雨が立て続けに来て、江戸は壊滅的な打撃をこうむるんです。広重としては、これはもう、この世が終わるくらいに思ったんじゃないかな。だから江戸の風景を、自分が描き遺しておこうと」

「ああ、うん」

「それから、生き残っていても家失ったり、被害受けてまいっている江戸庶民を、自分の絵で励まそうと思ったんじゃないかと思う。地震で曲がった浅草寺の五重塔の九《く》輪《りん》を、まだ直っていないのに真っ直《す》ぐにして描いてます。もう直っていたって説もあるようですが。倒壊した鉄砲洲《てっぽうず》の西本願寺本堂を、まだ壊れてるのに、修復が成ったふうに、想像で描いたりもしてます」

「最後までいい人だったんだな。彼は健康でしたよね、こんなふうに食道楽だし。魚が好きで、『魚づくし』なんて絵も描いてますよね。どんな死に方してましたっけ、大往生?」

「いや、幕末の動乱の中で、コレラに罹《かか》って死んでますね」

「ああ、アメリカ船が長崎に持ってきた病だ。いやあ、時代だなあ」

「ずいぶん詳しく解《わか》っているんですわね、広重さんのことは。江戸の絵師って、みんなそんなによく解っているんですか?　生涯が」

片桐教授が訊いた。

「まあだいたいそうですね。広重は最近の人。幕末の人ですからね、特によく解っています」

「でも写楽は解らないのですわね」

「解りません。あの人だけは、全然」

「それで、写楽なんですがね」

常世田があとを引き取って言いはじめた。

「記録が全然ない、これは異常ですよね。本当にまったくない。通常こういうことは考えられません。だって江戸期っていうのは、もう最近だしね、意外によく解っている時代なんです。そうでしょう？」

「そうです」

「だから写楽の人生だって、実は解っているんじゃないかと思う。そうでないと、話が通らないもの」

「実際は解っている？」

「そうです」

「どういうことです？」

「だから別の人の生涯だって思われているけど、それが実は写楽のものなんです」

「ああ、うん。だからそれが別人説ということで……」

「でもそんじょそこらの別人説ではなくて、これ」

常世田は、厚紙でできた箱に入った、古書らしいものを鞄《かばん》から取り出した。

「これ、伊勢《いせ》市の神宮文庫から特別に借り出してきた、門外不出の古文書です」

「なんです?」

箱を開いて和綴《わと》じの本を取り出すので、私は箸《はし》を置いて覗《のぞ》き込んだ。

「『聞《きく》ま、の記』と題した、木村黙老《きむらもくろう》という人の書き物です。江戸時代のいろいろな事件を、聞いたままに書き付けたもので、とりわけ通説と異なる、真相めいた内容を好んで記しています。でもお題に断ってあるように、それは木村さん自身の推察ではなくて、聞いた通りに書いているということです」

「それに、平賀源内のことが?」

「そうです。神田橋本町で源内の起こした事件は、言われるようなノイローゼだの発狂だの、借金苦の八つ当たり説だの、そういうものではなくて、手文庫に入れていたとある諸侯の秘密文書を、九五郎に盗み見られたからだと」

「秘密文書」

「そうです。国の命運を決するような、大変な重要機密だと言います」

「国の命運?」

「とある諸侯って誰ですか?」

彩子が訊いた。

「仕えていた高松藩の殿様かしら」

常世田は、また別の和本を黒鞄から出してしめした。

「それが今度はこっちで。どうもそういうレヴェルの話じゃないらしくてね、これは、香川県坂出《さかいで》市の郷土博物館にあったものなんですが、高松藩お抱えの儒学者の、片山何某《なにがし》という人の書いた平賀源内伝です。ここにも世の風聞が記されていて、漢文なんですが、『ある諸侯』について書かれた一文があります。『あるいは言う、田沼侯意次《おきつぐ》なりと』、と」

「田沼意次？」

「そうです。ある諸侯というのは一高松藩のレヴェルじゃなく、時の権力者、老中の田沼と源内は結託していて、幕府の、というより日本の国家財政ですね、これの抜本的な立て直しをはかっていて……」

「どうやって立て直しを？」

片桐教授が訊いた。

「それがどうやら海外貿易だったらしいと。つまり日本の貿易立国化ですね」

「長崎を通じて、ですの？」

「ひとつにはそうです。長崎を通じてのオランダ貿易。しかしことはそれだけでは終わらなかった」

「どういうことでしょう」

「日本国内の貨幣経済は、上方は銀で動き、江戸は金で動いていました。商品の動きが地域で終始していればそれでもいいけど、当時商品生産の規模が飛躍的に拡大して、流通ネットワークもみるみる全国規模になってきていた。金銀の交換比率も固定化しなくてはならないし、長期的な経済計画の必要性も生じていた。そのためには金が要ります。にもかかわらず当時の日本は、貿易赤字が拡大しつつあったわけです。この解消に輸出拡大というのは、これは財政立て直しの大命題になりつつあったんですね」

「うん、それはそうでしょうね、オランダ貿易。輸入がある以上、輸出も考えなくちゃならない」

　私が言った。

「オランダ貿易は合法です。だからこれはいいんですが、ここにもうひとつ、非合法だが、非常に儲《もう》かる相手がいた。蝦夷《えぞ》地《ち》のアイヌや、彼らを介したロシアとの貿易だったんです。これは当時、絶対のご法度《はっと》です。鎖国体制下ですから」

「ははあ」

「そうなら、平賀家の手文庫内の重要秘密文書というのも、よく解るんです。田沼は、時の一大文化人、源内の広い顔を活用して、蝦夷地の豪商なんかも動かして、さかんにアイヌ貿易、ロシア貿易の実情調査をやっていたんです」

「それは証拠もあるんですか？」

「あります。源内の友人の戯作者《げさくしゃ》の平秩東作《へずつとうさく》が、田沼の隠密《おんみつ》になって、江差《えさし》の豪商の村上八十兵衛《やそべえ》の屋敷に泊まりこんで調査してます。村上は、当時蝦夷地中にネットワークを持っていましたから、強力な情報網があるんです。田沼の命を受けた平秩は、これを使ってアイヌや、ロシアとの貿易で有望な品目とか、その利潤なんかを調査していたらしい。

一説にはね、当時ロシア人となら、米や酒二両分で、百両分の毛皮と交換ができたというんです。五十倍の利益です、濡《ぬ》れ手に粟《あわ》ですよ。そうならこれを徹底してやれば、国の財政も立ち直りの目がある。このプロジェクトの背後には源内がいた。こうした自身の調査活動のことは、平秩が死ぬ間際《まぎわ》にはっきりと書き遺しています。『莘《しん》野茗談《やめいだん》』という平秩の書付です。

平秩なんかからのそういう調査報告書が、源内の屋敷に頻々と届いていたはずで、これらを見られたら大変です、老中の首が飛ぶんですから。国策を、幕府中枢《ちゅうすう》みずからが破ることになる。国は大混乱に陥ります。そうなら、こういう秘密を守るために九五郎を斬《き》って捨てるという源内の判断にも、合点がいくんです。もしも九五郎が定信陣営の間諜《かんちょう》だったりしたなら、これはえらいことだから」

「でも本当なの？　それ」

彩子が言う。

私は言った。

「うーん。しかしそれで解ることもありますね」

「その後、老中になって寛政の改革を断行する松平定信ね、今話に出た。この男は田沼の暗殺計画を何度も立てているらしい。そしてその蛮行を隠すでもなくて、将軍に堂々と報告している。そして『長崎は国の病なり』、なんてことまで言っている。彼にはそういう自分の狼藉《ろうぜき》が、正義なりという絶対的な信念があったわけで、どうしてそこまでのことが言えたのか。さらには、お咎《とが》めいっさいなしで、何故《なぜ》その後すんなりと老中職にも就けたのか。将軍が定信の行為にどうして納得同意したのか。これまでは、田沼の賄賂《わいろ》政治に定信が怒ったからとか言われていますが、それだけでは弱いと思っていた。でもそれで解りますね。田沼は、源内をブレーンに使って、積極的に海外貿易をもくろんでいた。これは封建当時なら絶対的な悪ですよね。鎖国という大義を犯す、祖法破りですから」

「そうですよ佐藤さん。それをあんまり押し進めたら、開国になってしまう。だから海外との貿易なんていう、そういうゆがんだ発想をさせる長崎って土地は、もう悪の権化《ごんげ》、国の病なんですよ、ガチガチの堅物にとっては。

しかし当時の国の財政は貿易赤字です。国の舵取《かじと》り役としては、切実にまとまった収益が欲しかったわけですね。定信ならそれは民を脅して徹底的に倹約させればいい、という素朴な考えだったでしょうが、マクロの経済構造を知る意次・源内のラインは、それでは間尺に合わないと考えていたし、貿易で国を富ませて何が悪いのかと思っていた。当時の日本人としては圧倒的に海外事情に明るい源内の認識では、もう鎖国なんかしていていい時代ではなかった。表向きは鎖国体制のままでも、裏で海外との交易は可能と考えていた、そういうことでしょう」

「輸入削減、輸出拡大」

「そう。今なら当たり前の目標ですが」

「海外貿易というのは儲かりますからね。源内はいろんなもの造ってますよね。エレキテルは有名だけれども、温度計、燃えない布の火浣布《かかんぷ》、アイデアだけなんだけど気球、唐三彩ふうの焼き物とか、源内焼きの壺《つぼ》、金唐革紙《きんからかわがみ》の壁紙、これは革製の海外製品の、和紙を使ったコピーですよね。それからトンボを考案しての錦絵《にしきえ》。こういうもの、考えてみればみんな海外で売れそうなものばかりですよね。全部日本の輸出品として考案したものかもしれないな、彼としては。そうか、そう考えれば源内の発想はよく理解できますね」

「金唐革紙はのちに実際に欧州に輸出され、当たりますからね。ともかくね、源内は幕府相手に何度も輸出拡大の意見書を提出していたらしい。そのためには魅力的な日本製品の開発です。十八世紀の日本というのは経済の大変動期で、バラバラの貨幣体制、出たとこ勝負のつぎはぎ流通機構では経済計画はできないし、発展も望めない。にもかかわらず、国内の生産と流通の規模は、日々爆発的に膨張して、待ったなしです。貨幣統一をはじめ、経済体制の全国統一を急ぐ要があったんです。田沼意次は、これを計画していたんです」

「そうか、そしてその背後には、田沼のブレーンになった源内がいた」

「そうです。財政の富裕化、安定化には蝦夷地やロシアとの貿易が欠かせず、この報告書の秘密を守ろうとして殺人を犯した源内が捕縛されて、小伝馬町《こでんまちよう》の牢《ろう》に収監されている。これで、田沼が源内を助けないはずはないでしょう」

常世田は言って、コップに残ったビールをあおった。

「ああそうか、君はそういうことを言いたかったわけね」

私は言って、うなった。

「そうです。だからね佐藤さん、源内が牢を生きて抜けたと、田沼の差し金で。そういう話は、私は充分にあり得ると思いますよ」

「生きて抜けて、それからどうしていたんですか？」

教授が訊いてきた。

「そりゃまあ、田沼の庇護《ひご》のもとに、どこかに隠れていたんじゃないでしょうか」

「江戸でしょうか？」

「江戸の田沼の屋敷かもしれませんが、でも江戸は危ないでしょう。私が田沼なら、静岡県の、自分の領地に匿《かくま》うでしょうね」

「それから？」

「それからの経緯は解りませんが、田沼は失脚しますからね。パトロンを失って、夢や目標を失った源内が、透明人間みたいになって十五年後にふらりと江戸に出てきて、蔦屋重三郎《つたやじゆうざぶろう》と出会って、写楽になったんでしょうね、そういうことなら」

「どうしてですの？　どうして江戸に？　どうして蔦屋に？　ずいぶん唐突のように思いますが」

「理由は解りませんよ、史料も何もないですから。でも源内に絵心があったこと、絵が上手だったことは確かですよ。ここに彼が描いた西洋婦人の図があります。日本で最初の油絵と言われています。ちょっと先生に似てますかね」

言って常世田は、源内の史料本の印刷物のページを出して、片桐教授にしめした。

教授は受け取り、じっとそれに見入った。

「私に似ているとも思いませんし、写楽の画風にも似ているとは思えませんが」

言って、教授は本を返した。

27

「平賀源内が写楽であるという別人説、これはちょっと無理ですわ」

片桐教授が言った。

「ほう」

常世田が驚いて言う。

「別人説……、お詳しいんですか？　写楽に関して」

「それは、佐藤さんにお話をうかがって、多少は勉強しましたから」

「教授は、プリンストン大で日本学も学ばれたそうなんだ」

　私が補足した。

「ほう、プリンストン大で。そりゃすごい。平賀源内が、写楽登場の十五年も前に死んでいるってこと、これは私も心得ていますが。そういう……」

　常世田が言うと、教授が引き取った。

「もちろんそれもあります。が、そういうことではありません。対話のエコノミーから、生き延びたという前提で話しています。まず第一に、たとえそうでも、何故《なぜ》自分が一時期写楽だったと、源内は周囲に漏らさなかったんでしょうか」

「それは、なにしろ隠れ住んでいたんですから。めったなことは言わない方が……」

「あら、そうでしょうか。どこに隠れ住んでいたのですか？」

「田沼意次の領地のあった、遠州相良《さがら》です。静岡県です」

「そういう噂《うわさ》はあるんですか？」

「はい。小耳にはさんだことがあります。まだこれから調べますが」

「どんな噂なんですか？」

「相良の町に源内屋敷というものがあって、そこで蘭方医《らんぽうい》をやっていたというような……。それから壺を焼いていて、焼き方を土地の者に教えたというような」

「そういう噂はあるのですね？」

「はい。割と言われてます」

「そうなら、源内が写楽であったという噂も、出ていていいように思います。生き延びて医者をやっていたという噂が立つくらいなら、昔写楽という浮世絵師であったという噂が出ても、いけないこととは思いませんが」

「はあ、まあ」

「源内は、秋田藩で蘭画の描き方を教えたりしていますわね。遠州では、絵を教えたりはしなかったんでしょうか」

「絵の話は聞いてません」

「でも十五年もそこにいたわけでしょう？」

「はい、そうなりますね。いやもっとです。八十歳代まで生き延びたと」

「では三十年ですか？」

「もっとですね、三十五年くらいはあります、確か、八十代後半まで生きたと聞きますから……」

「そんな長い間、一度も絵を描かず、自分が写楽であったとも言わなかった……？不自然じゃありませんか？　あんなに洒落《しゃれ》のきつい人でしょう？」

「でも、それなら浄瑠璃《じょうるり》の作品も残してるだろうとか、戯作《げさく》の一編も残ってるだろうとか、そんなふうに言いはじめたら……」

「でも絵は手軽ですよ、浄瑠璃作品書くより。三十年以上その土地ですごしていて、源内が写楽だったという話がひとつも残っていないというのは不自然だと思います」

「そうですかね」

「もし彼が写楽なら、ですけれど。噂がないなら、彼は写楽じゃなかったんでしょう。写楽であったという秘密くらい、当時は何てことないでしょう？　そこまで話が残っているなら、源内先生が江戸で浮世絵師であったらしいという話も、土地に残っていていいように私は思いますけれど。全然ないんですね？」

「ま、私は聞いてないですね」

「ではやはり信じられないです」

「うーん。それじゃ先生、牢抜けして生き延びたという、この点は……？」

「それは、まあ、信じてさしあげてもいいですけれど」

教授は言って、笑った。

「写楽ってことまではちょっと。壺は残っているんですか？　源内が焼いたっていう」

「そういういわれのある壺や、皿が伝わっているって聞きます」

「あなたが源内だったらどうしますか？　長いこと静岡に隠れて住んで」

「私だったら……？」

「浮世絵描きませんか？　芝居絵とか。相良にだって田舎芝居くらいあるでしょう？」

「うーん」

「退屈しのぎの手慰みに。奴江戸兵衛《やっこえどべえ》みたいな肉筆画、描きませんかしら、一枚くらい。祇園町《ぎおんまち》の白人《はくじん》おなよとか、文蔵妻《ぶんぞうつま》おしづとか、そういったもの」

「これはお詳しい」

「そういうものは、遺《のこ》っていないのですか？」

「うん、聞いてません、私は」

「壺だけ焼いて、絵は描かなかった？　ちょっと信じられません。絵を描く方がよほど簡単なんですから。そこに隠れ住んで、彼は何かしようとしていたんですか？」

「ですから、中央にいる田沼侯と組んで、日本の輸出拡大の方策を練っていたと言われます。壺とか皿の試作も、そのためのようです。日本の優良輸出品目を探っていたんです。だから江戸とも、ひそかに連絡を取っていたと思うんですね。それで当人も、江戸へ出る用はあったろうと思います。人目をはばかってですが」

「田沼さんと会うためにですか？」

「まあじかにではなかったでしょうが、田沼の使いの者とですね。そういう時に、蔦《つた》屋《や》と会う機会もあったろうと、私は想像しているんですが」

「ついでに歌舞伎《かぶき》も観《み》たりしたと？」

「そうです」

「源内と蔦屋とは、面識はあったんですか？」

「これはありました。蔦屋がまだ吉原大門前にいた頃に、文化人として勢いがあった源内先生に、『吉原細見《よしわらさいけん》』の序文を頼んでいますから」

「ではその縁故を生かして、寛政六年に源内は、写楽となって蔦屋さんを再訪？」

「はい。だって長い隠遁《いんとん》生活、お金もないでしょうし」

「それはおかしいです」

「おかしいですか？　何故でしょう」

「まず、お金が目的なら、脇《わき》の役者まで描くでしょうか」

「ああ、うん、まあ……」

「そんな役者絵、売れませんよ。源内ならこういう事情、熟知しています。それに蔦屋が、その脇役の絵まで全部黒雲母《くろきら》の背景にして、すっかり出版しますか？」

「なるほど、うーん、雲母摺りは特別待遇ですからねぇ」

「平賀源内筆とは謳《うた》えないんですよ。死んでるんですから」

「ああそうか、そうだよな、ますます売れない」

「お金目的なら役者を綺麗《きれい》に描くでしょう。それにもしそうなら、歌麿や北斎、一九や京伝などが、どうして何も言わないのでしょう、写楽の正体に関して。蔦屋自身も」

「写楽は平賀源内だとですか？　でもそれは言えないでしょう。源内は人をあやめた罪人で、小伝馬町で牢死したことになっているんですから」

「そうでしょうか、事件からはもう十五年も経《た》っています。写楽と源内の組み合わせなんて、有名人同士ですから、江戸の者ならみんな興味を持ちます」

「でも、言えないと思いますよ、心情的に。何しろ殺人犯なんですから」

「解《わか》りました。ではこれはどうですか？　田沼意次は失脚しますね？」

「ああ、はい」

「将軍家治《いえはる》の死を前にして、後ろ盾を失ったせいだと言われます。そして田沼は徹底して処罰されるんですわね？　身分は剝奪《はくだつ》、領地の相良城は打ち壊し、財産はすべて没収、お家のお取り潰《つぶ》しはまぬがれますが、失意のうちに二年後に死亡します。平賀源内の牢死は安永八年、一七七九年です。意次の失脚は天明六年、一七八六年。つまり牢死のわずかに七年後です。源内が生き延び、意次の庇護《ひご》のもとに相良に隠れ住んだにしても、意次という後ろ盾があって、輸出拡大の夢を抱けたのは七年間だけです」

「ああ、そうでしたか」

常世田は、ちょっと肩を落とした。

「それからは松平定信による改革圧政の時代で、意次の政策や考え方は、ことごとく否定され、弾圧されます。写楽の登場は、そういう時代のはずですわね？」

「そうか……」

「写楽登場の寛政六年には、もう意次は江戸にいないんです、彼が死んで、六年も経っていますよ。幕府に源内がつけ入る余地なんてもう当然ありませんから、おっしゃったような意味で、江戸に行く理由はないですわね、彼には」

「そうですねえ、確かに」

「相良で、源内が輸出品をこつこつ造る意味も失われています」

「そうですね、これはがっくりきたでしょう。何のために生き延びたのか」

「蔦屋組の人たちも、そうなると、田沼さんに気を遣う必要はなくなりませんか？

さらに寛政五年、写楽登場の前年には、その松平侯も失脚してるんです。そうなら、写楽現象の数年後にはもう話してもいいように、私は思いますが」

「うーん、そうかもしれませんね。大々的に瓦版《かわらばん》に摺《す》るとかというんじゃなければね」

「はい。『初登山手習方帖《しょとうざんてならいじょう》』でしたかしら、あのあたりになら、ちょっとくらい一九が匂《にお》わしていても不思議はないですわね。こんな面白い秘密が背後に隠れてあるなら。何かメッセージを暗号化してもいいでしょう。蔦唐丸《つたのからまる》に、十返舎一九なんですから。十返舎一九というのは、志野流の香道から、『黄熟香《おうじゅくこう》の十返し』という意味なんでしょう？」

「ああそうですか。これはよくご存知で。では先生、先生のその考え方だと、写楽というのは、その頃になってもまだ誰も口にできないくらいのヤバイ人間が正体だと、そういう話になりますよ。その頃になっても、まだ口にしたらお咎《とが》めが下りそうな危険な人物と」

「そうですわね」

教授は言って、笑った。

「誰ですか？　では。教えてくださいよ」

　すると教授は、笑って首を横に振った。

「それは解りませんし、私に説はありません。あっても述べる気はありません」

「先生、それはないでしょう。人の説を否定するばかりなら、子供にもできます」

「常世田さん、勘違いしないでください」

　教授はぴしゃりと言った。

「はい？」

「私は写楽の研究家ではありません。自分の立場を守りたいのでも、あなた方の説に反感を持って、保身目的で攻撃しているのでもないんです」

「というと……？」

「あなたや佐藤さんが危険だからです。週刊Tや、浮世絵同人研究会でしたか？　ここは必ず、今の私のように反撃をしてきますよ。源内説はすきだらけです。そんな主張をなさるのは危険です。また詐欺師《さぎし》だの、いい加減な男だのと言われます。マスコミのいい餌食《えじき》です。今の佐藤さんの置かれた立場を考えたら、とても見てはいられません」

　そこで私が、横あいから言葉をはさんだ。

「では先生、大阪市立中央図書館地下の、あの福内鬼外《ふくうちきがい》の落款《らっかん》がある肉筆画は、あれはなんだったんでしょうか」

「さあ……」

教授は言って目を伏せ、首を左右に振った。

「それは解りませんが、佐藤さん」

片桐教授は私に向かって顔をあげ、上目遣いに私を見た。いきなりぞくりとするような、磁力的な視線だった。

「あなたはおっしゃいましたわね、写楽の絵は、世界にも例がない、世界中の名画群も持っていない、圧倒的に斬新《ざんしん》な創作メソッドを持っていると。あれは高速シャッター的な視点であり、動の一瞬を定着させようとする創作だと。そのためには、画家は子供のようなういういしさで、舞台上の役者にあいまみえる必要があるって。あの解説には私は感動しました。目から鱗《うろこ》でした。あの考え方で追究すべきです」

「はあ、それはありがとうございます」

私は力なく言った。何故《なぜ》なのか、全身から力が失われていく感覚があった。

「平賀源内は、そういう人ではないでしょう？　浮世絵世界も、歌舞伎世界も、吉原でさえ裏の裏まで知り尽くしていた、俗な文化人でしょう？　違いますか？」

「ま、そうですね」

「彼のどこにういういしさがあるんでしょう。家に旗本を呼んで、芸者をあげて、エレキテルのショウを見せて、お金をたんまり取るような人ですよ。彼が十五年ぶりに蔦屋に接近するなら、これはお金目的でしょう。そうなら脇の役者まで描くでしょうか。そして蔦屋が、その脇役の絵にまで黒雲母摺りの背景をつけて……。佐藤さん、どうかしましたか？　顔色が悪いですよ」

私は、体が震えはじめていた。ゆっくりと立ちあがった。

「すいません、ちょっと……」

何の配慮もできず、いきなり言い、私はよろよろと階段に向かって歩いた。そして手すりにもたれながら、ゆっくりとくだった。

階下の客たちが私を見たはずだ。だが、私には体裁をつくろう余裕はなかった。靴を探し、履き、ガラス戸を開け、急いで路地に出た。

雨がかかる。だがさいわい小降りになっている。もう胃がもたなかった。沸騰《ふっとう》するように波打ち、胃酸が絶えず口に上がってきていた。数歩ほど歩き、暗がりを見つけ、溝に向かってしゃがんだ。しゃがむと同時に、胃の中のものがほとばしった。

すると体からさらに力が抜け、雨が載ったアスファルトに、ぴしゃと両手をついた。またしてもみじめな気分がよみがえり、ああ絶望だ、と声が出た。その時、すっと雨がやんだ。背中に温かな手が置かれ、そして柔らかく、上下に動いた。

「大丈夫ですか？　佐藤さん」

女の声だった。

「ああ、教授、すいません」

私はようやく言った。片桐教授だった。

「先生、ありがとうございます。すいません、でもいいんです、放っておいてください。あの、こんなこととても言えないんだけど、一人になりたくて」

「でも、雨に濡《ぬ》れますわ……。そうか、解った、私が嫌いなんですね？」

「先生、そうじゃない！」

私は悲鳴のような声で言った。

「ではどうして？」

「その……、女の人の香水とか、脂粉の匂いが……、今ちょっと駄目なんです。すいません、気持ち悪くなって。先生のことじゃない。ごめんなさい」

正直に言えば、常世田を手厳しく追及していた教授の口調と、彼女の体から発せられる香水の匂いが、妻の千恵子を連想させたのだ。そうしたら、胃が波打ちはじめた。

「では、傘を置いていきます。どうぞ、さあ持って、これ」

寂しそうに彼女は言って、私は背をまるめてうつむいたまま、手にあてられている傘の柄を、懸命に握った。すると、教授の体がすっと遠のくのが解った。そして、足音がゆっくりと遠ざかった。

28

写楽探しは百家争鳴で、ブーミングは長く続いているのだが、五十年というほどの時間をかけた今でも、写楽が誰であるかの決定打は出ていない。

もう二百年以上も昔の人物なので、調査のしようもないから無理はないのだが、何故このような論争が起こったのか、また写楽の謎《なぞ》とはどのようなものであるかについて、以下でもう一度整理、要約してみる。

一九一〇年、明治四十三年、ドイツ人の美術研究家、ユリウス・クルトが「SHARAKU」という研究書を著して、日本の画家写楽は、オランダのレンブラント、スペインのベラスケスと並ぶ、世界三大肖像画家の一人であると激賞した。

この書物は欧州のジャポニズム・ブームに応《こた》えるもので、さらに一人の日本の才能を新たに欧州に紹介するとともに、浮世絵を軽んじていた当時の日本人を啓蒙《けいもう》して、浮世絵と写楽の価値を思い出させた。そういう意味で、非常に価値のある著作であったといえる。

ところが国内では、外国人に指摘され、あわてて東洲斎写楽なる日本人絵師について調べてみれば、世界的な大芸術家らしいのに、この人物に限ってはまるで何も解らないのだった。記録がいっさい遺《のこ》っていない。

他の浮世絵師たちに関しては、こういうことはない。有名無名を問わず、どのような絵師も、おおよその素姓、すなわち生地や生年、生い立ちや、絵師になるまでのエピソード、板元と知り合った経緯、風貌《ふうぼう》、人柄、性癖などが、大なり小なり後世に伝わっている。ところが東洲斎写楽に限っては、こうした情報が皆無なのであった。文献はもとより、噂話《うわさばなし》の類《たぐい》もない。多くの絵師は、版下絵や肉筆画、習作の類が見つかるものだが、写楽一人、こうしたものも発見されない。

さらに写楽は、寛政六年、一七九四年の五月から翌年正月までの十カ月間のみ江戸に現れ、その間に百四十数点という作品を猛然ともの し、以降忽然《こつぜん》と姿を消している。理由は謎である。そしてそれ以前にも、以降にも、写楽のいた痕跡《こんせき》というものは、江戸にはない。江戸に限らず、日本全国にない。

加えて、無名の彼を大抜擢《だいばってき》、その絵を出版した板元、蔦屋重三郎が、いかなる事情からか、写楽の素姓をいっさい口にしていない。のみならず、写楽が活動していた時期、蔦屋の工房に出入りして、写楽と顔をあわせたはずの絵師仲間、戯作者《げさくしゃ》たち、喜多川歌麿、葛飾北斎、十返舎一九、山東京伝、こうした著名人たちがまた、示し合わせたように写楽について口をつぐむ。

つまりは、写楽なる絵師が江戸に実在したという証《あか》しがまるでない。あるものはただ、クルトに傑作と絶賛される作品群のみである。東洲斎写楽とは、寛政六年の江戸に、忽然とたち現れた幻だった。日本人研究者たちは、こういうことをはじめて知り、広大な浮世絵の海で立ち往生することになった。

写楽は、決してひっそりと活動したわけではない。初期の大首絵《おおくびえ》は、黒雲母摺《くろきらず》りという派手な体裁で大々的に売り出され、続いて役者絵、相撲絵と併せて百四十数点もの作品を、狂ったごとくに量産している。これは作品が売れ、一大ブームを作ったことを示しそうだ。そうでなければ、短期間にこれほどの量は世に出ない。

さらなる不思議は、にもかかわらず、以降写楽の作風を追随するもの、弟子になったもの、影響を受けた絵師がいない。写楽は誰にも似ておらず、誰にも模倣されず、寛政六年の十カ月間のみ、江戸において極北で輝く孤高の一等星のような存在であった。

これを、写楽の作品が売れず、評判にならなかったゆえと理解するか、売れたのだが、あまりに特殊な作風で、他人に真似《まね》ができなかったゆえと解するのかは、議論になる。しかし私は、後世の浮世絵師たちの誰一人として写楽の独創性や、その手法を消化し、血肉となし得なかったことを示すと思っている。

開国と文明開化以降、和魂洋才を謳《うた》いながら、日本人は浮世絵に対しては極端な軽蔑心《けいべっしん》を抱くようになっていたから、江戸版画を無価値と見做《みな》し、多くの作品や資料を無思慮に捨てていた。ゆえに以降、ずいぶんと研究が進んだ現在にいたるも、写楽画と題した版画が何点世に出されたかについてさえ、正確な数字が解っていない。写楽作品は無抵抗に海外に流出して、国内に揃《そろ》っているものですべてか否《いな》かも定かでなく、今後新たに発見される可能性もある。こうした事情が、専門の浮世絵研究家以外の者をも、写楽探究のレースに参加させることになった。

この研究は外国人に指摘されて始まり、自身の無知と偏見ゆえに荒廃を進めたフィールドで、日本人自身が追跡に難儀をして、ついにはすべてを見失ったという、戯画的な側面もある。国を開いた際、ジャンルに愛情をもって史料散逸を防ぎ、地道に研究を続けてきていれば、外国人に指摘される前に解答にいたれていた可能性もある。

そうした中でもクルトの研究書は、写楽の素姓についてよく追跡されており、名は斎藤十郎兵衛といい、江戸八丁堀に住み、阿波《あわ》藩お抱えの能役者であったと結論している。史料皆無という状況下、五里霧中の日本人研究者たちであったから、当初は抵抗なくこの外国人の報告を受け容《い》れたが、戦後になってクルトの江戸歌舞伎《かぶき》に対する知識の浅さや、誤解が指摘されるようになって、写楽・阿波能役者説にも異議が出されるようになった。

まず斎藤十郎兵衛なる人物の実在が、当時は確かめられなかったこと。次に、こういう名の阿波藩の能役者が実在したにしても、彼が絵を描いたという痕跡がまったくないこと。写楽画の下絵などは無理としても、彼の筆による習作画のたぐいさえ、一枚も現われない。のみならず、能役者が絵を描いたという第三者の証言も、噂話さえもない。

そもそも能楽というものは、武士階級という高身分者のご指定式楽《しきがく》であり、精神鍛練のための必須《ひっす》の手習いという位置づけであったから、きわめて格式の高い芸能であった。全国諸藩は、家臣にこれを教えさせるための専属能役者を抱えており、阿波藩のこれが斎藤何某《なにがし》であったということである。そういういわば聖職であるから、仕事の傍ら、当時は下賤《げせん》なる庶民の娯楽であった歌舞伎役者の姿を描き、日銭を稼ぐなどということがはたして許されたか。春画のイメージが強い浮世絵を描くことなど、はばかられはしなかったか。能役者・浮世絵師なる発想自体、封建の世情を知らない外国人研究家の妄想ではないかと疑われるようになった。

能役者、斎藤十郎兵衛の実在は、現在はすでに確かめられている。しかしこのあたりの事情については、すでに述べたように、写楽斎と号する高名でない絵師が江戸八丁堀、地蔵橋に住んでおり、この人物が、名前の近似から高名な東洲斎写楽と混同され、さらに阿波藩のお屋敷に暮らしていた阿波藩お抱えの斎藤十郎兵衛が、独立してその地蔵橋に越してきたため、斎藤十郎兵衛が写楽斎と混同され、そうなると東洲斎写楽とも混同されて、写楽は能役者なりと「浮世絵類考」の写本に書き加えられた。これがそのままさらに書き写されて、斎藤月岑《さいとうげっしん》写本となり、クルトの目にとまった——、事態の真相を、私はこのように推測している。

写楽登場当時の寛政六年、斎藤十郎兵衛はまだ南八丁堀にあった阿波藩のお屋敷内で暮らしており、地蔵橋に越してきたのは少なくともその六、七年ののちであったこと。写楽斎の没年と、斎藤十郎兵衛の没年とは食い違っていること、文献資料によるこれらの傍証は、右の推論の充分な論拠となろう。

「浮世絵類考」写本、文政四（一八二一）年の「風山本」と、文政十年の「坂田本」には注目すべき一文がある。「風山本」の記述を記せば、「写楽、東洲斎と号す。俗名金次。是《これ》また歌舞伎役者の似顔絵を写せしが、あまりに真《まこと》を画《か》かんとてあらぬさまにかきなせしゆゑ、長く世に行はれずして一両年にて止《や》めたり、隅田川両岸一覧の作者にて、やげん堀不動前通りに住す」。

「隅田川両岸一覧」とは、既に述べたように文化三（一八〇六）年に葛飾北斎が著した有名な狂歌絵本で、この写本は、一見するところ「写楽は北斎である」と断じているようだが、北斎のものは「絵本隅田川両岸一覧」といい、単に「隅田川両岸一覧」ならば、これは鶴岡蘆水《つるおかろすい》の著作という話になる。

このように、写楽については江戸期から多くの人が自説を語りながら、そのすべてが伝聞になっていて、写楽についての確たる知識は誰も持っていない。これはとてつもなく奇妙なことである。同じ日本人、何故ここまで情報がないのか。写楽は江戸に暮らしていなかったということであろうが、そうならそうで、集中出版の直後、江戸を去ったなり、死んだなりと伝わりそうである。そういった情報が何もないということ自体、不可解であり、異常である。

いずれにしても、代々「浮世絵類考」の写本をものしてきた江戸期の文化人たちでさえ写楽の正体を知らないなら、このテーマに関する限り、「浮世絵類考」のクルト写本的な位置にある「ＳＨＡＲＡＫＵ」もまた、金科玉条のように守られるべき、最高位の史料とは言えない、そう考えられるようになった。著者による別人説、写楽・歌舞《かぶ》伎堂艶鏡《きどうえんきょう》説への疑問、不賛同も、これを助長した。

北斎説が間違いであるなら、能役者説も間違いであってよい。少なくとも、仮説のひとつとみなしてよい。個人的推察の類は、時代がくだるほどに写本に現れていくが、それらに背を押されるようにして、写楽探しの論争、すなわち自説の開陳競争は、猛然と始まることになる。

写楽の謎の第一は、まずはその画法の独自性である。寛政六年に突如現れ、その流儀は独特で、誰の影響もない。どうして写楽一人にこのようなことが可能だったのか。いったいどこで、誰のもとで彼は絵の修業をしたのか。師匠や弟子仲間がいたのなら、ここからも何ごとか情報が漏れそうであるのに、それもない。

後世の絵師に影響を与えてはいるが、その量は少ない。作風があまりに特殊であったため、追随者も出ていなければ、模倣された痕跡も最小限に留まる。先で述べるが、写楽の流儀は、なまじの才では、手軽に真似のできるものではなかった。そしてこのように高度に洗練された頭脳的な作風を、弟子に伝授できそうな師匠もまた、当時には見当たらない。

彼の描写はリアルで辛辣《しんらつ》であり、浮世絵世界の意識変革であった。それまでの役者絵は、すべからく役者の美貌に奉仕する、いわば広告画である。絵を見た民は、役者への憧《あこが》れを高めるから、芝居小屋に足を運ぶ。舞台を観《み》れば、役者絵にまた手が伸びる。役者絵と歌舞伎とは、そういう相互依存の関係にあった。

ところが写楽はこの慣習を無視し、破壊した。写楽絵に描かれた己を見て、不愉快を感じた役者もいたはずである。写楽があと十人も大首を描き続ければ、小屋と板元との間にトラブルも起こったろう。あるいは記録にないだけで、すでに摩擦は起こっていたのかもしれない。後期にいたるにつれて力を失い、凡庸安全になる写楽画の最大の理由は、実はそのあたりにあるのかもしれない。

しかし初期大首絵に見る、写楽のこうした棘《とげ》のある作風を、歌舞伎世界への深い愛情と理解ゆえ、と説くのが今日の専門家のいわば慣例で、知識と造詣《ぞうけい》が深いがゆえ、彼はここまでリアルに、辛辣に、役者の内懐《うちぶところ》に迫れたとする解説は、いわば冠婚葬祭の祝辞のようなものであった。遠慮なく言えば、専門家はみなこの安全な構文を暗誦《あんしょう》することで、この世界で飯を食った。

しかしその考え方自体いささか逆説的で、これは写楽の名声が、当世あまりに大きく、高くなって定着したものだから、そのように語るのが安全となったゆえであり、このままをもって、まったくの逆も言える。

写楽は、庶民の娯楽の王者、歌舞伎の高度な技巧的達成や、これへの敬意、どれが千両役者であるか、それを目にするありがたみ、などを何も知らない素人《しろうと》であったから、こんなふうに無邪気に、無遠慮に、千両役者の見得切りポーズを面白がれた、と言ってもすんなり通りそうで、むしろそう言った方があちこちで辻褄《つじつま》が合う。たとえば先の相互依存がそうで、この関係を危機に陥《おとしい》れてもいいとする理由は、愛情よりも無知を持ち出す方が遥《はる》かに説得力がある。これを歌舞伎世界への深い愛情ゆえと言いくるめる論調は、いささかのアクロバットを演じている。

画家の無知を語りそうな事実として、こういうこともある。写楽は、寛政六年の江戸で興行があった控え三櫓《さんやぐら》の歌舞伎、五月公演の舞台をそれぞれ描いているのだが、この役者たちを写楽は、千両役者から無名の役者まで、分け隔てなく描いている。これがいわば謎のその二で、この平等対処は、当時の慣習からすればまことに非常識なことであった。

役者絵はブロマイドなのだから、売れるのは千両役者の絵姿だけである。無名役者の絵を描いても、大衆は興味がないから買わない。ゆえに板元も絵草子屋も喜ばない。歌舞伎の世界や、絵草子屋の小売り商いも含めた浮世絵世界の商売構造を知る者なら、こうしたことをする道理がない。

ゆえにこれは、江戸の風潮や、歌舞伎世界をまったく知らない田舎絵師が、そこが何をするところかも知らずに芝居小屋に迷い込み、はじめて観る舞台上の見得切りなどの演技に度肝を抜かれて、どれが偉い役者、つまり絵にしたら売れる役者かなどを知らないまま、驚きと感動のおもむくままに筆を走らせた——、とそう推測した方が合理的だし、しっくりとくる。

こういう考え方はまるで異次元のもので、今日までかけらもなかったが、ためしにこの非常識を言葉にしてみれば、驚くほど自然に響き、思いもかけない説得力を放つ。クルトの言う、写楽はレンブラント、ベラスケスと並ぶ世界三大肖像画家との評価を、私は大げさではないと思っている。私の場合の根拠をひと言で言うなら、彼のもの以外の浮世絵が、これは役者絵、遊女絵、相撲絵、すべてを含むのだが、これらが決めのポーズをモデルがとり、じっとしているところを写した記念写真的静止画像であるのに対し、写楽のものは一瞬の動を的確にとらえようとした、前例のない写真的手法だということだ。

これは他を圧するほどの独自性というべきで、これまでの絵師のものと、発想が根本的に異なる。この様子が、右のような、歌舞伎という芸術に予断をもたない、子供のようなういういしい感性による歌舞伎との初対面、またその驚きによる創作の衝動、といったまことにあり得ない空想を、私にさせるのである。

同時に、そうであるからこれは、歌舞伎世界ともたれ合った広告画でなく、役者にポージングなどの協力を期待しない、観客席からのゲリラ的な描写、という印象も私にもたらす。

もっとも、たとえそうであってもこれは、写楽の天才ゆえ、のみの産物ではなかったろう。歌舞伎という、日本に独自の芸能の特殊性にも支えられている。彼の大首絵は、多く役者の筋肉が最も力を溜《た》め、そのゆえに動きを凝固させた、その一瞬の活写となっているわけだが、歌舞伎は、「見得を切る」という独特のことをするので、定期的にこの瞬間が訪れる。ここに強い面白さを感じ、ちょうどこの刹那《せつな》に写真機を向けて、シャッターを切るようにして役者の一瞬を画面に定着させた、写楽の筆にはそうした発想のものが多い。

江戸期に、すでにこうした写真的ともいうべき先進発想を持てたことは驚異であり、正しく天才の発露というべきだが、同時に歌舞伎の持つこの見得切りという独特の所作が、画家にとってそれほどに魅力的、印象的であったということであろう。

　そう考えれば、歌舞伎という日本独自のこの芸術が、写楽という希《まれ》な絵師の感性を強く刺激して、こうした天才的着想を引き出した、というふうにもいえる。つまり世界三大肖像画家と、その世界的傑作群は、こういう幸運な出会いによって誕生した、そういうふうにも理解ができる。

29

　見得切りという歌舞伎に特有のアクションは、画家にとって、強烈に魅力的な写生対象であったろう。十八世紀、世界中にこれほどに面白いモデルはいなかったはずだ。画家は、基本的には対象物が静止していてくれないとうまく描けない。しかし、人間を描こうとするのに、毎回花瓶の花のように対象物をとらえ続けていては創造的でない。しかし動いているものの写生はむずかしいから、無理をすれば想像画となる。

　ところが日本の歌舞伎は、極限的な動を封じ込めた静、「見得切り」という動作を頻繁に行う。極限的な筋肉の力をもって、しばしばフリーズしてくれるのだ。まるで描いてくれと言わんばかりのモデルの静止——。もしも力量を持つ画家が、人間のこんな動作に生まれてはじめて接したならば、さぞや驚き、激しく創作意欲を刺激されたことであろう。写楽絵に内在する力とは、要するにこの新鮮な驚きが持つ素朴な感動の力、それゆえの強い創作衝動である。

付言すれば、こうした動的対象へのシャッター・チャンス的創作動機は、欧州の綺《き》羅星《らぼし》の名画群も、背後に持ってはいない。これらは写楽以外のわが浮世絵群と同様、すべてといってもよいほどに、記念写真的な静止画だ。これら欧州産の絵画の、名画なりの称号は、動をカンバスに定着させようとする斬新《ざんしん》発想によってではなく、表現時の絵筆の技巧によって獲得されている。例外もあるが、極めて少ない。またそれも、写楽ほどうまくはいっていない。

これが、写楽作品が後世人によって模倣されなかった理由である。いかに中央に寄った黒目を描き、かたちを真似《まね》ても、強い力の集中ゆえに硬く凝固した筋肉、それゆえに生じた肩や体のいかりまでに着目して描かなくては、写楽の視線や思想を体得したことにならない。ブロマイド作風に馴《な》れた後世の絵師たちは、このことについに気づけなかった。ゆえに、模倣もまた起こらなかった。あるいは、起こらなかったように見えている。

しかし模倣は、実は成されようとしていたのだ。絵師によっては、模倣が成ったと思っている作があるかもしれない。だが写楽流儀の基本構造が解《わか》っていなかったがため、誰の目にも違う役者絵ができているだけなのだ。

このように、日本の浮世絵群にあっても、世界の名画群にあっても、写楽絵だけは飛び抜けて変わっており、これはまったく新しい創造精神によって表現されている、と言って言いすぎでない。だから世界三大肖像画家の一人だと私も考え、クルトの評価にすっかり同意するし、対象を写す精神の新しさ、その革新性、今日性から、三人中の第一位に推してもよいとさえ思っている。

私見だが、こうした写楽の独創性が、これまでにそれほど指摘されていないのは、つまりはそれは気づかれていないということだが、理由があり、写楽は、欧州名画群とは違って、版画であるということだ。これは油絵やテンペラ画とは圧倒的に異なる背後事情で、絵が大衆アートとして世に出るまでには、その手前に彫師、摺師《すりし》の手が介在する。先述したような仮定がもしも当たっているなら、写楽の場合は写し師も、介在した可能性がある。

当時の日本の、彫師、摺師という高度な技術者集団は、写楽以外の絵師の版木を日常多く彫り、また摺りしているのだから、ヴェテランにいたるほどに確たる自分の線や、像を持ってしまう。そういう彼らが介在すれば、どれほどに個性的な下絵であろうとも、最終的なできあがりは他の版画作品と接近してしまう。世に出た最終的な摺り画像には、彫師、摺師のイメージが強く影を落とし、彼らの線を持つ絵に変わる。革命的な下絵であっても、その描線は、彼らの熟達した浮世絵線に整理されるのだから、他絵師の標準作に近づいてしまう。それが、爆発的な内部を持ちながら、妙にまろやかな外郭描線の写楽画の理由であると、私は考えている。この辛辣な描写精神なら、下絵はもっとごつごつとんがった描線を持っていたはずと、私は信じている。だから写楽画の場合、鑑賞する側が、積極的に作の内面深くにまで分け入っていき、彫師、摺師の仕事に惑わされず、その背後に存在した肉筆下絵の残像までを観《み》ることをしなければ、その圧倒的な独自性、他とまったく異なった創作精神にまでは気づきがいたらない。

たとえば歌麿と写楽とでは、その創作精神は、スポーツで言えばゴルフとフットボールくらいに違う。しかし版画となった今、一見しただけでは両者の違いは目立たない。写楽版画が世に出るまでの中途に、持つ線が歌麿と似た彫師、摺師が介在しているからだ。蔦屋という同じ板元であることを考えたなら、実際に同じ彫師、摺師が二人の絵を担当した可能性も充分にある。

つまり、版画であることが真相を埋もれさせている。強い力のこもった、太かったかもしれない原画の線を、細く流麗な一本の描線になぞってしまった写し師、そしてその後を受けた彫師が、写楽の秘密をすっかり隠蔽《いんぺい》してしまった。画期的な思想の写楽画を、ジャンルを充《み》たす凡庸な浮世絵群に埋没させた、そう私は考えている。

いささかファンタジーめいた、あり得ない空想ではあるものの、述べてきたようなことが、万が一にも真実であったなら、いわゆる別人説言うところの、写楽は歌麿だ、北斎だ、一九だ、京伝だといった考え方は、真っ先に否定される。彼らは江戸文化の専門家中の専門家で、歌舞伎《かぶき》ともたれ合っていた浮世絵世界の商売構造を熟知していた。到底ういういしい子供のような気分で、歌舞伎世界と初対面できた道理がない。

歌舞伎のなんたるかを少しも知らぬ、ういういしい子供のような感性の天才画家と、歌舞伎役者の見得切り演技との初遭遇、それによって歴史的傑作、「奴江戸兵衛」は生まれた——。

きわめて魅力的なストーリーだが、これは机上の空論であり、現実にはあり得ない。十八世紀末の日本に、成人するまで歌舞伎をまったく知らずにいる人間など、いようはずもないからだ。

芝居小屋は、相撲、吉原と並んで、江戸庶民の暮らしの中心軸であり、輝ける娯楽の王道であった。誰もがこれらに強い関心を抱きながら成人するから、歌舞伎の見得切りなど、小さな子供でも知っている。生まれたばかりの赤児《あかご》なら知らないことだが、赤児にあのような絵は描けない。これだけ達者な絵が描けるようになるまでには、短からぬ人生を送ってきているから、その間に歌舞伎世界を含む世の一般常識は、深く身につく。

さらには、どれほどの田舎絵師であっても、精神障害者であっても、花のお江戸に出、人並みに知能を回復していれば、その風俗や出版界の事情、歌舞伎世界の内実くらいはたちまちにして心得る。小屋に案内した者も、どれがスターかくらいは教えるであろうし、それ以外の役者の絵を描いても板元は喜ばないぞ、くらいの耳うちはするであろう。耳が聞こえない人物であったのなら知らないが。

かりに辺鄙《へんぴ》な場所にある屋敷の座敷牢《ざしきろう》にでも赤児時代から収容され、世間とまったく隔絶されてすごしていた精神障害の患者がいたとする。成人後、彼に奇跡が起こって突如完治し、天才的な画才を獲得して江戸に出てきたとでも仮定してみよう。ではそういう無名の田舎者が、どのようにして江戸一の板元、蔦屋と知り合うのか。当時の蔦屋は、歌麿、北斎の逸材を擁し、食客にはあの十返舎一九までを抱えて、今をときめく花のお江戸の超大物文化人だったのだ。簡単には近づけないであろう。

これもまた、何ごとか劇的な幸運があったとする。うまく蔦屋と出会え、絵を見せることができ、蔦屋は彼の才能に驚き、出版を決意した、ここまではよい。しかし蔦屋は、その絵に黒雲母摺《くろきらず》りの背景を持たせるという、破格の待遇で売り出すのだ。ぽっと出の無名絵師が、江戸一の板元から、いきなりこういう待遇を与えられることはあり得ない。これは歌麿、北斎、広重など、当代一流の絵師の作に対する処遇であって、寛政六年当時なら、一九、馬琴あたりが絵を描いてきても、蔦屋はやらなかったであろう。この二人もまた、この時の写楽がそうであったろう駆け出しの若輩だ。馬琴も一九も、三十になるかならないかといったところだ。

しかも写楽の下絵には、千両役者ばかりでなく、無名に近い脇役者《わきやくしゃ》の顔も含まれていた。無名の絵師が描いた無名の脇役、蔦屋は当然これらははねるであろう。ところが驚いたことに蔦屋は、これら脇の役者絵もはずさず、すべてに黒雲母摺りの背景を持たせて、大々的に売り出す決意をするのである。

思考実験を、さらに進めてみる。かりに当代一の超大物絵師、歌麿がぼうだら長左衛門を描いてきたとしたらどうであったろう。やはり黒雲母摺りの背景を持たせて世に出したろうか。

おそらく、そうはしなかったであろう。歌麿が描いてきてさえ、脇役者の絵なら蔦屋ははねるか、そうはしないまでも、雲母《きら》は入れなかったと思われる。そうならこの不思議は、なまじの別人説でも解消しきれないことになる。何故《なぜ》なら当時、歌麿以上の大物絵師はいなかったからだ。写楽の正体を、考えられる限り最高の大物、歌麿に比定してさえ追いつかないとすれば、京の帝《みかど》か、丸の内の将軍がぼうだら長左衛門を描いてきた、とでも考える以外になくなる。

すでに述べたことだが、写楽画は、歌舞伎という芸能をまったく知らない素人《しろうと》が描いた絵だと私は感じる。が、そのような絵が巷間《こうかん》に存在すること自体はかまわない。問題は、これらを一点漏らさず、それも黒雲母摺りという最高の豪華待遇によってすべて世に出したという、プロ中のプロ、江戸きっての板元の判断こそが最大の謎《なぞ》であり、理解が届かない。

歌舞伎と役者絵の相互依存の関係を知り尽くす職業出版人の蔦屋が、両者の関係を危うくしかねないような危険な刊行を敢《あ》えて行う。こんな冒険をおかす、いったいどのような理由が写楽画にあったものか。

ほころびはさらに続く。とてつもない幸運により、この不可解な無名絵師が、大物蔦屋のきまぐれの厚遇を得、一夜にして時代の寵児《ちようじ》になったとしよう。そうならこの絵師は、この大幸運を生かし、その後もばりばり創作を続けて、金を稼ぎ、満天下に名を轟《とどろ》かせるのではないか。蔦屋としてもこれを望む。ところが絵師は、わずか十カ月で忽然《こつぜん》と消えうせるのである。これも常識では理解ができない。

それだけではない。百歩千歩を譲り、そのような奇跡と偶然が、たまたま寛政六年のお江戸で折り重なり、春の珍事が生じたとしてみる。そういうことなら蔦屋一派、歌麿、北斎、一九、京伝、あるいは蔦屋自身、そばで写楽現象の一連の経過を見ていたこの者たちが、何故写楽について、いっさいの口をつぐむのか。これだけ特殊な人間なら、大なり小なり話題にしそうではないか。写楽とは何者で、どこで生まれ、俗名を何と言い、どのような経緯で有名文化人、蔦屋と知り合ったのか、また性質、人となりはどうであったのか――。こうした内容を、以降の彼らがまったく語ろうとしない。これがまた謎だ。

かつて松本清張が言ったように、この無名絵師に再び強い精神障害の発作が訪れ、この頃越後《えちご》にあったという狂疾院《きようしつゐん》にでも再収容されたか、あるいは狂い死にしたとしてみる。そうならそのように、先の蔦屋一派の者たちが語りそうである。画才ある一狂人のこうした顚末《てんまつ》を、話題にしてならない理由があるようには、私には思われない。ただし、写楽の発掘登用が、蔦屋のまったくの見立て違いであり、魔がさした大間違いであったとすれば、とりあえず謎は消える。大々的に金をかけ、写楽の作を世に問うたが、まったく受けず、売れもしなかった。そうなら蔦屋グループが無言でいることに不思議はなくなる。

「浮世絵類考」の記載、「あまりに真《まこと》を画《か》かんとてあらぬさまにかきなせしゆゑ、長く世に行はれずして一両年にて止めたり」とも一見呼応する。寛政六年の江戸で、写楽ブームなどはなく、ゆえに写楽の名はすぐに忘れ去られ、こういうことなら蔦屋出入りの者たちに、あれが誰であったかなど、証言する必要がそもそも生じない。

十カ月で消えたことも、売れなければ当然で、後世の絵師への影響が乏しいのも当たり前だ。写楽は時代を作ってなどいなかったからだ。そうなら真似をしたい衝動など、誰も持たない。

だが、やはりこれは違う。写楽作品には異版が多い。まったく売れなかったのであれば版木はひとつで終わり、多くは削られて別の絵に再利用される。売れれば版木が酷使され、木が摩耗するからまた同じ版を新たに彫る必要が生じる。人気のない版画の異版を作ることはあり得ない。写楽画、特に初期の大首絵《おおくびえ》に多い異版は、この一連の作がよく売れたことを示している。

これは浮世絵の鑑賞法とも関係がある。当時浮世絵は、壁には掛けられず、今日の週刊誌のグラビアのように、手に持って間近から鑑賞された。壁にかけられていたなら、醜女《しこめ》の絵は売れなかったかもしれない。

享和《きょうわ》二年、写楽の消滅から七年が経《た》った一八〇二年に、式亭三馬が著した「稗史億説年代記《くさぞうしこじつけねんだいき》」で三馬は、多くの弟子を持ち、一大系譜を作った絵師たちの中にまじえて、写楽を独立したひとつの島のかたちで表わした。

まったく売れもせず、世間に名を憶《おぼ》えられることもなかった絵師であれば、こうした待遇は考えられない。三馬は地図に写楽の文字など入れず、土地も与えなかったであろう。一世を風靡《ふうび》し、しかし弟子も取らず、強烈な個性を発揮しながらも流派を作ることのなかった孤高の絵師であったればこそ、三馬は写楽に孤島をひとつ与えた、そう解釈できる。さらに憶測を発展させれば、孤島・写楽という着想から敷衍《ふえん》して、浮世絵師たちの地図という趣向を、三馬は思いついたのかも知れない。

栄松斎長喜《えいしょうさいちょうき》作の美人画、「高島屋おひさ」が持つ団扇《うちわ》の中の写楽画、肴屋五郎兵衛《さかなやごろべえ》像の例もある。写楽絵への一般の馴染《なじ》みがなければ、あのような趣向に意味は生じない。

後世の絵師に、写楽作風の影響がまったく見られないわけではない。述べたように写楽以降、両の黒目が中央に寄った姿で、役者絵は多く描かれるようになっている。いっときにせよ写楽絵が評判をとらなければ、こうした現象も現れまい。

「あまりに真を画かんとてあらぬさまにかきなせしゆゑ、長く世に行はれず」も、「一両年にて止めたり」と聞く事実の理由を、個人的に推察しているばかりで、これが史実だとはどの筆耕者も言ってはいない。また売れなかったがゆえに止んだ、とも言っていない。

こうしたことが写楽の謎である。どのように考えても、どこかに破綻《はたん》が生じ、隘路《あいろ》に迷い込む。ことが写楽の場合、全編を破綻なく鮮やかに貫く、一本の太い解答がどうしても作れないのだ。だから多くの才能が長くこの謎に引きつけられ、知恵を絞りながら迷い続けた。

いずれにしても私は、先に述べたような非権威的な解釈に、実のところ研究学芸員時代からひかれ続けた。写楽画の独自性は、歌舞伎世界への深い愛情と理解ゆえとするような、皮相的でおざなりな了解は、いわば権威化した定評への政治的配慮であり、自身の立場や、給料の保全にもつながる。野《や》に下ったからこそ、こうした発想も私は自身に解禁した。この点だけは、自由な現状をありがたく思う。

今日支配的な権威的発想は、絵師写楽自身や、板元蔦屋の柔らかな着想、蔦屋自身はこれを「茶」と称し、「万事茶でなくっちゃいけねぇや」などと言ったが、こういう原点の柔軟と大いに隔たりがあって、率直に言えば動脈硬化を起こして感じられる。

そして、写楽は世界に誇るわが最高級の芸術なり、の辻褄《つじつま》合わせに、あちこちで四苦八苦している印象だ。あの世界に暮らしていた間中、私はこの違和感を抱き続けた。

30

数日後、私は、常世田の運転する車の助手席にいた。彼が電話をしてきて、静岡の相良《さがら》に行ってみようと私を誘ったのだ。相良在住の郷土史家で、川原彦次郎《かわはらひこじろう》という人物と知り合ったからと言う。

東名をひた走り、富士が見えてきたあたりで、常世田は言った。

「相良に行くなんて言ったら、あの東大の先生はオカンムリになるかもしれませんがね」

「まあこれが、まだ平賀源内に固執して、遠州相良に向かっているってのならだけどさ」

私は言った。

「平賀源内、駄目かなあ。でも今は、ほかにすることがないですよ。自分が写楽だったって、なんで周囲に漏らさなかったのかと問われてもね、そんなこと言った日には、別人説、全部駄目ですよ。いや、〝写楽は写楽〟説も駄目です。そばで見ていた蔦屋《つたや》工房組が、何で写楽が誰だったか言わないんだ、なんてことまで言いだしたら、蔦屋自身説も駄目だし、死亡説、発狂説、全部駄目です。もう完全なお手上げですよ。その質問は、すべてにとどめ刺しちゃうんです」

聞きながら、私は黙っていた。

私の考えは、ゆるやかに変化しつつあったのだ。その通りだ。源内かどうか——、そうではない。別人説という発想自体に首をかしげるようになっていた。そういうことではない気がする。別人説、〝写楽は写楽〟説、そういうことではない、もっと、圧倒的に違う何かだ。発想の根源的な転換が必要なのではないか。

これまでのみな、常識にとらわれすぎ、全員が隘路に入っていたのではないか。その誤りは、聞けばみながあっと言うような、ごく単純なことではないか。そんな思いが去らない。この謎《なぞ》は、常識から自由にならなくては決して解けない気がする。しかし、ではそれはどんなものかと問われても、今はまだ困るのだが。

「でも写楽の絵は、現実に存在してるんです。誰も秘密を漏らさなかったから、写楽の謎ってもんが生じているんじゃないですか。そうでしょう？　だんまりの理由を探せって言われても、あるわけないですよ。あったらこれまでに誰か言ってますよ。まあ写楽登場の寛政六年には、パトロンの田沼も、それを追い落とした松平定信もいないというのは、確かにまずいですけどね。あの先生、さすがに東大の教授で、鋭いとこ突いてきましたよね。専門外なのにね。あれ聞いてて、私としても、これはもう源内説は無理なのかなあと一瞬思いましたよ。でも無理としてもね、とことん洗いたいじゃないですか」

私は富士山を横目に観《み》ながら、腕を組み、黙って考えていた。

「佐藤さん、何考えてます？」

問われて、私は常世田の顔を見た。

「いや、じゃああの肉筆画は何なのだろうと思ってさ」

すると常世田は、前方を向いたまま、うなずいている。

「あの紙が江戸期のものであることは疑いがない。それは保証できる。ではどうしてあんなものが存在するのか？」

「ともかくね、もう書きはじめてくださいよ佐藤さん。別人説の線で。結論は誰になろうとです、それは先で書き加えられるでしょうから。序論とかね、写楽という人物や現象の、一般的な解説なんか、今でも書けることはいろいろとあるでしょう」

私はうなずく。それはそうだ、いくらでもある。

「結論はあとで書けばいい。解明が進んでから。写楽現象の佐藤さん流の受け止め方、解析、そういうのをまず書いててくれませんか」

「もうやってますよ」

私は言った。しかし、口には出さずにおいたが、果たして間に合うかなと考えた。

サービスエリアで昼食をとったりしながら、相良牧之原《まきのはら》インターチェンジで東名をおりた。常世田は道端に車を停め、サイドブレーキを引いてから、携帯で川原に電話をした。しばらく話していたが、じきにまた走りだす。

「この四七三号線を、海の方に向かってしばらく行ったらコンビニがあるので、その四つ辻《つじ》のところに出て待っているそうです」

四つ辻か、と私は思った。源内を探して、江戸にやってきたようだ。

左手にコンビニが見えてきた。店の前に停められた自転車が何台か見え、その手前に白髪の老人が立っていた。常世田は減速していき、老人の前に車を停めた。

「川原さんで？」

窓を開けて、常世田は訊《き》く。老人は小柄なので、ドイツ製のワンボックスカーの助手席からは、姿が見えなくなった。そうだと老人が応《こた》えている。それでドアを開け、常世田はおりて、S社の常世田ですと挨拶《あいさつ》をして、名刺を渡している。それから後部座席のドアを開けた。

老人が乗り込んでくる。常世田もまた乗ってきて、浮世絵の研究をしてらっしゃる佐藤貞三さんですと私を紹介した。私は老人と、互いに頭を下げ合った。

「そこ、左に行ってください」

と老人は指示した。

「その先に社会福祉センターがあります。その駐車場が使えますからね」

福祉センターの駐車場の端に車を入れ、われわれは車をおりて、あらためて名乗り合った。かすかに潮の香りがする。海が近いのだろう。

「源内さんのことを、お調べで？」

川原は尋ねてくる。

「はい。田沼意次《おきつぐ》の時代に、彼の庇護《ひご》のもとに源内が生き延びて、ここに隠れ住んでいたという話を聞いたものですから。これは、かなり信憑性《しんぴょうせい》のあるものなんでしょうか」

「まあ土地の私らはね、信じております」

言って、川原はうなずく。

「この先に源内屋敷というものも残っておりますからね」

「源内屋敷」

「まあ、言い伝えです。ご案内しましょうか」

「是非」

それで老人は歩きだし、私たちはついていく。

「証拠の品なんてありますか？」

歩きながら、常世田が訊く。

「それはいろいろあります。壺《つぼ》やら皿やら。でも決定的な証拠と言われるなら、ないですな」

「決定的、というと」

「そりゃ、平賀源内と名前書いたもの、まあそうじゃなくともですな、鳩渓《きゅうけい》とか、風来山人《ふうらいさんじん》とか、そういう号でもいいですが」

「そういうものはない……」

「ないですな」

川原は残念そうに言った。

「昔浮世絵師だったというような書付だの、噂話《うわさばなし》なんかはないですか？」

常世田が訊くと、川原は、びっくりしたように立ち停まった。

「浮世絵師？」

「はあそうです、ないでしょうか」

「そりゃ、聞いたことないなあ、わしは」

と言って、また歩きだす。

「誰かほかの方はいかがです？　土地の」

「ほかの人も聞いてないでしょうなあ、そういう絵描きなんて話は」

「一度もない？」

「一度もないなあ」

「ここで、源内さんは何をしていたんでしょうか」

私が訊いた。

「そりゃ、意次さんの手伝いですな。彼のブレーンとして、幕府の財政の立て直しです」

「まあ、元禄《げんろく》バブルの後に、幕府は大きな財政難を迎えますね」

「そうです。これはもう、とんでもない財政難です。それで将軍吉宗が、享保《きょうほう》の改革をやります。江戸時代には三大改革というのがありますが……」

「ええ、あとは松平定信の寛政の改革、水野忠邦の天保の改革」

「そうです。でもいささかでも功を奏したのは、享保の改革だけと言われてます」

「吉宗は徹底して倹約をしますね」

「まあそうなんですが。大奥から美女五十名の名簿を出させたり、なんてね」

「美女五十人の、なんでです？」

　常世田が問う。

「大奥のお女中たちは、将軍の目にとまると思って興奮したんですが、吉宗はその五十人に、即刻ひまを出してしまう。それだけの美女なら、すぐに縁談がまとまるであろうということで」

「ああ、なーるほどね」

「でも倹約令だけじゃ駄目なんです、そういう発想だけじゃ。享保の改革ののちに老中となった田沼さんは抜本的な財政再建を断行しようとして、まず年貢《ねんぐ》の増収をはかります。でも増税は無理だから、これはしないでおいて、新田の開発ですね。印旛《いんば》沼《ぬま》、手賀沼の干拓、それから蝦夷地《えぞち》の開発です。田を増やして増収につなげようとします。

　そして儲《もう》かっている豪商への課税。それに通貨の統一ですね。当時の日本は、西の銀と東の金で貨幣規格がバラバラです。これは国がふたつあるのと同じですから、『南鐐二朱判《なんりようにしゆばん》』という、金貨の通貨単位で通用価値を示した銀貨を発行して、通貨の統一をはかるんです」

「江戸と大坂では、当時は金の使い方も全然違っていましたね」

私が言った。

「違ってました。江戸では、細かな金の払い方ができなかったんです。通貨制度の不備で、お釣りもうまくもらえない」

「いきおい大雑把になって、それが宵越しの銭は持たない、なんて江戸っ子の気風も生んでいく」

「そういうことです。田沼さんはそれを改めさせようとした。それから貿易拡大ですね。中国の生糸やオランダの商品を大量に輸入するので、国内の金銀がどんどん流出していた。貿易赤字です。財政逼迫《ひつぱく》の原因は、これもあったんです。だから海外から金銀を取り戻そうとして、長期計画を立てるんです」

「これは、新井白石なんかもやっていましたね」

「そうです。でも白石のは、長崎での輸入量の制限です。これは従来型の禁止罰則発想で、うしろ向きです。こんなじゃ駄目なんです、全然おっつかない。田沼さんは、この逆をやったんです。輸入の制限じゃなくて、輸出の拡大です。あわび、なまこ、ふかひれなんて中華料理の食材の輸出を、大幅に拡大したんです。これらは当時俵ものと言ったんですが、俵ものは非課税にして、生産を大いに奨励したんです。あとは銅山を開発して、銅の輸出拡大ですね。それでもって金貨、銀貨を買い戻した。それと、忘れてならないのは文化政策の自由化ですね。蘭学《らんがく》の禁を廃して奨励した。それで『ターヘルアナトミア』なんかが訳されて、『解体新書』が出るんです。これで日本の医学が大きく進みましたし、それまで大量に輸入されていた薬草の国産化推進とか、そういうさまざまな意義深い発展があったんです。

　そういう流れの中で、平賀源内先生が、田沼さんの目にとまったということですね。源内さんは、こうした田沼さんの政策、すべてにかかわっています。田沼さんは、禄高だの家柄だの、そういう瑣末《さまつ》にはいっさいこだわりませんでしたから。能力本位なんです」

「そう聞けば、確かにこれは日本大改造ですね。政権への源内さんの起用は、海外への輸出拡大プロジェクトのブレーンとしてですね」

「ひとつにはそうです。温度計だの火《か》浣布《かんぷ》だの、壁紙だのの製作……」

「確かにそういう製品、行き当たりばったりの思いつきじゃなさそうですよね。外国に買わせることを想定しての発想ですよね、いわば売れ筋商品の開発」

常世田が言った。

「そういうことです。こんなもの、江戸期の日本人はまだ買いませんよ。外国人だから買うんです」

言いながら川原は、道を折れ、路地に入り込む。老人は、脚が達者のようだ。

「そして海外貿易なら、一挙に巨大な利益を上げることも可能なんです。国内とじゃ、市場の規模がまるで違います。これは桁違《けたちが》いですから、すみやかに国を富ませることも可能になる。そうしておいて通貨制度、文化、政治形態、こうしたものの改革をどんどん押し進めていたら、いったいどれほど日本のためになっていたかしれません」

「そうだよなあ」

常世田が感心したように言った。

「田沼さんて、誤解されてるんでしょうかね。賄賂《わいろ》取りの腹黒い政治家って、ダーティなイメージが強いじゃないですか」

「誤解ですよ。田沼さんは、とんでもなく有能な政治家です。日本の未来のグランドデザインをしっかり描いていた、唯一《ゆいいつ》の政治家です。でも、あんまり進みすぎていたもんでね」

「失脚しますよね」

「そうです。徹底して否定されて、ここにあった相良の城も打ち壊されます。まだ築城から八年しか経《た》っていなかった、新しい城なのにね。進歩的な政策も、だからことごとく頓挫《とんざ》します。貨幣統一、輸出拡大、すべて明治維新まで待たなくちゃならなくなったんです」

「そうだ、のちに維新政府がやったことですよね。やっぱり間違ってはいなかったんだ」

常世田は言う。

「百年進んでいたんです。もうひとつあるんですよ、百年後に維新政府がやったこと、それは中央集権国家の完成ですね」

「中央集権ですか」

「幕府の税収拡大というなら、確実な方法があるんです」

「それは？」

「それまで幕府は、幕府の直轄《ちょっかつ》領地、いわゆる天領からしか税を取っていないんです。諸大名からはまったく徴収していない。だからこれをやれば、たちまち大幅な税収アップになることは間違いないんです」

「ああそうか」

「結果として、これは中央集権化です。田沼さんはこれをやろうとしていたんです。それで全国から嫌われた。成り上がりの田沼を面白く思わない勢力、たとえば御三家なんかと結託して、追い落とされたと考えられます」

「ふうん」

「ここまで遠大な計画となると、これは源内先生の知恵も、かなりあったんじゃないかと思うんですね」

「ブレーンとしてのね。そうですね、確かにこれができていたら、明治維新は違ったかもしれないな」

「そうですよ。国が貿易しないから、外国産の近代兵器が薩長《さっちょう》にばかり渡ってしまった。外国の情報がないから軍事力に大きな差がついた。みな外国に目を向けなかった罪です。それから、もうひとつは嫉妬《しっと》ですね。田沼さんは、歌舞伎《かぶき》役者顔負けの美男子だったんです。大奥でも大人気で、それで嫌われたということもありますね」

「ああそうか、嫉妬ね」

「あれです」

言って川原は、路地の行く手を指差した。古い土蔵が見えてきていた。

31

土蔵には窓がなかった。この点で、まず私は首をかしげた。窓のない建物に、人が住めるだろうか。

土蔵はいかにも古びていて、上部は白壁だが、下方は板壁になっている。そういう全体が石垣に載っており、板《いた》が傷み、割れて、あちこちで剝落《はくらく》しかかっている。

「古いですね」

とだけ私は言った。川原はうなずく。そしてすたすたと土蔵の前の道を行く。

土蔵は四つ辻《つじ》の角に建っているのだが、足もとの石垣に沿って、小さな川が流れている。川に面して大きな扉があった。石垣の上だから、扉は道からはかなり上方になる。しかし扉の前には階段も橋もない。不思議な造りだ。

われわれ三人は川に沿って歩き、土蔵の前をすぎ、川にかかった小さな石橋を渡って土蔵が建つ民家の庭に歩み込んだ。そう広くない庭を横ぎっていき、これも古びたふうの大型の木造家屋の、玄関のガラス戸を川原は引き開けた。

「小守《こもり》さん、お邪魔をしますよ」

と奥に声をかけると、もう話を通してあったのか、奥からやはり白髪の小柄な老人が、早足で出てきた。下駄を突っかけて彼が土間におりるのを、私と常世田は表に並んで見ていた。

「小守さんです」

と川原がわれわれに紹介してくれるので、われわれはまた頭を下げ合い、名乗り合った。

「あの蔵が、源内屋敷と言われているんでしょうか」

指差し、常世田が小守に尋ねた。見ると、蔵は庭側にも窓がない。

「はいそうです」

と小守は、かすれた声で言った。体がよくないのか、小守は絶えず笑みを浮かべ、柔和な印象ではあるものの、元気がない。腰も曲がり、声も聞き取りにくい。

「意次さんの庇護《ひご》のもとに牢抜《ろうぬ》けして、ここまで落ち延びて、源内先生はずっとここに隠れて暮らしていたと、そういう言い伝えになっております」

小守は、われわれがもう心得ていることを言った。

「死ぬまでですか?」

「そうです。うちの先祖は田沼さんの家臣だったものですから」

「この蔵に隠れて、何をしていたんですか？　源内さんは」

「医者です。蘭方医《らんぽうい》。ここで村人の病を診てやっていたという話ですな」

「ほう。まあ源内さんは、杉田玄白《すぎたげんぱく》、前野良沢《まえのりようたく》なんかとも親交があったわけですからね。当時最新の、蘭方の医療知識も持っていたでしょうから。中を拝見させていただいても？」

常世田が言うと、小守は無言でうなずき、蔵に向かって歩きだす。歩きながら大儀そうにポケットから鍵《かぎ》を出し、庭に面した蔵の入口に下がった、大型の錠前に差し込んでいる。

はずれた錠前を左手に持ち、重い扉を全身を使って横方向に引き開けようとすると、彼はわれわれと面と向かうかたちになった。われわれの背後にある庭をぐるりと手で示し、

「それで当時は、ここらはずっと薬草が植わっていたと言います。薬草園になっていた」

われわれは、示された庭をぐるりと見た。

「ああそうですか。村人の症状によってその薬草を」

「そうです。煎《せん》じたり、粉末にしたものを与えたりね」

確かに源内は薬草の研究をしていた。もともと彼は本草学者《ほんぞうがくしゃ》だったのだ。重そうな音をたてて扉が開く。のぞいた蔵の中は、案外明るかった。左側の壁の高い位置に、小窓がいくつか開いているのだ。光はそこから入ってきていた。内部の印象もまた、外観同様いかにも古い。壁にはあちこち雨によるものらしい茶色い染《し》みができ、剝落も方々で始まっている。二百数十年経《た》っている気配が感じられる。

「ほう、ここで源内さんが」

「そうです。ここに蟄居《ちっきょ》してね」

窓があったことで、私の印象は変わった。これなら暮らせるだろうと考えたのだ。往来側に窓がないのは、中にある生活の気配を、周囲に知らせないためかもしれない。

「これは、源内さんがいた当時のまま……」

「いいやあ、何度も手を入れております。それでもこんなんでね」

小守は言う。

蔵の中には階段があって、中二階がある。中二階には座卓があって、小窓はそのそばに来る。小型の書棚や火鉢がその脇《わき》にあり、馴《な》れたら案外居心地がよさそうだ。

「江戸からすぐにここへ？」

「いや、いっときは蝦夷《えぞ》へ行っていたという話で、それから船で、相良の方へ廻ってきたと聞いております、私らは」

「蝦夷へ。それは江差の村上八十兵衛《やそべえ》という……」

「まあそういう名前も、父親から聞きはしましたな。でも私は詳しくないから」

小守はあっさり返す。

「牢抜けから七年後ですね、意次侯の失脚は。そうなら、蝦夷地滞在は七年以内でしょうね」

横で私が川原に言った。

「そうなるでしょうな」

川原が言う。

「そのあたりのいきさつは、何か聞いてらっしゃいませんか」

常世田が問う。

「いいやあ」

小守は言った。

「全然？」

「はい」

「源内焼きがあるとか」

「それはこっちです」

小守は言って、先にたって階段を上がった。ついて上がると、古い木材や壁材の匂《にお》いがますます強くなる。

いろいろなものが置かれた板の間の隅に、大型の木箱が置かれていた。小守はその前にゆるゆるとすわり込み、老人らしいゆっくりとした仕草で蓋《ふた》を取った。

蓋を板の間に置こうとするので、常世田が受け取り、そっと横たえた。

小守が箱の中に手を入れ、白い紙に包まれた何かを出してくる。紙を広げると、褐色をした壺《つぼ》があった。

「ほう」

常世田が声を出した。

「花瓶か。これは、牡丹《ぼたん》ですかね」

壺の表面には、レリーフのようになって、花と茎、葉などが立体的に表現されている。そして花弁には、うっすらと朱が感じられる。

「こういうふうに彩色されてね。色味は三色で。そしてこっちのも三彩です」

続いてやはり白い紙にくるまれた何かを、小守は取り出してくる。開くと、茶色と深緑色がまだらになった、それは皿だった。六角形で、一見して異国ふうだ。皿の底には、やはりレリーフになった何かの図形がある。

「この、なんだか飛び出した模様は何です？　段差になってますが」

「世界地図です」

「え？　ああ、本当だ！　こりゃユーラシア大陸だ。亜細亜《アジア》と漢字が書いてあるわな、ここに。そしてこれ、日本だわ」

常世田が驚いて言う。

「ははあ、インドもある」

「こっちのこれはアメリカ大陸で」

言いながら小守は、別の包みを出してくる。紙を開くと、対とも見える皿だった。

「本当だ、南北のアメリカ大陸。川も描いてあって。これは方位だ、この丸いマーク。いや、よく知っていたんだな世界を。知識充分。なんかこれ、江戸時代という感じがしませんね。両方、世界地図だわ、かたちはそう正確じゃないが。これ、やっぱり源内さんが？」

「と、言われております。そう聞いとります、私は」

「これ、外観といい、焼きの手法といい、唐三彩でしょう。一種のイミテーションですなあ、中国の」

川原が言う。

「こういうものを作って、あわよくば中国大陸とか、欧州に輸出しようと考えていたんじゃないんでしょうかね、源内さんは。幕府への意見書で、源内焼きについても述べておりますからね」

「外貨獲得のために？」

「そう。国益のためという言葉で。国益というのは、源内さんの言っておるのは日本国全体のことですな、あきらかに」

「それはここから出した？　幕府に」

常世田が問う。

「いや、源内さんが斬殺《ざんさつ》事件を起こす前のことです。源内さんは、牢抜けの九年前でしたか、田沼の出資で、長崎に調査に行ってもいます。貿易状況の視察ですな」

川原が言った。

「そう、その時に、輸入に頼っていた薬草の、国産化の可能性も検討したんです」

私が言った。

「これ、本当に源内さんの作と思います？」

皿を持った常世田が、川原に訊《き》く。川原は、首をかしげて言う。

「うーん、あるいは……。まあ源内さんが作りそうなものではありますな」

「たとえそうだとしても、意見書を上申した時代の源内作の陶器が、ただここに持ち込まれてるだけ、とも取れますね」

私が言うと、

「ま、そうですね」

川原も、抵抗せずに同意した。

「ここで焼いたというわけではなくて。ここの領主の田沼さんと、源内さんが親しかったことは確かなんですから、源内焼きの作品がこの土地に来ていてもおかしくはない」

「はい」

「ここで焼き物をしたとか、人に教えたといった話は」

「ないことはないんですが。証拠は何も残ってはないですな」

「ほかには、何かありますか？」

「あとはこういうもの」

小守は、もうひとつ紙にくるんだものを示す。開くと、巾着袋《きんちゃくぶくろ》のようなものが出てきた。

「なんですかこれは」

「これは、口にちょっと工夫があって、簡単には口が開かない」

「金具が付いている。ああこれ、知恵の輪になっているんだ。この金具をはずさないと、袋の口が開かない、と。考えたな。でも錆《さ》びてるなこれ。中には何か？」

「いや、空です」

「『蘭学事始』に出てきますね、知恵の輪付きの袋」

私が言った。菊池寛の筆になる、「蘭学事始」に出てくる。日本橋の長崎屋で杉田や前野が手こずっていると、遅れて登場した源内が、またたく間に開けてしまったというしろものだ。こんなところにもあった。

「絵とかはないですか？　源内さんが描いた絵というようなもの」

常世田が訊いている。

「絵はないな」

小守が言う。

「土地で絵を教えたというような記録は」

「聞いてないですな私は。あと、こんな書はあるんですがな」

漆塗りらしい文箱を、小守は最後にとり出した。表面の塗りは剝《は》げ、褐色の木肌がのぞいているが、もとは立派な品であったらしい。

蓋を取ると、黄ばんだ和紙が入っていた。細く折りたたんである。小守が取り出し、開くと、毛筆で、達者な草書体が書かれてある。

「ほう、これはなんだ、読めないなぼくは。佐藤さん、読めますか？」

言われて受け取り、目を通してみた。

「うーん、これは……、『ことのほかのお褒めを賜はり恐懼《きょうく》に存じ奉《たてまつ》り候《そうら》へども一生の暇乞《いとまご》ひ、心中で涙……』、かな。なんでしょうか？　これは」

「書簡の一部でしょう。これだけが残っているんです」

「誰が書いたのでしょう」

「解《わか》りません。源内先生ではと言われてますが、筆跡が違うという人もいます」

川原が説明する。

「誰に宛《あ》てたんだろう」

「それも解りません」

「あとは、えーと……、『のちの世をおそろしと存じ奉り候へども、まことと私ごとに候ふ命にあらず候あひだ、こは人たるもののつとめにて候。かにかくに因果はめぐると思ふばかりにて候ところ、大恩ある主君の嘆き給《たま》ひしなれば……』、かな、めいすてる？　え？　これは何だろう、命という字と、須と、照でしょう、この字。『命須照捨ておかば、国益の損なふところ大なりと存じ奉り候……』、あれ？　あとは？」

紙は一枚だけだった。裏にも何も書かれてはいない。

「それだけなんです、残っているのは」

「これで終わりですか」

「そうなんです。一枚しか残っておりませんで」

「なんですか、それ」

常世田が言ってきた。

「署名もないんで？」

「ないな。何だろう、手紙だとは思うが、どうしてここに」

「解りません。ただ祖父が持っていたんだと、父親は言っておりましたな。どういういわれかも解りません」

「命須照、これだなポイントは。何のことだろう」

私は腕を組んだ。

「これ、そこのコンビニでコピーさせてもらえませんか？」

常世田が言った。

32

小守から借り受けた一枚の書簡を持ってコンビニに向かいながら、私が言った。

「結局、平賀源内が生き延びていたのかどうかは解らなかったなあ」

「誰かはいたんですよね、源内かどうかはともかく、誰かです。それは確かでしょう？」

常世田は、私の顔を見て言う。私はうなずいた。

「小守家に。あの土蔵に」

「だけどその誰かが、絵を描いたかどうかも解らなかったな」

川原は、黙って横を歩いている。手紙を見て以来、彼が寡黙《かもく》になったように私には思えた。

「川原さん」

私は声をかけた。

「はい」

彼は応じる。しかしこちらは見ない。

「平賀源内は、神田橋本町で、米屋の九五郎を斬殺しますね」

「はい」

「発狂説、借金説、ノイローゼ、推察はいろいろとありますが、この理由に関して……」

「いや、そうではないでしょう」

川原は即座に言った。

「源内先生は、田沼さんの命で、輸出貿易の拡大による財政再建の計画を立てて、成功の可能性を探っていたんですから。蝦夷地《えぞち》でのアイヌ貿易、ロシア貿易の実際を隠《おん》密《みつ》に調査させていたはずです。その報告書が、蝦夷から頻繁に屋敷に届いていたはずですから」

「それを九五郎に見られたと」

「そうです、少なくとも源内先生はそう思った。手文庫の中の密書でしょう。もしも九五郎が夜中に起きだして、家の中をこそこそ探っていたなら、九五郎が松平あたりの密偵という可能性は充分にあったはずです。ロシア貿易というのは、これは抜け荷ですから、つまりは密輸。長崎以外での海外貿易というものは、当時はご法度《はっと》中のご法度、重大犯罪です。取り締まる側の幕府が、自らそれをやるという話になるんですから」

「うん、だから殺したと」

「国中がひっくり返りますから、計画が漏れたら。意次さんは当然失脚、お役御免の上に厳重処罰でしょう。鎖国というのは遵守《じゅんしゅ》すべき祖法で、当時の絶対的な道徳、正義ですから」

「まあ九五郎が実際にそうじゃなかったにしても、源内としてはパニックになったかもしれませんね、その可能性を妄想して」

「もし実際にそうした報告書が家にあったのなら、そして見られたと感じたなら、口を封じるにはもう殺すしかないと、そう短絡しても不思議はないですね。源内先生は大小持った士分です。殺傷ということも、いざとなればやるでしょう。絶対に外に漏らしてはいけない秘密事項なんですから」

「士分……、侍ですね」

言ってから、私はああ、と思わず声に出した。

「実は漏れてたのかもしれないなあ、案外。田沼侯へのああまでの厳重処罰は、ちょっと異常ですよね、城まで壊している。これは戦争を恐れたということでしょう、幕府は」

「そう思いますね。実際城があったら、この辺の連中、決起したかもしれませんよ」

「長崎は国の病か……。しかしそうなら、幕府は田沼侯の罪状を公《おおやけ》にしたのでは……」

「いや、それはできなかったと思います。まずは幕府の体面です。いわば総理大臣が、最大の罪を犯していたというわけですから、恥ずべきこと。絶対に言えないです」

「ロッキード疑獄だな」

常世田が言った。

「そういうことです。似てますね。あれも貿易がらみだ」

川原が言った。

「関ヶ原がまた起こりかねない」

「それもある。そうなら倒幕側に大義名分が立つ。幕府としてはそれを恐れます」

「まして金がないんですからね、幕府は。戦争したくない」

「そうです。それから抜け荷というのは、実のところは当時、あちこちで行われていたみたいなんですね、歴史の表に出ていないだけで」

「そうか、世界はとっくの昔に大航海時代だものなあ。そういうなかで鎖国してたんだから、侍ニッポン、無理があるよなあ」

常世田が言う。

「下手なこと言ったら、藪蛇《やぶへび》になりかねないです、あちこちで抜け荷が始まってしまう。それを腕ずくで取り締まる力は、もう幕府にはないですから、江戸の中後期には」

「そんなに多かったんですか？　抜け荷。九州ですか？」

「もちろん薩摩《さつま》は多いんですが、能登《のと》輪島、石州《せきしゆう》浜田、新潟など、日本海側が多いですね。お庭番の報告が、頻々とあったようです。まあ多くは琉球《りゆうきゆう》、清《しん》あたりとのことですが、それだけではなかったみたいでね、異国人の出没、けっこうあったようで」

「ああそうか、密貿易がそれほどの重罪になったのは、そういうこともあるんですね。まずは諸藩の方が先にやったからか」

「そうです。田沼侯や源内先生の方が、むしろ遅いんです」

「そうか」

「当時、各藩も財政は破産状態だったわけですから。抜け荷は儲《もう》かります。やれば儲かるのは目に見えていたんです、だからみんなやりたい。幕府が必死でそれを取り締まっていくうちに、その怒りが、本来的にはさしたる悪事でないことでも、イメージをどんどん極悪にしていくということがありますね」

「禁酒法時代のアメリカみたいなもんだな」

常世田が言う。

「ああそうです。あれでアル・カポネなんかがどんどん肥え太ったでしょう。酒の密造で、ギャングたちが大金持ちになって、最新の武器を買い揃《そろ》えて、FBIと互角に戦争ができるようになってしまった。飲酒なんて今は誰でも普通にやることで、そんなにとんでもない悪事じゃないんですが、法で禁止したから大犯罪になったんです。駄目だと言われれば、みんなが飲みたくなる。粗悪品でも飛ぶように売れる。禁止していなければ、ギャングは力をつけられなかったでしょう。

貿易もそうで、薩摩、長州の軍備突出も、まあ同じ理屈です。薩摩藩の家老の調所《ずしょ》広郷《ひろさと》などは、抜け荷で薩摩の赤字財政立て直して、しかも備蓄までするんです。この富がなければ倒幕がはたしてできたかどうか」

「幕府としても、どこかの藩が抜け荷で大儲けして、軍備増強して倒幕に上ってくるという恐怖があったでしょうね。松平定信などは、これを恐れたでしょう、確かに」

「南蛮渡来のものが、全部ありがたくなってしまいますよね。ご禁制の品なんですから」

私が言った。

「そうです。何でもないものでも奪い合って買ってしまう。数がない、珍しいものですから。『解体新書』の原本の、『ターヘルアナトミア』だってそうですね。まああれはたいしたものでしたが、三両もしたといいますね、『蘭学事始《らんがくことはじめ》』によれば」

「三両か、十何万円もしたわけだ」

コンビニに着いた。常世田は一直線に店の隅のコピー機に向かっていき、手紙を何枚もコピーした。

「命須照ってなんですかね。命捨てるってことかいな」

機械を操作しながら常世田は言う。

「そうならそう書くよ」

私は言った。

「うん？」

吐き出されてきたコピーの一枚を手に持ち、表からの明かりにさらして見つめながら、常世田が声を出した。

「ちょっとですね、この手紙の文面も、なんか、そんな感じしませんか？」

常世田が言いだし、私は彼の手もとを覗《のぞ》き込んだ。

『命須照捨ておかば、国益の損なふところ大……』。これも、なんか今の話をもとにすれば、読み解けませんか。国益の損なふって、これ抜け荷のことじゃないでしょうかね」

言われて、私もしばらく考えてみた。

「抜け荷って、どこの藩の抜け荷？」

「そりゃ解りませんが、この手紙の文面も意味深ですよね。よくは意味が解らないが、『命須照捨ておかば、国益の損なふところ大』。この命須照って人か場所か、それは知らないが、抜け荷をやっていた。源内って人は田沼派でしょう。幕府じゃないところで密《ひそ》かに抜け荷が行われていれば、これは幕府の益にはならないし、その藩だけの富裕化につながって、軍備の差にも発展する。これはすなわち、相対的に幕府の弱体化を意味するから国益の損のうところで、だから捨ておけないと」

「たまたま今、われわれの話に出たってだけじゃない、そう何でも抜け荷ってわけには」

「いや」

と川原が、横から口をはさんできた。

「安永、天明、寛政という時期ですね、抜け荷というのは財政担当の政治家の、一番の関心事、というより渇望《かつぼう》事項だったかもしれません。幕政、藩政のトップにとっては」

「みながやりたがっていた、歴史の表に出ていないだけで……」

「そうです。みなの頭にあまねくあった願望かもしれない。やれば大儲けできるの、解ってるんですから。今のわれわれには理解ができない感覚ですけど」

「そうか。今のわれわれにとって海外貿易は当たり前だから特に何も考えないけど、当時は厳禁だから。重罪なんだものね……」

「そうです。厳禁されてたから、逆にみんな、そのことばかりを考えてたかもしれない。しかも当時の国情というのは、徳川が力で諸藩を押さえ込んでいるというだけの、いわば休戦状態でしょう」

「海外貿易を制するもの、国を制す」

「そうです。幕府への反発もあったはず。抜け荷で儲けて、徳川打倒の武器を整備する」

「みなの渇望事項、だから国の病かあ、なるほどね。するとこれ、どうなります？

『ことのほかお褒めを賜はり恐懼《きようく》に存じ奉《たてまつ》り候《そうら》へども』、というのは」

常世田が訊《き》く。

「源内さんが、意次侯から褒められたってことかな」

見当をつけて、私は言った。

「『一生の暇乞《いとまご》ひ、心中で涙』

「もう意次侯とは縁を切って、生涯お会いしない覚悟だ、っていうあたりかな。だから心中で涙と。つまりは決別の涙」

「でもそれ、あの洒脱《しやだつ》で人を食った源内さんらしくないいんじゃないですか？　なんか、えらく真面目《まじめ》にすぎませんか？」

「まあね。なんだか違う人のような感じもするが、でも意次侯は大恩ある人だからね。当時の慣習としては、こういう言い廻しになるのかもね、源内さんでも」

「『のちの世を……』、なんでしたっけ、これ」

「『おそろしと存じ奉り候へども、まこと私ごとに候ふ命にあらず候あひだ』」

「なんだ？　どういう意味です？」

「だから、後世のこと考えたら恐ろしくもあるけれど、自分の命にして自分の命じゃないから、って感じじゃないかな」

「『こは人たるもののつとめにて候。かにかくに因果はめぐると思ふばかりにて候ところ……』、これは？」

「人間としての、というか家臣としての務めだから、やるほかはないってことでしょう」

「何をです？」

「さあ……、書いてないから解《わか》らないよね」

「因果はめぐるっていうのは？」

「何か偶然のできごとがあったのかな。なんとまあ因果なことだと、この書き手に思わせるような奇遇」

「その次ですが佐藤さん、これ、大恩ある主君が嘆くようなことだから、この命須照を自分が処分するって、そういう意味にとれませんか？　このままじゃ国益が損なわれるからと」

「うーん、まあ、そう読めるよね」

「そうならこれ、神田橋本町の九五郎殺害事件と同じ構図じゃないですか？　あれも日本の、つまりは幕府の利益を守るためですよね。松平に報告なんぞされちゃ、計画つぶされて幕府の財政破綻《はたん》はそのまま、修復不能になると、そういうことでしょう？」

「まあ実際、それからの長州戦争に鳥羽伏見《とばふしみ》、幕府はそれで倒れたとも言えるものね。数で劣る薩長軍に手もなくやられた。その理由は金が作れなくて、装備が関ヶ原時代のままだったから。一方資金のある薩長は、最新装備だった」

「これも同じですよ。このままどこかの藩に密輸やり続けられちゃ困るから、首謀者を自分が始末すると。あるいは他に真似《まね》させないために、見せしめに首謀者を殺すと、そういう意味じゃないんでしょうかね。だから一生の暇乞い、心中で涙と。それが人の道だから、主君と縁を切って単独責任でやると、そういうことじゃないんですか？」

「うーん、小説家的な解釈だな。まあ確かに、徳川が譜代含めた大軍を率いて、その抜け荷する藩を征伐にいくよりは安あがりかな」

「遠州には抜け荷していた記録なんて、ないんですか？」

常世田が、川原に向かって尋ねた。

「遠州はありません」

川原は、妙にきっぱりと言った。

「川原さんとしては、これはどう解釈されてますか？」

「うーん、いや、わしからはあまり言いたくないんですが」

「え？　どういうことです？」

川原はちょっと沈黙し、考え込んでいた。彼のそういう様子は、私には理解しかねた。

「いや、じゃちょっと言いますとね、この土地には、源内さんが掛川宿《かけがわじゅく》に行ったという言い伝えがあるんです、東海道の」

「掛川宿？」

私と常世田は、声を揃《そろ》えた。

「わしは信じておりません。こうした書簡なんぞから、後世に作られた話だと思っております、目と鼻の先だからと」

「掛川宿に、何をしに？」

「いやあ」

川原は言って苦笑し、言葉を濁す。

「どうして、おっしゃりたくないんです？」

「いやあ、誤解されたくないから、源内先生を。よからぬ噂《うわさ》です。あえて言うほどのことじゃない、子供じみたただの嘘《うそ》、作り話ですよ」

33

川原は、結局自分の考えを語らなかったが、掛川市在住の郷土史家の知り合いを教えてくれた。疋田《ひきた》玄随《げんずい》という人物で、多少偏屈だという。

掛川市は近いから、東京に戻る前に廻ってみることにした。車で掛川市に向かって出発し、公衆便所を見つけてストップすると、用を足してから常世田は疋田に電話をした。夕刻が迫っているから、急ぐ必要があった。

車を出しながら、常世田が訊く。

「さっき、貨幣制度の不備で、江戸の者はうまくお釣りをもらえなかったって言ってたでしょう。難波《なにわ》っ子はもらえたと。あれはどういうことです？」

「ああ、あれは、三貨制度というもので」

「サンカ？」

「そう。金銀銅の三貨幣の制度という意味。このそれぞれが独自のルールで運用されていて、交換相場が固定していない。円しか知らない現在のわれわれには、えらくややこしいんだよね。たとえば江戸の金の方、ここに一両があるとしますね」

「はい」

「この四分の一、つまり四分の一両が一分金。その四分の一、つまり四分の一分金が一朱金。両で言うと、十六分の一両が一朱となるの」

「ふうん」

「四進法だよね。でもこれだと大雑把にすぎるから、その間を埋めるものとして、二分金と、二朱金というものがあった。二分の一両が二分金、八分の一両が二朱金となっていたわけ」

「はあはあ」

「でもそれでも大雑把にすぎて、細かいおつりという発想にならない。だから払いがどんぶり勘定になってしまうわけ」

「なるほど」

「一方上方《かみがた》の銀は、江戸の金貨のように、貨幣に示された額面で流通するんじゃなくて、重さで、つまりは実際に秤《はかり》が示す数字によって価値を定め、流通していたわけです」

「秤で？　つまり毎回秤で量っていた？　お金を？」

「そうです。貨幣の表面に示された額面じゃなくて、銀の実質上の重さで。だから切って使ったの」

「え？　貨幣を切ってしまうんですか？」

「そうです。野菜みたいに刻んでしまう。だから大坂では、細かい価格にも対応して支払うことができたんです。ただしこれは、元和《げんな》年間（一六一五〜一六二四）に禁止されますが」

「ふうん。でもですね、佐藤さん」

「はい」

「銅銭もあったわけですよね、何文っていう」

「ありました」

「じゃ、細かい端数《はすう》はそれで足せばいいんじゃないですか？　江戸でも」

「理屈はそうだけど、現実にはなかなかそうもいかないんだよね」

「どうしてです？」

「計算の面倒と、レートに開きがありすぎるから。一両は四千文から六千文なんです。幕末になったら一万文にもなるんですよ」

「決まってないんですか？」

「決まってない、というより公定のレートなんてすぐに値崩れしちゃう。だから相場なんです。大坂の銀もそう。元禄《げんろく》の頃に幕府が定めた公定相場は一両＝銀六十匁《もんめ》です。でもこんなものすぐに崩れちゃって、八十匁になり、幕末には百匁です」

「ふうん、いい加減なものだな」

「ともかく、一万文もの文銭、ちょっと用意できないですよ。一文、四文、十文と銅銭はあったんですが、十文にしても千枚。そんな数の十文銭がおいそれとあるわけないし、あっても重いですよ。たとえば蕎麦《そば》一杯、これは十六文です。ついでに言うと、浮世絵一枚も通常そんなもんですが、その支払いにもしも一両出したら、六千文時代なら五千九百八十四文のお釣り。こんな銅銭、払う方も受け取る方も大騒ぎになります」

「そうか」

「一分金、一朱金使っても、三分三朱三百五十九文、数えるのが非常に面倒くさいです。だから、江戸ではこんなことしてはいけないんです。蕎麦食って、小判なんか出しちゃいけない。そもそも長屋に暮らすような庶民は、小判なんて生涯見ることはないんです」

「みんな文銭で生活してたんだ、江戸の庶民は」

「そうです。江戸の三職というのがあって、これは大工、左官、鳶《とび》なんですが」

「数が多いんですか？」

「そうです。江戸は発展途上の大都市だから、建築ラッシュで家を造る専門職が最も多かった。その中でも大工が一番多い。江戸っ子の三人に一人は大工。その大工連中がみんな、手間賃は日払いでもらっていた」

「いくらくらいです？」

「一日五百文から六百文。まあ今の感覚で、一万数千円てところかな」

「ふうん」

「それを毎日毎日、ちょっとずつ飲み食いに使っていた。家賃も含めて。長屋の家賃は一日三十五文というところ」

「三十五文？　千円くらいですか」

「安いか安くないかは考え方だけど。押入れもない簡易住宅だし、中期あたりからは供給過剰になっていた。現代のわれわれを苦しめているのは住宅費と教育費だけど、江戸はこの双方が安い。おまけに長屋組は税金を払ってない。

　ともかく、庶民の日常生活上の経費は、こんなふうに、たいがい文で表示された。だから売り手側の価格表示が金なら金で、文なら文でさっさと払う」

「でも両替屋は？」

「そうです。ありましたが、金と銀など、交換比率は毎日相場が立って変化しますから、両替屋が大儲《おおもう》けした。だからこんな制度、不合理ですね」

「それで田沼意次などは、これを改善するために、江戸・大坂の通貨を統一しようとしたわけか。なるほど、いい政治家じゃないですか」

「そうですよ」

「それから抜け荷か。なんか、鎖国のイメージ変わりますよね。歴史とは、大勢の合意による嘘だとか、勝者の答弁だとかよく言われますけど、教科書を鵜呑《うの》みにしてちゃ駄目ですね。鎖国っていうと、完全に国閉じてたのかと思ったけど、江戸時代って、案外世界とつながっていたのかもしれないな」

「そう、閉じた気になっていたのは幕府だけ、本当につながっていないのは勝者の徳川だけでね。歴史書書いたのは、その徳川の中でも松平定信みたいな堅物でしょう」

「禁酒法のたとえは解りやすいな。禁止したらビール一杯も高級品になっちゃう。渡来品を禁止したから、オランダ渡りがみんなとんでもない高級品になってしまう」

「そういうこと」

辵田とは、掛川の駅前で会った。辵田は、杖《つえ》をついた老人だったが、話し方はまだ矍鑠《かくしゃく》としていた。とりあえず車に乗ってもらって、どこかゆっくり話せるところに行きたいと伝え、彼の言う通りに走った。

そうしたら、なんだか閑散とした裏通りに連れていかれた。ここで止めてくれと辵田が言うから、常世田が言う通りに車を止めた。老人はさっさとドアを開けて表におり立つ。道の傍だったが、その道には、人通りも車の通りもない。

「ここ、どこです?」

常世田もエンジンを止めており立ち、あたりを見廻している。墓地のようだ。墓石がたくさん立っている。しかし樹木が点々と配され、一部は鬱蒼《うっそう》として、墓地らしくない。寺の境内のはずれらしいのだが、道との境に塀がない。

「天然寺」

老人は言った。

「申し遅れました、S社の常世田と申します。このたびは申し訳ありません、お忙しいところ」

言って頭をさげ、名刺を出して渡している。辵田も無言で頭をさげ、名刺を出した。

「こちら、浮世絵の研究家で、佐藤貞三さんとおっしゃいます」

それで私も頭をさげた。名刺を渡さなかったら、疋田もくれなかった。

「いや、相良の町に行きまして、史家の川原さんにいろいろと案内していただきながら、平賀源内という人が、安永八年に実は牢死《ろうし》していなくて、相良に隠れ住んで天寿をまっとうしたという言い伝えについてうかがってきたようなわけなんです」

常世田は説明を始めた。そして川原が、源内さんが掛川に行ったという言い伝えが相良にあると言い、しかしその目的については言いたがらなかったことなどを、こと細かに話した。

「それで、こちらの郷土史家の疋田さんが、何かご存知ではないかと」

すると老人はゆっくり、何度かうなずいている。それから杖の先をあげ、彼方《かなた》の敷地の一角を示した。

「あれです」

彼は言った。

「あれ？　はい？　何ですか？」

常世田は言った。

「行きましょう」

老人はぶっきらぼうに言って、先にたって歩きだす。

われわれはついていった。やがて墓所の隅、道路の傍に見馴《みな》れないものが見えてきて、ゆっくりと近づく。

それは、石造りの柵《さく》に囲まれた、大きな長方形の石だった。小さな城のように石垣が積まれ、柵も大石もその上に載っている。

周囲は墓石群だったが、その石だけは墓に見えなかった。上面がかまぼこ形に湾曲した、四角い、大きな石で、それが石垣の上に据えられている。

近づき、柵のそばに立ち、見おろすと、石の上にびっしりと文字が書かれていた。しかしその文字は、ほとんど判読できない。漢字ではなくアルファベットで、しかもその文章は、英語ではない。

「墓ですか?」

常世田が訊《き》いた。

「そうです」

老人は応《こた》える。

「異人の墓? しかしこれ、最近のものではなさそうですね」

常世田が言う通り、墓石はすっかり古びている。板柵のように加工された石は、全体が白いまだら模様を呈し、裾《すそ》は苔《こけ》むしている。

柵の中に据えられた墓石自体も、この点は同様だった。風雪に堪え、角がとれ、白く斑《ふ》が浮いて、裾には少し苔をまといつかせている。

思わず周囲を見廻した。敷地を埋める和式の墓石の群れ、彼方に見える日本家屋、その手前の水田らしい空き地や、黄ばみはじめた陽をさえぎる大木、その間にはもみじの木も見える。きわめて日本的な風景のただなかに、その石積みのモニュメントは違和感を漂わせていた。あきらかに場違いのものが、ここに鎮座している。

しかし今やもうそれは、少なくとも異様ではなかった。長い長い時の経過が、この洋風の異物を周囲になじませ、溶け込ませたのだ。

「これがそれです。カピタンの墓です」

疋田老人は言う。

「カピタン？　オランダ人ですか？」

「そうです」

それ、とはどういうことか。私は思い、常世田も思っていたろう。

「いつの人でしょう。名前はなんという人ですか？」

常世田も私も、予想外のものに出会い、面食らっていた。

「死んだのは寛政十（一七九八）年です。ここで、掛川の宿で亡《な》くなったんです」

もう何度も説明しているらしく、老人の口調は淡々として、なめらかだった。

「オランダ人が？」

「そうです」

「またどうして。長崎でもなく、こんなところで」

「江戸からの帰り道だったんです。参府旅行の」

「江戸参府……」

「オランダ商館員の一行ですか」

私が横から口を出した。江戸期、長崎出島のオランダ商館は、館長以下、何年かに一度江戸に出て、将軍に拝謁《はいえつ》して商務報告を行うことが義務づけられていた。とはいえ、実質上はご機嫌伺いであったろう。貢物《みつぎもの》を献上し、土産物を賜って帰った。

「そうです。この人は商館長です。だからカピタン。名前をヘンミーと言います」

「ヘンミー」

常世田も私も、聞いたことがなかった。江戸参府旅行というと、シーボルトくらいしか名が浮ばない。しかしあれはもっと時代が下る。確か文政年間（一八一八～三〇）だったはずだ。シーボルトが随行した館長の名も知らない。シーボルトは館長ではなかった。医師が館長になる習慣はなかったと聞く。

「ヘンミーさんか、その人、有名な人ですか？」

常世田が言うと、疋田はじろりと常世田をにらんだ。

「まあ、私らはよく知っているが。有名だと思っていたが、研究者くらいしか知らんのかもしれんな」

「何ヘンミーですか？」

私が訊《き》いた。

「いや、ヘンミーは姓で、ゲイスベルト・ヘンミー。オランダ読みではヘイスベルトらしいけれど」

「生涯なんかは、よく解っているのですか？」

すると疋田はうなずく。

「よく解っています。父親はドイツのブレーメンの出身で、アフリカ喜望峰のオランダ商館次席商務員。一七四七年の六月にその子として喜望峰で生まれて、オランダ東インド会社の社員になって、日本の出島に来たんです。風貌《ふうぼう》は、前歯が欠けていて、常に眼鏡を用いていたと、江戸で会った大槻玄沢《おおつきげんたく》なんかは書いていています」

「日本側の資料もあるんですね？」

「あります。玄沢の『西賓対晤《せいひんたいご》』

「オランダ商人がここで死んでいる。しかしそれと相良にいた源内とは、どういう関連があるんだろう」

「ヘンミーは商人だけれど、オランダのユトレヒトに出て勉強して、メイステルの称号ももらっております」

「メイステル!?」

私と常世田が、揃《そろ》って大声をあげた。

34

「そうです。その称号を持って日本に来たんです、ヘンミーは」

疋田老人は言った。

「メイステルというのは……」

「英語で言う、マスターのことでしょう。学位の称号らしいですな」

「命須照というのは学位の称号……」

常世田がつぶやいている。

「だから商館長にもなったんでしょう、偉い人だったから」

「そのメイステルは、ここでどういう死に方をしたんでしょうか？　長崎からの長い旅に出てきていたんですから、最初から死にそうなくらいに体が悪かったということは、ないんじゃないですか？」

私が訊いた。

「まあ、誰もが予想外だったんでしょうなあ。しかしもう解《わか》りません、正確なところは」

「突然死、ですか？」

「病死ということになっております。文化二年に掛川藩主の太田《おおた》資順《すけのぶ》が作らせた『掛川誌稿』というものがあるんですが、それによればヘンミーは、寛政十年のはじめに長崎を発《た》って江戸に向かい、三月十五日に第十一代将軍の徳川家斉《いえなり》に謁見《えつけん》してのち、四月になって長崎への帰途についたと。そうして、四月二十一日に掛川連雀《れんじゃく》の本陣に投宿したのだけれども、病を得て客死したと、そうなっております。死に際しては水を欲しがった。だから渇病《かつびょう》と。旅の疲労と、日射病だったのではと推察されております」

「それは、信頼のできる記録なんでしょうか」

「文献自体は信頼できるしっかりしたものなんですが、いかんせんヘンミーの客死から、七年も経《た》ってから書かれておりますんでね。世に語り継がれているところを書き写しただけでしょう」

「ほかにも記録はありますか?」

「天然寺の過去帳には、通達法善居士《こじ》という戒名が書かれております」

「オランダ側の記録はないんでしょうか」

「オランダ商館日記の、このあたりの記述を読んだという学者さんが書いた文献を見たことがあります。そしたら……」

疋田は、懐《ふところ》から手帳を出し、開いた。そしてメモを読んだ。

「三月十二日に出島を出発して、四月二十八日に江戸に着くとなっておりまして、将軍には四月三十日に謁見して、五月十六日に江戸を後にしたと、こう書かれておるらしいです」

「掛川の史料とずいぶん日にちが違いますね。どっちかが適当に書いてるのかな」

常世田が言った。

「それから、ヘンミーが病のため、途中から簿記役兼上筆者の、レオポルト・ウィレム・ラスという人が代わって日記を担当したと。ヘンミーは、高熱や吐き気に苦しみながら安倍川《あべかわ》、大井川を越えて、六月五日には掛川の宿に着き、ノリモンから寝床まで人手で運ばれたが、何度も失神状態に陥ったすえに、八日の夜十一時半に永眠。翌日、地もとの天然寺に埋葬された。享年《きようねん》五十二となっておるようです。これは数えのようですが。この墓碑銘にも、寛政十年六月八日往生、九日にここに葬《ほうむ》ると、そう書かれておるようです」

「寛政は日本の年号だけれども……」

「そうです。オランダの側でも、館長は服毒自殺ではないかということで、さかんにそうした憶測が出たらしいんですが」

「自殺？　なんでです？」

「それはどうも、ヘンミー時代の出島は、経営が乱脈でずさんで、借財もかなりあったからだと言われております」

「ではその露見を恐れての服毒自殺と？」

「そうです。が、自殺の証拠なんかはどこにもありません。この変死事件については後世、いろいろな噂《うわさ》や憶測が出てきたんです。ちょっと前例がない異常事態ですから」

「ですよね、異国人が、旅の途上で……」

「でも直接の死因は胃病だと言います。ヘンミーは、長い商館長の激務で、胃をずいぶん悪くしていたらしいんで。非常にむずかしい時代でしたから」

「むずかしいというのは」

「ヘンミーという人は、寛政四年に出島のオランダ商館に着任しますが、国際情勢多難なおりで、バタヴィアから、なかなか次の商館長が任命されて来なかったんです。それで六年間ずっと、彼は窮屈な出島に閉じ込められることになった。死なかったらもっとでしょうな。

着任の年にちょうど、ロシアの船が根室に来たばかりだったこともあって、日本側は海外貿易に非常に神経を尖《とが》らせていた。ヘンミーは、江戸で蘭方《らんぽう》御殿医の桂川甫周《かつらがわほしゅう》に、ロシア関係の蘭書を提供したりもしたようです。

それから、オランダ船の来航の許可数が、幕府によってどんどん減らされていって、取引高の上限も、どんどん低くされていきます。元禄《げんろく》十三（一七〇〇）年には、来年からオランダ船は年四、五隻《せき》に限ると言い渡されます。正徳五（一七一五）年にはこれが二隻に減らされて、寛政二年にはついに一隻になります」

「幕府の財政が悪くなったので、対外貿易に腰が引けたんでしょう」

私が言った。幕府は、海外交易とは、日本から金銀が出て行くものとだけとらえた。

「オランダ側が幕府にたびたび陳情して、寛政十年にはやっと、向こう五年間に限って二隻までと緩和されるんですが、まずいことに一方では、寛政六年、一七九四年にフランス革命軍がオランダ本国に侵入して、総督がイギリスに亡命。これで極東派遣の船の確保が決定的にむずかしくなるんですな。オランダという国はなくなったも同然だから。以降オランダの旗を掲げて長崎に入ってきた船の大半は、中立国の船をオランダが雇った外国船のようです」

「経営がずさんで、借財があったというのも、そうした事情によるものでしょうかね」

　私は訊《き》いた。

「それはあるでしょうな。商売の枠をどんどん縮小されて、これではオランダとしても利益を出すことがむずかしくなる。出島の使用料も莫大《ばくだい》なものだったようですから。ヘンミーとしても、大きな苦悩があったのでしょう」

「ストレスによる胃病、胃潰瘍《いかいよう》かなあ。しかしオランダ側の史料は、正確なもののように思えますが」

「これはシキリイバ、つまり書記官だったラスが商館長に代わって書いたものらしいのですが、この人も相当評判が悪い人で、ヘンミーの死後商館長代理になったものの、すぐに交代して本国に帰っています。書記官後任としてウィレム・ワルデナールが出島に着任してみると、商務の記録も在庫管理も、帳簿がぼろぼろで、書類の類《たぐい》はほとんどなかったと言われています。日記などは後でどのようにでも創作できるし、書き直しもできますからな。もしもオランダ側に、何か具合の悪い秘密があったら、ですが」

「シキリイバというのですか、書記官のこと。そして商館長がカピタンと」

「いや、カピタンというのはポルトガル語らしいです。オランダが来る前、日本側はポルトガルと親しくしていて、その時責任者をカピタンと呼んでいたので、オランダ側が日本人に配慮して、カピタンで通したようです」

「さっきのノリモンというのはなんですか？」

「これは駕籠《かご》の中でも、戸のついたような上等なやつを、そう呼んだらしいです。あるいはオランダ人との間で、そう言いならわしていたのかもしれんが。ともかく、川原君から連絡があって、お二人が掛川に向かわれたというので、そうならこのメイステル・ヘイスベルト・ヘンミーのことだろうと見当つけて、こちらへお連れしたんです」

疋田が言い、それで私は「あれです」という、さっきの彼のいきなりの言葉を了解した。感謝の意味で頭をさげておいて、しばらく腕を組んで考えた。そうやって考えをまとめてから言った。

「私たちは、川原さんに源内屋敷の小守さんという方をご紹介いただいて、一枚だけ残っている書簡を見せてもらったんです」

すると、疋田はうなずいている。

「誰が書いたものか不明の手紙、誰に宛《あ》てたものかも不明です。そもそも出されたか否《いな》かも不明ですし、もしかすれば受け取ったものかもしれない」

「そうです。あるいは下書きかもしれない」

老人も言う。

「そうですね。ともかくあの書簡には、メイステルを捨てておいたなら、国益の損のうところ大と書かれてあるんです。だから自分が始末すると言わんばかりです」

「そうです。だからここにお連れした」

疋田は言う。

「と、言われますと?」

「と言うのはですな、このメイステル、斬殺《ざんさつ》されたんだと言う人もあるわけです」

私は常世田と顔を見合わせ、茫然《ぼうぜん》とした。

「斬殺……」

「そうです。そう信じる人は案外多いんです。朝、死体となって発見されたんだと、そういう話もあるんです。それからその前夜、さかんに紙を破る音を聞いたという話もある」

「紙を破る？　ヘンミーさんが」

「そうです。何か具合の悪い文書類があって、それを部屋で処分していたとも言われます」

「ふうん。出島に書類が残っていなかったというのも……」

「それからヘンミーは、何か重大な犯罪行為に関わっていて、幕府の隠密《おんみつ》にずっと目をつけられて、見張られていたとする説もあります。スパイだったという人もいる」

「スパイ？　オランダの？」

「だとすれば重大な犯罪行為です。それが『国益の損なふところ大』の意味なんじゃないでしょうか」

私は言った。

「それで大恩ある田沼侯のために、自分が掛川宿に行って、ヘンミーを待ち伏せて始末してこようかと、潜伏している源内さんは考えた。そういうことですかね。話の筋は通るが、どうなんでしょうね、疋田さん」

常世田も言った。

「さあ、私はなんとも」

と、とぼけるように老人は言う。

「以前に江戸で米屋の九五郎を斬《き》っているわけだから、ここでいっそ異人もと……」

「なるほどね、そうわれわれが考えるだろうから、そうなら源内先生の評判を落とすと、ひいては相良人の評判にもかかわると、川原さんは考えたわけだな」

私も言った。

「ですがね、ヘンミーの死後、幕府は銅三千斤《きん》を出島に贈って慰労しているんです。罪人と思っていたふしは、あまりないんですが。まあ犯罪者にしても、死んだのだから、あるいは刺客によって死んでもらったのだから、ということかもしれんが」

「この墓は、日本側が造ったんですか？」

「それがちょっと、私は調べきれてない。おそらく出島から造営の費用が出たものと思います。というのはこの墓石、安政元（一八五四）年の大地震で損壊するんですが、すぐにオランダ商館から五十両という費用が寄進されて、修復されています。以降、オランダの貢使が通るたびに立ち寄って、墓石に赤ワインをかけて、もう一本は寺に贈るということを続けています。

明治維新後はそれがなくなって、すっかり荒れるにまかせていたんですが、大正十四（一九二五）年の五月に、天然寺の住職と発起人が寄付を集めて、日本人の手でこれを修復しました。その時はオランダ公使も出席して、供養《くよう》を行っています」

私はうなずき、大きくひとつ、息をついた。

「なるほど。そういうことですか。相良から目と鼻の先の東海道で、オランダ商館長が不審な死を遂げていたと、そういうことか」

私は言った。

「いやあ、予想外のことでした。ありがとうございました。ほかに何かご存知のことはありますか？」

きりをつけようとしてか、常世田がちょっとせっかちな問い方をした。

「だいたい何についてお調べなんですか？　平賀源内について、調べていらっしゃるのかな？　それとも日本の歴史の、江戸期についてですか？」

問われて、私も迷ったし、常世田もあきらかに動揺していた。どう説明したものかと困り、私は立ち尽くした。

たった今、疋田老人から聞いた内容が、東洲斎写楽の正体につながるとは思われない。実際、追究が横道にそれてしまっているような気が、私は終日している。オランダ商館長の不審死事件の説明など、浮世絵世界とは何の関係もない。それではと、平賀源内が東洲斎写楽なのかと疑っている、などと正直なところを述べれば笑われる気がした。そうかといって、ある浮世絵師の正体について調べているのだと言えば、関係ない話を長々とさせたように老人に思われそうで、それも嫌だった。

「やはり平賀源内さんが、こちらに来たのかなと、オランダ商館長の死亡に、なんらかの関係をしているのかなと、まあそういうことがありますが……」

私が言いだすと、常世田が後を引き取り、無遠慮に言った。

「疋田さんは、この点どう思われます?」

老人はすると、無言で首を左右に振った。老人の表情はちょっと不機嫌そうで、そんな妄説は、検討に値しないと言っているようだった。

「まあ、江戸からずっと追ってきた隠密に斬られたという人はいますが。幕府に目をつけられていたようだから」

それから顔をあげて私を見ると、こう訊いた。

「じゃあ、お調べのことは、それで全部ですかな」

その言葉を聞いて、私は少し焦《あせ》るような気分になった。むろんそれで全部ではない。

そして、研究者として、もう少しまともなことが言いたいような気がした。

「疋田さんは、浮世絵についてはお詳しいですか？」

私が言うと、老人はちょっと驚いたような顔をした。それを観《み》て、私も少し驚いた。何故《なぜ》驚くのかと思ったのだ。

「まあ広重《ひろしげ》のものなどはね、好きです」

と、いかにも東海道筋在住の歴史好きらしいことを言った。

「佐藤さんは北斎です。葛飾北斎の研究家でして」

常世田が横で言った。すると疋田老人の驚きの表情はますます濃くなり、彼がこんな顔をする人とは思わなかったから、私はずいぶん驚いた。しかし彼の次の言葉に対する驚きに較《くら》べれば、たいしたことではない。

「いや、言い伝えなんですがね、ヘンミーが亡《な》くなった時に、北斎が姿を現したというんですよ」

私は絶句し、立ち尽くした。

35

「葛飾北斎が現れたって⁉」

私は思わず大声になった。

「そういう言い伝えがあります、この土地に」

「なんのためですか？」

「いや、だから北斎って人も、隠密の一人だったと。このヘンミーっていうオランダ人の動向を監視していたと、そういうことなんでしょう」

疋田老人は言う。

「隠密、そうか……」

思い出した。そういう説があることは自分も知っている。

「ヘンミーという人は、北斎とずっと付き合いがあったという話で、北斎はこの時ヘンミーに、自分が描いた絵を手渡したと」

「絵？　肉筆画ですか？　どんな絵です？」

「それは私は知りません」

私は考え込んだ。

「詳しく知りたいのなら、名古屋市博物館に行かれてはいかがでしょう。そこの学芸員に、興紹木《こうろき》さんという方がいます。私が今日説明したことの大半は、その興紹木さんから聞いたことですな。彼が以前、この地に調査に来たことがあったもんでね、以来お付き合いさせていただいてます」

「興紹木さんは、オランダ商館や出島について、調査していらっしゃるんですか？」

「それもそうだし、浮世絵や、北斎についても調べていらっしゃる」

「ほう！」

私は少し刺激された。ライヴァルということか。

「北斎は、畳百二十畳分もある大紙に、大達磨《おおだるま》の絵を描くという会を名古屋でやったそうですな、確か文化年間（一八〇四〜一八）に」

疋田が言い、私は一瞬虚を衝《つ》かれて、急いで記憶をめぐらせた。しばらく考えてから、思い出した。

「ああ、そうだ。そうですそうです。あれは文化十四年だったでしょう。名古屋でやったんだ、確か、『北斎漫画』の宣伝プロモーションのためのイヴェントで」

「そんなことしたんですか？　北斎」

常世田が訊《き》く。

「そう、やったんですよ。『北斎大画即書細図《ほくさいたいがそくしょさいず》』と題する記録が残っています。記録したのは高力種信という名古屋の絵師で。そうか、これは名古屋市博物館に」

「そうです。あるはずです」

「ずいぶんとまた、現代的だな！」

常世田が言い、私は首を横に振った。

「いや、現代人にはこんな大胆な発想はないでしょう。蔦屋《つたや》仕込みじゃないかな」

「北斎漫画というのは、全国に散らばっているお弟子のための、絵の手本でしょう？」

「そうです。ベストセラーになって、明治になってからも、まだ版が重ねられていた。弟子たちが手本絵を描き足してね」

「そうすると、そのイヴェントは弟子が増えてからのことでしょう？」

「そうです。こんなことは一人ではできないもの、大勢の助手が要ります」

「掛川のこのヘンミー事件と重なりますか？　このあとすぐに名古屋に行ったとか？　北斎は」

「それはないです。ヘンミー事件よりだいぶ後になりますね。北斎は宝暦十年の生まれだったと思う。一七六〇年です。だから写楽登場の寛政六年には三十五歳です。ヘンミー客死事件はその四年後だから三十九、大画即書は戴斗《たいと》時代ですから五十代以降です。文化十四年ならもう十九世紀で、えーと……、一八一七年かな。そうすると……」

「五十八歳ですかね」

常世田が言った。

「そうだ、五十八歳だ。もうずいぶん世間で有名になっていたんです、北斎は。その興紹木さんは、北斎がヘンミーに渡したという肉筆画についても」

「もちろん知っています。私は彼から聞いたんだから」

老人は言う。

「その博物館にありますか？　渡した絵」

常世田が訊く。

「それはないですな。たぶんオランダでしょう。彼ら、受け取ったものは全部持ち帰ったと思うから、本国に」

疋田は言った。

常世田と私は、夜の東名高速を名古屋に向かって走っていた。名古屋市博物館の興紹木に会うためだ。

常世田が博物館に電話をしてみると、明日館に来てもらえるなら会うことは可能だ、と興紹木に言われた。

「北斎が隠密だ、という説、これは本当なんですか？」

ハンドルを操りながら常世田が訊く。私はうなずいた。

「これは、作家で浮世絵研究家でもある高橋克彦《かつひこ》さんという人が指摘したことなんです。思いつきではなくて、充分に根拠はあるんですよ」

思い出していた。私自身、この問題はしばらく追ったことがある。

「根拠。ほう、どんな？」

「葛飾北斎という人は、武蔵国《むさしのくに》葛飾郡に生まれたからその名を号にとったんですが、もともとは川村という姓を持っていたんです。元浅草の誓教寺に彼の墓があるんですが、ここの墓石に川村という姓が、はっきり刻まれています」

「それはオリジナルの墓ですか？」

「オリジナル？」

「いや、地震とか空襲とかで、あちこち墓が移されてるでしょう」

「うん、一九の墓も勝どきに移ってますね。でも北斎のはそのままです」

「姓があるということは」

「侍の出なんですよ、北斎は伏せていたようですが。八代将軍吉宗《よしむね》が将軍の座に就いた時に、紀州の国もとから薬込役《くすりこめやく》とか、馬口之者《うまくちのもの》と称する子飼いの役人を十七家ほど江戸に連れてきて密偵組織を作るんだけど、川村家はこの筆頭なんですね」

「頭ですか」

「そうです。この密偵組織は、上から順にお庭番、徒目付《かちめつけ》、小人目付《こびと》、隠密廻り同心とあるわけです。隠密廻り同心は、江戸町奉行の配下で、江戸市中の探索が役目です。それこそ歌麿が描いた寛政の三美人の一人、水茶屋の娘が、この頃人気のあまり高慢になっている、なんてことまで報告している。江戸の人心や流行の調査ですね。

小人目付、徒目付は目付の管轄《かんかつ》で、御目見《おめみえ》以下の者たちの監察。役人の素行を調べたり、江戸城内の宿直《とのい》、登城時の玄関の取り締まり、将軍お成り先の警備、それから諸大名、旗本などの内偵なんかも業務です。

お庭番は、将軍のお庭先まで入れて、リサーチした諸大名の動向を将軍に直接報告できるような格の高いスパイで、こっちは外様《とざま》の謀反《むほん》とか、戦に発展しそうな不穏な動きはないか、そういった大事の監視ですね」

「川村家は本来それですか？」

「そう、お庭番の家系なんです。北斎の次男がある家に養子に入って、徒目付の役職に就いたという記録もあるようです。こういう仕事は特殊技能が必要ですから、なんの裏付けもなくそんなお役目には、簡単に就くこともできなければ辞めることもできないはず。北斎は着るものに無頓着《むとんちゃく》で、乞食《こじき》と見間違われるような粗末な身なりで常日頃をすごしていたと言いますが、そんなふうにして飄々《ひょうひょう》と絵を描きながらも、実はそのかたわらで隠密《おんみつ》の仕事もこなしていたんじゃないかと、そういう説があるわけです」

「ほう」

「引越しを繰り返したのも巷《ちまた》の世情調査のためだし、弟子が全国にいるのも、しょっちゅう地方に出かけていたからで、戴斗時代には彼はもう有名人ですから、そうすれば当然弟子志願者が殺到します。旅によく出たということ自体、倒幕を画策しそうな外様の藩や、乱を起こしそうな者、組織、それを助けそうな豪商なんかの周辺を、こっそり調査するためではないか、と言うんです。葛飾北斎が絵を描きにきていると言えば土地の者はみんな疑いませんし、その土地土地で弟子を取ったのも、そうすれば情報収集に便利だったからと取れます」

「なるほどね。そいじゃあさっきのオランダ商館長のヘンミーも、隠密北斎の監視下にあったと？」

「まあ、そんなえらそうなもんじゃないと思いますが、江戸城のやんごとなき筋から密《ひそ》かに命じられて、オランダ商館員一行が道々怪しい動きをしないか、それとなく観察して報告していたと、そういうことでしょうね」

「じゃあヘンミーが、幕府からずっと目をつけられていたというのも」

「あり得るかもしれませんね」

「じゃあ彼を斬《き》ったのも北斎？」

「まさか！　そりゃあないでしょう。北斎が剣術を習っていたという記録はないですから。それにお庭番とか隠密といったって、そんなテレビドラマみたいな派手な動きをしていたわけではなくて、ただの情報収集です。私の印象では、北斎がもし実際に隠密であったのなら、むしろ晩年の、老人になってからの動きの方がそれらしいと思いますね」

「ふうん、どんな動きです？」

「たとえばモリソン号事件。これは天保八（一八三七）年に日本の漂流民七人を乗せたアメリカの商船が、この漂流民の送還と、通商の要求のために浦賀沖に現れた事件ですね。幕府はこれ以前に、異国船、無二念《むにねん》打払令というものを出していて、つまり、あれこれ考えずにすぐに追っ払えという命令ですね。浦賀の奉行はこの命令を忠実に守って砲撃し、追い払います」

「むちゃくちゃな話ですよね。それから薩摩《さつま》に行くんですよね、このモリソン号は」

「そうです。そしてそこでも追い払われる。この船が軍艦だったら危なかったですがね。ともかくモリソン号が浦賀に来ている時に、何故《なぜ》か北斎が浦賀に潜伏しているんですね。三浦屋八右衛門と名前を変えて滞在していたと言います」

「何のためですか？」

「これは明治になって出版された、『葛飾北斎伝』という文献に出てきてるんですが、理由は不明となっています。でもどうやら、浦賀には隠れキリシタンがかなりの数潜伏していると解《わか》っていて、彼らとモリソン号が密かに連絡を取り合っているんじゃないか、キリシタンが手引きをして、異国人が何かするんじゃないか、そう幕府が恐れていて、キリシタンどもの動きを見張れと」

「どうやって連絡取るんですかね、無線機もなかったろうに」

「まあ南蛮渡来のキリシタンの妖術《ようじゅつ》で、ということなんじゃないかな」

「それで何か怪しい動きが？」

「なかったようですね。ともかくこの時は北斎、すでに七十代後半です。この頃の動きの方が、情報収集っぽいんですよ。浦賀の真福寺という寺に、マリア観音というものが伝わっていて、これは観音菩薩像《かんのんぼさつぞう》に見せているんですが、実は手に赤児《あかご》のイエスを抱いているんです。ここが隠れキリシタンの集会所になっていたと言われるんですが、北斎はこの寺に滞在しているんです」

名古屋に着き、われわれは駅前のホテルに投宿した。翌日、朝食をとってからすぐに名古屋市博物館に向かった。晴天になり、見あげる空に雲ひとつない、気持ちのよい日だった。

電話をしておいたので、興紹木が博物館の入口前に立って待っていてくれ、車に乗ってきて、駐車場まで案内してくれた。

年齢《とし》の頃は私と同じか、少し上くらいだろう。贅肉《ぜいにく》がなく、まだ若い印象が残る男だった。名刺をくれ、職員専用の裏口から、私たちを館の中に入れてくれた。

グレーの事務机が並び、大型のコピー機が二台あるオフィスのソファーに、私たちは導かれた。事務員ふうの制服を着た女性が、お茶を淹《い》れて運んでくれた。窓からは朝の陽が入ってきて明るく、並木の緑も見えて、気持ちのよいオフィスだった。興紹木は上着を脱ぎ、ワイシャツ姿になった。

あらためて名乗り合い、私が浮世絵の研究、特に北斎をやってきたと常世田が言ったら、興紹木の表情も緊張したように見えた。銀髪の館長がやってきて、私たちに挨《あい》拶《さつ》して、名刺を出した。われわれも立ち、そろって頭を下げた。

「さて」

館長が去っていくと、興紹木が言った。そしてじっと私を見つめ、どこかで会っただろうか、という顔になった。この感じは、川原にも疋田にもなかった。私はなんとなく視線をそらして腰をおろした。週刊Tの記事が頭をよぎった。

「何をお調べでしょうか」

彼は訊いてきた。

「文化十四年に、北斎がここ名古屋で、大達磨の絵を描くというイヴェントをやりましたね」

本題に入る前にという気分で、私はまず言った。

「ああやりました。西掛院で。それをお調べですか？　ちょっとお待ちください。うちが出している印刷物がありますから」

興紹木はついと立って、背後の書棚に行った。そして厚手の、全ページコート紙、カラー印刷になっているふうの書物を持って戻った。

「これです。高力種信の『北斎大画即書細図』。現物もうちが所蔵しています」

言いながら開いて見せてくれたページには、箒《ほうき》のような巨大な筆をふるっている、北斎らしき人物の絵があった。周囲には、彼の弟子らしい人物も、何人か描かれている。

見物の人垣も描かれているが、その数は案外少ない。頭数が数えられるくらいで、黒山の人だかりというほどではない。後世、話が大きくなったのかもしれない。当時の北斎としては、弟子たちの身内、知り合いを集めて悪戯書《いたずらが》きを観《み》せる、くらいの、ほんの遊び気分であったのかもしれない。

「この絵、ご覧になるのは……」

「いえ、前に見てはいました。しかしもうだいぶ以前になりますから、こんなにしげしげと見るのははじめてですね」

私は言った。

「あの、そのお話の前にですね」

横で常世田が言いだした。せっかちな彼としては、まず訊きたいことがある。

「掛川で客死した、オランダ商館長ですね」

「ああ、ヘンミー」

興絽木はすぐに言った。

「幕府に目をつけられていたと言いますが。隠密《おんみつ》も彼を見張っていたとか」

「ああ。あり得ますね」

「どうしてです？　ヘンミー、何をしたんでしょう」

「薩摩と密貿易をしていたんですよ」

興絽木はこともなげに言い、われわれは眼を見張った。

36

「死後、商館長が携帯していた手紙から、密貿易が発覚したといいます。残念ながら、その手紙の現物は残っていないんですが」

淡々と続ける興絽木に、私は勢い込んで尋ねた。

「それは、事実なんですか」

「そう言われています。目安方として長崎に赴任していた近藤重蔵《こんどうじゅうぞう》が追跡調査して、事実を確認したと言われています」

「え？　あ、しかし近藤重蔵は、寛政十年となると江戸に帰任して、最上徳内《もがみとくない》などと一緒に、蝦夷地《えぞち》探険に行っていたと思いますが……」

私は言った。

「あ、そうでしたか、それは失礼しました」

興絽木は言った。

「掛川でヘンミーは、死の前夜、書類を破っていたという話もあるようですが」

「そのようですね。でも残っていたんでしょう」

「で、薩摩へのお咎《とが》めは……」

「それが、何もされていないんですね。もうこの頃の幕府は、遠隔地薩摩の抜け荷は、事実上容認せざるを得ないようなところまで、弱体化していたんじゃないでしょうか。鹿児島まで遠征するなんて軍事行動には莫大《ばくだい》な金がかかります。抜け荷の取締りという程度の理由では、コストが引き合わないんじゃないでしょうか」

「負ける危険も、あったかもしれませんしね、幕府に」

「かもしれませんね、幕末の長州征伐みたいに。密貿易に関しては、もう、うんざりするほどにいろいろな話があるんです。幕府と薩摩との間には密約ができていて、対中国の抜け荷、いわゆる唐荷《からに》ですが、これに限っては上限の取引額を定めて、この範囲内におさめるならばお咎めなしとしていたとか、そういう話もあります。しかしこうしたものは裏面工作ですんで、なかなか文献資料が出てこないんです。また対中国といっても、本当に中国だけ相手にしているかなんて、そんな監視の目は到底行き届かないですよ。中国がいいなら、対琉球、対欧州と薩摩は手を広げてしまいます」

「じゃ、野放しですか」

「まあ結局そうなりますね、今みたいに監視カメラがある時代じゃない。密貿易を厳重に取り締まったのは、薩摩藩自身が、自国領内の抜け荷商人に対してだけで、これはさかんにやっています。いわゆる『享保《きょうほう》の唐物崩れ』なんて事件もありますしね」

「それはどういう？」

常世田が訊《き》いた。

「薩摩の坊津《ぼうのつ》で行われた密貿易の摘発です。ここは昔から三重県の安濃津《あのつ》、福岡県の博多津《はかたのつ》と並ぶ唐航路の三箇津《さんがのつ》に数えられ、大陸への玄関港として知られます。

この坊津は、実は昔から外国船がさかんに入ってきていた港なんです、難破とか、漂流を装《よそお》ってですね。隠れて入りやすい地形の港なんです。薩摩半島の南端で、東シナ海に向かって開いていて、外洋からさっと入れる。入り江に入ってしまえば半島の山陰になるんです。種子島《たねがしま》にも近いし」

「それは鎖国令のあともですか？」

「むろんあともです。それで坊津は、密貿易の拠点として栄え、土地の商人は大儲《おおもう》けすることになるんです。今でも密貿易屋敷なんてものが残っています。しかしこれは薩摩藩にとっては益がないので、厳しく取り締まるわけです。その最大級のものが享保の摘発ですね。これで坊津の豪商たちは壊滅して、一挙に没落することになるんですが。あとは薩摩藩自身が密貿易を続けて、藩財政を立て直した上に、巨額の備蓄をするんです」

「それが幕末になってきいてきて、明治維新の軍資金になるといったことも」

「あったでしょうね、外国の最新兵器買い入れの資金になるといったこと。黒潮が真っ先に洗う地の利が、薩摩にはありましたからね。進んだ外国の商品、そして進んだ兵器、それらが真っ先に流れ着く場所でした」

「ではこの時の出島も」

「出島のオランダ商館も、本国がフランスに併合されたり、幕府に入港船の数を減らされたりで、経営が大変苦しくなっていましたから、薩摩との密貿易の話に乗ったんだと思います。のちに商館長を務めたドゥーフはこういうことは嫌ったとされますが、ヘンミーの時代はね、こういうことを裏で続けていた」

「そのことを幕府は？」

「むろん薄々は勘づいていたでしょう。薩摩にはずっと疑惑の目を向けていましたから」

「でも、何もできなかった」

「軍事行動というのはね、巨額の費用がかかりますから」

「でも監視は続けていたんですね」

「そうですね。しかしこの時代、抜け荷はどうもあちこちであったようです。北斎が小布施《おぶせ》の曹洞宗《そうとうしゅう》の寺で天井画を描きますね、鳳凰《ほうおう》の」

「ああ描きますね。岩松院の『八方睨《にら》み鳳凰図』。八十九歳の時の大作で、遺作ですね」

私が言った。

「あの時も新潟の商人が、薩摩を通じて、実は日本海廻りで外国と密貿易をやっていたんです。それで北信濃路界隈《きたしなのじかいわい》には、幕府の隠密《おんみつ》が跋扈《ばっこ》していたと言われるんですね。これを探ろうとして」

「ああ、北斎もそれを探ろうとしていたんだという話、ありましたね。岩松院の天井画も、そのために描いたんだと。ひと月は土地に腰がすえられるから、じっくり情報の収集もできると。小布施の豪商の、高井鴻山《たかいこうざん》邸周辺も探っていたとか。それでここからも北斎隠密説が出てくる」

「ふうん、目が届かなかったんだ、信濃路のこともあって、九州には」

常世田が言った。

「まあ、あったでしょうね、そういうことも」

興絽木がうなずく。

「なんか薩摩、巨大な密貿易専門藩みたいな感じですよね、そうなると。国内の海外貿易需要、一手に引き受けてる」

「外様《とざま》ですから。徳川は、武家の世が続く限り、関ヶ原で石田三成側に与《くみ》した罪を決して許しませんでした。そうなら薩摩としても罪の意識はさしてなかったでしょうね、徳川は敵なんですから」

「やっぱり、国を閉じていると思っていたのは幕府ばかりだったかもしれませんね。国内のあちこちで、こっそり異人と仲良くして、密貿易して、大儲けしていた連中がいたと」

「そうかもしれません。あの鳳凰の図も、色褪《いろあ》せがないんですが、それは辰砂《しんしゃ》、孔雀《くじゃく》石《せき》、鶏冠石《けいかんせき》なんかの鉱石を用いているからと言われます。これがまた長崎商人を通じて輸入した中国産と言われますね。その値、百五十両とも言います」

「あと、これもおかしいなと思ったことありませんか」

私が言った。

「小布施の祭り屋台、これに北斎は絵、描いていますね。背中に翼のある天使が描かれてるんです。まるで欧州の教会の壁画みたいで、こういうことしてもよかったのかなと」

「なるほど。われわれの知らないところでいろんなものが輸入品に支えられているんだ。しかし、それで解《わか》るんじゃないですか、佐藤さん」

常世田が言う。

「何が？」

「相良《さがら》のあの手紙ですよ。書いた主が源内さんかどうかは知らないが、薩摩と密貿易して、薩摩藩だけを違法に儲けさせているんだから、これは幕府にとっては由々《ゆゆ》しき問題、大変な背信行為です。相対的に幕府弱体化につながる。実際これで倒れたわけですし。だから自分が掛川に行って、下手人のオランダ商館長を始末してくると。みなに真似《まね》させせないための見せしめとしてもこれは必要だ。そういう判断なんじゃないですか？」

「うんまあ、筋は通るよね」

「幕府もそれでヘンミーに目をつけて、ずっと監視していた。その監視役の一人が北斎だったと」

「そうなるのかな。ああそうか、それと『因果はめぐる』だ。源内さんは、もしかして北斎を知っているんじゃないかな」

「ああそうですよ。どうですか興紹木さん、この考え方は」

「北斎がヘンミーを監視していたこと？　まあ、あり得ると思いますね、私は」

「北斎が、この時ヘンミーに、肉筆画を手渡したという話がありましたが、事実ですか？」

私は訊いた。

「事実です。いやこの時かどうかは知りませんが。ヘンミーの求めに応じて、北斎が肉筆画を描いてやっていたこと自体は事実です」

「それ、どんな絵ですか？」

「風俗絵巻ですね。江戸の町人文化を写したものです。ヘンミーが、日本という神秘の国の民の暮らしを、本国をはじめ欧州に紹介したかったんでしょう。彼も学位を持つ教養人ですから」

「その絵は今どこに？」

「オランダです。ライデン民俗学博物館に所蔵されています」

「うん？　しかしいいのかな」

常世田が首をひねり、言いだす。

「何が？」

「北斎は幕府の隠密なんでしょう？　そんなことして、日本国内の諸事情を海外に知らしめるような行為の片棒担《かつ》いで、国益に反しないかな」

「いや、それなら後世のシーボルト事件の方が重大なんですよ」

興絽木が言いだした。

「シーボルト事件。事件自体は知っていますが、北斎はどう関わっているんです？」

常世田は問う。

「北斎は、ヘンミーに続いて、シーボルトにも肉筆画を描いて、渡しているんです。ところが、こっちはどう見ても重大犯罪なんですよ。日本の侍の武具、鎧《よろい》、兜《かぶと》、刀、槍《やり》、鉄砲、大筒にいたるまで、精密に彩色して描いているんです。シーボルトは、これを国外に持ち出しているんですね」

「ほう」

「これは風俗絵巻とは質が違います。軍事の専門家が見て子細に分析すれば、日本の武器の性能、ひいては軍の実力が知れてしまいます。日本を攻めようと考える国がもしも欧州にあれば、これは第一級の軍事情報であり、機密の漏洩《ろうえい》にあたります。もしも北斎が幕府方の隠密なら、はたしてこんなことをするかなと、私は思うんですよね」

「それは確かに変だな。シーボルト自身はどう言っているんですか？」

常世田が訊《き》く。

「さる日本の友人にもらった、とだけ記しているんです。災いがその日本人に及んでもいけないからと、配慮しています。ことの重要性に彼は充分気づいていますね」

「シーボルト・コレクションは膨大なものですね。オランダも買いあげて所蔵しますが、本国のドイツにもありますね」

私が言った。

「ありますね。日本家屋の、精密な模型まであるんですよね、これは職人に造らせたんでしょうが、よく集めたなと思います。それからお茶の葉のコレクションとか、当時の紙の見本帳まである」

「紙？」

「はい。いろんな和紙、襖紙《ふすまがみ》とか、布の見本帳もあったように思うな。こういうものまで持ち帰っている。もう日本にも少ないですよね、そんなもの。だから一種のタイムカプセルです、われわれには」

「ふうん……。ともかくこのシーボルトの膨大な収集品は、発覚するんですよね。荷を積んだ船が長崎で出港を待っている間に、間が悪いことに大型の台風が来て、船は座礁《ざしょう》して、何カ月も離礁できなくなる。それでご禁制の品々が大量にあることが露見して、大変な騒ぎになります。伊能忠敬《いのうただたか》の日本地図の縮図や、北斎が描いたらしい武具の図までがあったものだから、これは深刻な国防問題に発展します。

収集に協力したと思われる日本人が長崎や江戸で大勢拘引されて、厳しい取調べを受けて、幕府天文方で書物奉行の高橋景保《たかはしかげやす》は獄死します。シーボルトは日本人をかばって決して口を割らなかったんですが、事態に衝撃を受けて、日本に帰化することを決意して申し出までする」

「はい。そうですね」

「でも結局国外追放になって、どういうわけか、持ち出そうとしたご禁制の品々、大半がシーボルトに返却されるんですよね。つまり持ち出しが許される」

「そうでしたね」

「シーボルト事件というのは不思議ですよね、どうしてこういう裁決になったのか。まあ結果としてはよかったんですが。この収集品のおかげで欧州に日本学が誕生したり、研究が進んだり、黒船来航のおりには、シーボルトが日本のために尽力したりします」

「再来日して外交顧問になりますよね。それに、おかげでわれわれが、当時の日本製品を見られるし」

「まさしく。しかし不思議なことはもうひとつあって、武具の絵を描いて渡した北斎は、何のお咎《とが》めもないんですね、調べられてもいない」

「そうなんですね」

「これはどう考えるべきなんでしょう。幕府側の隠密だからお咎めがなかったのか、しかし隠密がこんなことをするかなと。どっちなんでしょうね」

「うん、だから私はですね」

興絽木は言いだす。

「そこまでしてあげたからこそ、ヘンミーにしてもシーボルトにしても、北斎を信用したんじゃないでしょうか。だから腹を割った話も聞けると」

「うーん、そうか。それに北斎には、この武具の絵がどういう意味を持つのか、よく解ってなかったのかもしれませんね。どうせ戦争用の装備なんて、どの国も似たり寄ったりだと思ったのかもしれない。外観上のデザインの相違があるだけで」

「町娘の服装を描くようなものと思っていたのかもしれませんね。だって戦争がもうずっとないんですから、侍が武具を使って戦しているところなんてピンと来ないでしょう。鎧兜なんて、ただの男の衣装、上着や帽子みたいなものと思っていたのかもしれない。

しかし、そうだとしてもです、それより私が変だなと思うのは、その北斎が、どうしてオランダ商館長だのシーボルトだのといった偉い人と、そんなに親しくなれたのかということです。これ、変だと思いませんか？」

「そうか。北斎は当時は一介の町絵師ですからね、庶民だ」

「今でこそ彼は世界的有名人ですが、桂川甫周《かつらがわほしゅう》のような将軍つきの偉い医師でも、杉田玄白《すぎたげんぱく》、前野良沢《まえのりょうたく》、大槻玄沢《おおつきげんたく》といった、当世一流の、高名な学者というわけでもない。彼らなら、今で言えば東大教授とか、国立大病院の院長クラスでしょう。そういう大物たちだって、短時間でも話をしたくて長崎屋までいそいそ足を運んできていた。どうして北斎あたりが商館長やシーボルトに会えたのでしょう？

言ってみれば彼らは国賓ですよ。乗り物駕籠《かご》なんて、庶民は触ることもない。彼らはそれで江戸を動くし、大名行列みたいにして江戸に来てるんです。監視されていたし、民から隔離もされていた。そんな雲の上の人たちに、いったい誰が北斎を紹介したんでしょう」

「そういえばそうですね。われわれはつい有名人北斎と思ってしまうけど、当時は身分制ですよね、町絵師なんて、今で言えば街頭の似顔絵描きみたいなものか」

「玄白、良沢、玄沢の知り合いでもないはずです。また紹介したというなら、『西賓《せいひん》対晤《たいご》』あたりに記述が現れそうですが、出てきていない。これは謎《なぞ》じゃないですかね」

「有名だったからということはないんですか？　北斎が、浮世絵師として」

常世田が言った。

「シーボルトの頃ならあるいは。だけれど、ヘンミーの参府した寛政十年には、北斎はまだ三十九だよ、宗理《そうり》時代だよね。国賓にお目通りできるというほどの大物ではなかったと思う」

「それにどういう理由でお目通りするのか。たとえ大物になっていても蘭学《らんがく》と無関係、しかもお上に睨《にら》まれていた蔦屋の浮世絵師なんかを、国賓と会わせる理由なんてないですよ。これ、われわれもずっと知らなかったです、北斎がヘンミーやシーボルトに絵を頼まれていたことなんて。また甫周たち当時の大物学者連、彼らもはたしてこの事実を知っていたのかどうか」

「そうか、そうだな。そういえば確かにそうですね。なんとなくですが、知らなかったような感じ、しますね。秘密だったのか。しかしシーボルトは北斎を日本の友人と言っている。何故《なぜ》だ？　どうして友人になれたのか。うーん、考えたことなかったな。確かに謎だ」

（下巻につづく）

写楽《しゃらく》　閉《と》じた国《くに》の幻《まぼろし》（上）

新潮文庫　し－28－2

平成二十五年二月一日発行

著者　島《しま》田《だ》荘《そう》司《じ》

発行者　佐藤隆信

発行所　株式会社　新潮社

郵便番号　一六二—八七一一
東京都新宿区矢来町七一
電話　編集部(〇三)三二六六—五四四〇
　　　読者係(〇三)三二六六—五一一一
http://www.shinchosha.co.jp

価格はカバーに表示してあります。

印刷・大日本印刷株式会社　製本・加藤製本株式会社

ISBN978-4-10-103312-9 C0193